Sismo entre simulacros

GABRIEL RODRÍGUEZ LICEAGA

Sismo entre simulacros

RANDOM HOUSE

Sismo entre simulacros

Primera edición: septiembre, 2025

D. R. © 2025, Gabriel Rodríguez Liceaga

D. R. © 2025, derechos de edición mundiales en lengua castellana:
Penguin Random House Grupo Editorial, S. A. de C. V.
Blvd. Miguel de Cervantes Saavedra núm. 301, 1er piso,
colonia Granada, alcaldía Miguel Hidalgo, C. P. 11520,
Ciudad de México

penguinlibros.com

Sismo entre simulacros *está dedicado a Patricia,
mi madre, voz de mujer mexicana*

SISMO ENTRE SIMULACROS
es:

1. UBER EATS LOVE STORY

*

2. TODO EN ELLOS LLORA

*

3. EL CORAZÓN DE NADIE LATE
POR MÍ ESTA NOCHE

*

UBER EATS LOVE STORY

¿De dónde vienen, y por qué?
No sabemos de dónde (fue la respuesta).
Sólo sabemos que aquí vamos a la deriva, con las demás;
que nos hemos retrasado, que nos hemos rezagado, pero que
por fin hemos sido arrastradas, y que ahora estamos aquí,
gotas finales del chubasco que pasa.

Walt Whitman, "Últimas y tardías gotas"

Memorias pasó por Berenice a su casa. Tocó el claxon de la motocicleta desde la esquina y, a diferencia de la última vez, ella no bajó. En cambio, la vio asomada por la ventana haciendo categóricas señas de *ven, ven*. Ya arriba lo recibió a besos. Hicieron el amor por vez primera en ese tercer piso de la colonia Anáhuac. Fue lindo, cálido, placentero. Ninguno de los dos tuvo síntomas de orgasmo. Cesaron por cansancio, por una rarísima sensación de tedio. Un tedio dulce. Un tedio que no era tedio, podría decirse. Un recuerdo a proteger. Lo que más le gustó a ella de esa primera unión de centros fue corroborar que realmente nada cambiaba en el mundo, todo seguía idéntico, no había pasado algo relevante en la vida de los seres humanos. A él le encantó cómo ella decía su nombre en los momentos de mayor unión. Memo no era virgen. Ella nunca había tenido relaciones sexuales. Usaron condón.

Es quincena en viernes y el celular no deja de vibrar con ahínco. Son las notificaciones de servicios que atender. Memo es repartidor de comida vía app. Conoció a Berenice, vía otra app, hace un par de semanas. Ella es nueve meses más grande que él. Ambos tienen diecisiete años. Van a entregar comida por toda la Ciudad de México a lo largo de la noche. Esa es su cita romántica.

Él se trepa a la moto y la siente colocarse detrás suyo en franca sincronía. Siente sus manos rodearle el cuerpo. Ninguno trae casco. Ella carga la enorme mochilota verde fluorescente que usan para guardar la comida. Sube la velocidad y ella se ciñe, recarga la mejilla en su espalda. Berenice lleva todo el día con una canción en la cabeza. En realidad, sólo tararea un pedacito de rola y lo rebobina inmediatamente. Memo baja la velocidad para escucharla. Siente como si le estuviera cantando directamente al corazón. El sonido gangoso del motor lo devuelve a la realidad, ruidos de vehículo sin ventajas. Avanzan rápido sobre Paseo de la Reforma.

Se estacionan a un costado del centro comercial Reforma 222. Forman parte de un convoy de repartidores ahí apostado. Si la ciudad es una enorme cabeza, los ciudadanos tratan a los repartidores como caspa. Ellos se comportan más bien como pandillas. Algunos ven series en sus celulares, otros juegan cartas, otros comparten una pizza que por una razón u otra no entregaron en su destino, se alburean, compiten. Todos esperan amodorrados a que caiga un servicio. Memorias se estaciona entre dos motos y debajo de un techito. Berenice le besa el cuello en el preciso momento en que apaga la máquina. Él le ayuda a bajarse, le quita la mochilota. Sus cuerpos no han dejado de conversar silenciosamente, espiritualmente, efervescentemente. El teléfono hace uno de sus impertinentes sonidos. Cae un primer trabajo. McDonald's de ahí de 222. Berenice dice que ella se encarga. Toma el cel de Memo y entra al edificio con rumbo a la zona de comida rápida. Se va, pero su presencia permanece.

Memorias sonríe. La peste de una mota panteonera se aproxima a él. Lo acorralan tres culeros. Fornidos y a la vez flacos, correosos y bajitos de estatura. Tienen entre quince y setenta años. Chambelanes en no se acuerda qué fiesta allá por los rastros rumbo a Hidalgo. Lo rodean en contra de la pared con no otra arma que sus retorcidas jetas llenas de tatuajes encharcados en la piel. Un cuarto invasor se coloca cerca de su motocicleta y orina una llanta. Memo hace un esfuerzo mayúsculo por mantener la calma. Actúa como si no deseara que Berenice demorara más de lo necesario en recoger los pinches McTríos.

—¿Dónde está tu carnal, Memorias de Ayer y Hoy? —dice uno de ellos.

Le encabrona que ellos sí conozcan quién es y hasta se sepan su mote íntegro. Les pide porro con una señal. Uno de ellos se lo entrega. Está apagado y no hay encendedor disponible para él.

—Se agotaron ya las chanzas de tu hermano, pinche Memelas. El Hitchcock nos debe una buena feria.

—¿Nos?

—No te pongas exquisito. Le debe una lanota al Tijera. Y todo lo que eso implica, cara de mi verga.

—Pues que se arreglen entre ellos. ¿Yo qué?

—Avisado estás, carnalito.

—No sé qué pedo con ese verga. No lo he visto desde Navidad. Es mi hermano casi por casualidad, no chinguen.

—Hazte pendejo.

—No te hagas, culero. Dónde está. Nos debe una feria por andarle apostando al pinche Cruz Azul.

—¿Va mal el Azul? ¿Otra vez? —responde Memo haciendo cara de que no rompe un plato.

—Mira, pendejo. El Tijera ya trae a tu hermano entre ceja y ceja. ¿Dónde está? —dice el cuarto sujeto, el meón, que ya se integró al amenazante grupo.

—No lo he visto en meses, neta. ¿Por qué creen que le dicen el Hitchcock? Pinche wei, es bien misterioso. No sé. Si quieren al rato le marco.

—La cosa es así. Por tener la verga llena con la misma sangre que ese culero cada vez que se te para, ya te cargó la puritita chingada. Si no me pagas mañana lo que él nos debe, al que le voy a arrancar la jeta va a ser a ti.

—Pero pus yo qué chingados. No sean así.

—Va de nuevo: si no me pagas mañana lo que él nos debe, al que le voy a arrancar la jeta va a ser a ti. ¿Queda claro? Búscalo. Encuéntralo. Nos traes el dinero.

—Estoy chambeando, la banda; ¿no ven?

—Te la vamos a poner más fácil: esto acaba de volverse tu pedo y el de la morrita con quien andas paseándote.

Se alejan con la misma dinámica de rey rata con la que aparecieron. Memorias exclama una grosería para sus adentros, ya que están lejos la repite una y otra vez en voz alta. Es verdad que no sabe nada de su hermano desde Navidad. Dejado en visto, llamadas que no entran o, peor, llamadas que la esposa del Hitchcock devuelve enojadísima; exigiendo fórmula, pañales, explicaciones. Está desaparecido, el cabrón.

—Ay, pinche Hitchcock. No me la hagas, cabrón, te suplico que no me la hagas.

Berenice aparece con una sonrisa que no le cabe en el rostro, viene cargando dos bolsotas de papel de estraza rotuladas con el logo de McPerro. Memo guarda la bachita en la bolsa del pantalón, guarda la comida en la mochila, ella le devuelve el cel y él verifica a dónde hay que llevarla. Otro beso largo acontece, prácticamente ella se estrella en él. En verdad parece que los están filmando porque es un beso muy dulce, de labios que compiten a detalle por ofrecer suavidad y reciedumbre en equilibrio gozoso. Besuqueo aparte, Memorias mira a Berenice a los ojos. La abraza. Gotas que caen del cielo los calan sin mesura, pero con tacto: casi a detalle. Sus cuerpos se atraen en una coreografía milenaria y también empapada. Sonríen quién sabe de qué cosa, están ahítos y dichosos. La aventura humana se edifica en ellos. Ella le pone algo en la mano. Le compró un chocolatito. Lo muerden en fracciones cada vez más y más pequeñas, compartiendo porciones diminutas hasta lo ridículo. Al final ella desecha un pedazo mínimo de golosina. Lo embarra en su pantalón y es él quien canta el pedazo de la canción, que no conoce, pero que ahora trae pegada en la cabeza.

—Vamos a entregar estas pinches hamburguesas antes de que se enfríen – dice él.

—Y después nos metemos de a rápido en algún hotelito de aquí de la Tabacalera. Cómo chingados no, ¿vea? —dice ella.

Hay que entregar los paquetes de comida en la colonia Cuauhtémoc. A siete minutos de ahí según la app. En todo caso, esa noche el tiempo se presenta más chicloso e indeciso de lo normal. Las luces y calles empapadas de la ciudad fomentan un vértigo que compite con el espasmo que le provocó Berenice con su propuesta. ¿Un hotelito en la Tabacalera? Todo en Memorias es una efervescencia. El nudo de pulsiones e incertidumbres que atosiga a un ser sintiendo pasión por vez primera. Qué bella sensación sentirse protagonista, por fin, de algo. Hasta siente las disolvencias a negros entre escena y escena. Los finísimos e imperceptibles cortes de cámara. Y es un montaje violento.

Llegan al domicilio.

—No me tardo —dice Memorias seco, con la cabeza en otro lado.

—¿Quieres que yo suba?

—Nah. Espérame aquí. No tardo. Está dejando de llover. ¿Estás bien?

—Todo fino, al millón. ¿Tú?

—¿Tú?

—Estoy bien, Memo. Si no estuviera bien créeme que te darías cuenta.

—Cámara.

La recepción del edificio está iluminada como si ahí vivieran faraones. Memorias toca el timbre e interrumpe una seguidilla de bostezos de un oficial de seguridad. Lo dejan pasar apenas ven la mochilota verde fluorescente. Abra kadabra. Es uno de estos edificios nuevos, tristemente pulcros y sin alma. Nadie ha vivido ahí, nadie tiene recuerdos perdurables en esas escaleras, nadie se limpia los pies en el tapete de bienvenida, nadie se sabe el nombre del adormilado oficial de seguridad. Un edificio de airbnbs.

—1002 —dice Memorias, y remata leyendo el nombre de un turista anotado en el ticket.

El oficial le dice que al fondo están los elevadores. Que es en el piso diez, departamento dos. Memorias camina alelado viendo las venas de agua en una fuente horizontal que corre pegada al muro. Su corazón late descontrolado. La boca le sabe a golosina, a beso, a boca. Y también a moneda pasada por demasiadas manos. Presiona el botón del ascensor. No se da cuenta en qué momento aborda el cubículo. Hay espejos que le devuelven su propio rostro desde ángulos poco comunes. Aquel ascensor ancho y de mecanismos silenciosos invita al soliloquio. El Tijera. De entre todos los truhanes que la ciudad ofrece… tiene que vérselas con el pinche Tijera.

—De entre todos los truhanes hijos de puta asesinos que la ciudad ofrece, tengo que vérmelas con el pinche Tijera. ¿Qué voy a hacer? Lo que más me encabrona es que precisamente la solución a todo sería marcarle directamente. Decirle que no mame, que por qué me meten en sus pedos. No por nada nos conocemos desde chamacos. Ay, pinche Hitchock. Contesta, cabrón. Contéstame.

El Tijera. Pinche culero sádico al que educaron los programas nocturnos de artes marciales mixtas, pinche ojete capaz de encender un cigarro con la pura mirada o hacer que arda un arbusto en un parque a seis colonias de donde está. Incluso ya no hay un solo Tijera, el otro día se corrió el rumor de que andaban haciendo casting buscando a su doble. El Tijera, entrenador de tiernos perros asesinos, coleccionista de agujeros de bala. Memo lo vio comerse la mítica torta gigantesca que es gratis si te la acabas. En realidad, lo ha visto hacer cosas más terribles que eso. Ha crecido mucho desde que se lleva con los de Regina. Lo traen de comandante; distribuye, da órdenes y mata.

—Años y años tratando de alejarme de él. Y justo hoy, el día que traigo morrita se aparece para arruinarme la noche.

Justo hoy que es el protagonista, justo hoy que en el estómago siente que la vida es buena, que puede conseguir que la primavera dure más tiempo en su corazón, hoy que puede encerrarse en un motel de la Tabacalera con Berenice. Meter en el cuarto a escondidas unas Bonafinas y una botella de Karat y un chingo de condones con texturas. Hoy que va a decirle que la quiere. Decírselo. Se le va a salir decírselo. Lo siente en la punta de la lengua pero en realidad la frase le viaja por todo el cuerpo como una sangre nueva y más ligera.

—Responde, Hitchcock; no me apliques ahorita tu mamada esa de que el silencio es nuestra arma más poderosa. Contesta, hijo de la gran ñonga.

Tampoco se da cuenta Memorias de que viene hablando solo y a un volumen desmedido. Y menos se da cuenta de que no viene solo en el elevador. Quién sabe a qué hora se trepó un gentío de ojos azules. Lo han abordado dos rubias altas y flacas como flamas, preparadas para irse a correr un rato. También subió un gringo que compite en importancia con dos perrazos lanudos y mensos a los que sacará a mearse en nuestras calles defeñas. Y, esquinados, hay dos gringos viejos y musculosos que salen a buscar noche, a buscar cuerpo y semilla de bato mexicano. Lo miran, a nuestro Memorias, como se observa a un animal atropellado en la calle. ¡Nombre!, lo miran como lo que es: el pinche repartidor de comida fría. Un ser invisible cuando no lo necesitas. ¿Suben o bajan? Nada tiene sentido. Huele a grasa de papas fritas, a perro recién bañado y a loción sabor coco.

—Estos pendejos han de pensar que hablo como en *Amores perros* —dice en voz baja, sosegándose.

Abandona la esperanza de que su hermano Hitchcock responda al teléfono y devuelve el aparato a su bolsillo. La puerta del elevador se cierra y él siente que aquel cajón lo escupe. Puerta numerada con el 1002. Toca otro timbre. Ciudad de timbres.

Abre un hombre altísimo, en calzones; flaco como la parca en su baraja. Le indica que pase y deje las bolsas en la cocina. Piel estirada llena de lunares pardos, piel reseca y blanca como cinta diúrex muy usada. Parece más bien un ser todo hecho de queso de puerco enfundado en unos luminosos calzones que son la cara de Patricio Estrella. Habita entre las mejillas del personajito animado una erección demasiado forzada. El sujeto es decididamente calvo, pero el poco cabello que le queda encima de las orejas refulge pelirrojo y encendido. Además de la clara instrucción con la mano, algo comenta en un inglés pasado por demasiado ron. Memorias no sabe cómo reaccionar.

Una voz de mujer saluda desde un sillón en lo oscuro. Voz de mujer mexicana.

—Amigo. Que te esperes, te va a traer tu propina.

Memorias juraría que a esa chava también la conoció en un sonidero allá por los rastros rumbo a Hidalgo. Ella viste un vestido floreado minúsculo y dos botas piporras. Sube y baja una fresita de cigarro y come Cheetos de un color rojo imposible, uno tras otro sin masticarlos. En la tele hay reproducido un karaoke en mute. La canción avanza en desconcentrarte silencio. Memorias deja la comida en la barra de la cocina y da la vuelta. Baja la mirada, instintivamente. Resortes milenarios lo apocan. Esto le emputará apenas abandone la pieza. De todas maneras no hay dónde colocar la mirada que no provoque repulsión. En el suelo hay un montón de páginas de papel periódico secando charcos con meada de perro. Todo el suelo tapizado con primeras planas.

Secando la chis de un animal con pasaporte y visa están los cuerpos muertos de varios paisanos que hoy ya no vieron la luz del sol. Cadáveres aún con la sangre seca alimentando morbo y moscas, cuerpos inauditamente mutilados, primeros planos a los ojos aún abiertos de cabezas sin cuerpo, atropellados a mitad del carril de baja, fiambres, ajusticiados, manchones de sangre en el pavimento, automóviles hechos muégano luego de accidentes estrafalarios, vagabundos muertos de frío, heridas hinchadísimas y flamboyantes, muertos cuyo rictus final es un manchón digital fuerísima de foco, dedos sin mano, manos sin brazo, brazos colgando de alambres de púas, narcomantas. Y todas estas imágenes absorbiendo un líquido amarillo que aún brilla vivificado. Endurecidas páginas de papel periódico con los muertos que la Ciudad de México fabricó anoche, ¡sangre traducida en tinta! Ese mundo no le es tan lejano a Memorias. Alguna vez trabajó como *delivery boy* en la editorial de un periódico sensacionalista. Una frase contundente rebota en su cabeza: Si no me pagas mañana lo que tu hermano le debe al Tijera, al que le voy a arrancar la jeta va a ser a ti.

Y Memorias aprecia mucho, de un tiempo para acá, el besable pellejo de su jeta sonrojada.

México es un país adicto a la muerte. Aquel *collage* de imágenes grotescas, burdas y fotografiadas a detalle, no responde a un sistema natural de supervivencia o de ley del más fuerte. No es la lógica de las bestias o de los guerreros honorables o de los personajes del Antiguo Testamento, no son asesinatos simbólicos con que adornar tramas teatrales perdurablemente representadas; es un salvajismo total, sin orden ni concierto. ¿Nos da risa la muerte? Mentira cochina. Más bien la respiramos a diario, viaja con nosotros en el metro, veranea en nuestras playas, tiene antojo de pambazos y debe la renta. Es una intoxicación cotidiana y corriente. Una forma de mantenerse con vida. Hay que sobrevivir en este entorno. Guillermo lo sabe, Berenice lo sabe, Hitchcock lo sabe y el Tijera lo sabe.

Todo este tiempo, un perro rasguña a brincos detrás de una puerta y, más que ladrar, berrea quedito. Memorias sale del departamento apenas recibe un billete en la mano. Cierra la puerta incluso con mesura, para no incomodar. Ya en el pasillo coronado por puertas y más puertas, se recarga en un ventanal enorme con los nervios deshechos, la piel de gallina, la cabeza dándole vueltas y el corazón a punto de salírsele por la boca. Lo bueno de ser esa noche el protagonista de la peli es que puede guarecerse en cuantos lugares comunes se le ocurran.

El papel que tapizará el piso en ese airbnb mañana tendrá su cara desfigurada. Su cuerpo torturado por los achichincles del Tijera aparecerá de portada en los periódicos. Esto, a menos que haga algo. Respira hondo, se abofetea, aprieta los dientes.

Servicio entregado, pica en su teléfono.

Detrás de la ventana varios surcos de lluvia seca perfectamente definidos deforman el paisaje. Esos recorridos van a dar hasta donde está Berenice allá abajo. Y desde ese piso diez la mira. ¡Berenice! Valió la pena mantener la cabeza agachada todo este rato. Berenice recargada en un árbol. Su chamarra con estampado de improbable leopardo púrpura brilla, brilla en medio de la oscuridad como un semáforo que dictamina pausas y avances sólo para él, para el motor nuevo y rampante que late adentro de su pecho. No entiende si ella está bailando alguna coreografía coreana o revisando en sus suelas si pisó caca. Ambas circunstancias le parecen la medida justa de la vida. La mira y siente la ciudad inmensa y el corazón aún más grande. El billete de sor Juana en su puño se transmutará milagrosamente en una habitación rentada por una hora en la colonia Tabacalera.

—Ábrete, ábrete, ábrete —dice mientras presiona una y otra vez el botón del ascensor.

Berenice lo recibe con un gesto que cesa de ramalazo el chispeo. A lo lejos un trueno agrieta el firmamento, vena de luz que no suena. Se miran por unos segundos, en silencio. Y ahora sí, clama el relámpago con todo su escandaloso poderío, iluminando los contornos. Es como si todas las cortinas de acero de los negocios de la ciudad se cerraran al mismo tiempo. La noche se divide en dos eternidades.

—Ey, Guillermo. ¿A dónde ahora, batillo? ¿Unas *boneless* o de qué trae antojo la banda monchosa?

—Tenemos que pasar rápido a casa de mi hermano.

—Cómo va a ser. Preferiría conocerlo no tan a las carreras, no manches.

—Tengo que pasar por los cascos. No podemos andar así.

—No pasa nada. Te vas lento pues. Ya escampó.

—Hay mucho charco. No quiero que te pase nada. Me muero si te pasa algo.

—Awww. Corazón.

—Me esperas en la moto, subo en chinga. Es aquí cerca, a la altura de Tlatelolco. Y mejor luego organizo algo con mi hermano para que se conozcan. Una birria, unas miches, vamos a la Lagu.

—Fino, pa.

Van fundidos, en un abrazo sobre ruedas, rumbo a un destino inaplazable. Ella, con la mochilota verde fluorescente en su espalda, siente que viene cargando al Pípila o la armadura de un Caballero del Zodiaco. Él no quiere ver más allá de la calle que en ese momento recorren. Huye de un maremágnum de recuerdos con aspecto de moretón: sangre podrida atorada en el cuerpo. Le duelen cosas invisibles pero que pulsan. Se ve a sí mismo jugando a Piedra, Papel o Tijera con las manos temblorosas, los pies llenos de arena suavecita. El pasado agarrado con uñas y dientes en su cerebro de jerga seca.

A Memorias le dicen así porque recuerda con nostalgia cosas que pasaron apenitas.

Estaciona la moto. Baja, reitera el hecho hipotético de que no demorará. Le pide a Berenice que, ante cualquier cosa inesperada que ocurra, toque el claxon tres veces.

Ya la extraña.

Hitchcock vive en un barrio que te destruye. Es un edificio demasiado castigado por el grafiti y los sismos, lleno de departamentos que son bodegas de antigüedades, drogas, fayuca y acaso tres puertas detrás de las cuales todavía hay familias desayunando, comiendo y cenando. También hay mucha gente escondiéndose en lo que alguien les suelta un pitazo, hondureños hacinados, morritos en líos, raterillos humildes, heridos de bala recuperándose. Visto desde afuera es monstruoso en un sentido muy literal: todas las ventanas de la fachada están condenadas por lonas robadas. El mostacho pixeleado de un político en vez de un vidrio, el ojo castaño del político de la oposición en aquella otra ventana, un inicio de escote de senadora ocupando pícaramente toda la puerta principal. También hay lonas publicitarias supliendo vidrios: se asoma un rizo azul de pasta de dientes, la axila pulcra de una señorita ofertando rastrillos súper suaves, un enorme y escandaloso signo de precios en la ventana más alta.

Memo timbra y timbra por el interfón pero no hay respuesta. Saca el teléfono del bolsillo y le marca a su hermano. No hay respuesta tampoco. Sabe que Hitchcock se va a emputar de que se meta sin avisar, pero no hay de otra. Abre con su llave de emergencia.

La única forma de subir al piso dos es saberse el tramo de memoria. Pasillo, diez pasos, vuelta, pasillo, otros diez pasos, más escaleras y luego contar tres puertas. Es como seguir en la era de las cavernas. También es, irónicamente, como un videojuego. A Memo no se le ocurre ayudarse con la lámpara del cel. Avanza con cuidado. No sabe uno qué escena del crimen puede pisar accidentalmente en esos pasadizos. Cavernario y *gamer*, sube con diligencia.

Una oscuridad ligeramente tonificada lo sorprende. Es más como si la oscuridad se volviera de repente un incontable reguero de hormigas, un tapiz de insectos compitiendo todos entre sí. ¡La puerta del departamento de Hitchcok está abierta de par en par! Memorias entra al lugar y siente miedo en su estado más puro. Entra, enciende la luz de la sala. Un vergazo de electricidad saliendo de un foco desde el techo ilumina sendos charcos de sangre derramada. Memorias ve el llamativo cadáver de su hermano. Ahí enfrente de él, tirado en medio de varias cajas de cartón vacías. Percibe un acre y desfasado olor a muerte. Vuelve a apagar la luz.

—Ya había soñado esto, pinche Rafa. No manches. No me la hagas.

Es cierto. Pero en el sueño se despertó y eso fue todo, no hubo más daño que una frente perlada en sudor. Las primeras moscas, conquistadoras, hacen alegres ochos. El movimiento de los bichos subraya lo inanimado del cuerpo sin vida del Hitchcock. En la televisión Gokú aprieta los nudillos, frustradísimo. Pero esa tv también está en *mute*. Dónde estará el control. Lo busca con la mirada. Se distrae pensando dónde lo habrá dejado su hermano. En eso piensa, Memorias. Es como si su cerebro exigiera hacer mutis. Enfocarse en cosas más gratificantes como lo bello que sería escuchar en este instante tres claxonazos y tener así la excusa perfecta para salir huyendo del asesinato de su hermano. Encuentra el control remoto. Se le olvida que lo quería para apagarle a la tele y en cambio le quita el *mute* y lo guarda en su bolsillo. Inexplicablemente se lo lleva consigo. Se escucha un comercial de servicios bancarios, otro de jabón en polvo. Memo se acuclilla torpemente. Busca la llave de emergencia en sus bolsillos. Encontrarla y arrojarla lejos son un mismo acto. Quiere persignarse, pero la santísima trinidad se le presenta como un nudo en su entrecejo, un puchero humano en respuesta al silencio de dios. No descifra a dónde va el espíritu santo al final de la pantomima, pues la barbilla se le contrae hasta el borrón. También el padre nuestro trasmuta en una difícil tarea de quebrados.

Después de ese rezo tropezado le toma una foto al cadáver. Simplemente presiona el botón en la pantalla de su cel.

Hasta la quinta fotografía se da cuenta de que lo que está haciendo es, de menos, macabro. Ensaya ángulos, hace y deshace zooms. El rictus se ilumina y opaca. También suenan las notificaciones que le llegan al teléfono. No dejan de caerle chambas. Vibra y vibra el aparato, pero él tiene que ignorar todos esos servicios y sus propinas en dólares. Quizá debería cerrarle los ojos. Es lo que ha visto que se hace en las películas en estos casos. La sangre parece tan de mentiras. Memorias siente que va a devolver el estómago pero para no dejar huellas de su presencia en la escena del crimen, se traga el vómito.

Berenice siente el semen de Memo descender por entre sus piernas. Si se ríe, aquello se chorreará muchísimo más en su calzón. Esto, curiosamente, le da mucha risa. Bueno. Suelta una carcajada. Cuando lo ve bajar del edificio sin cascos en las manos se desilusiona enormemente. No hay beso. Él se sube y enciende la moto antes de que ella lo abrace.

Recogen KFC en la Zona Rosa y lo llevan a la Roma.

Recogen sushi en la Roma y lo reparten en la Condesa.

No hay muestras de cariño entre estos servicios. Memorias se comporta taciturno, consternado y a punto del llanto. Maneja la moto erráticamente. Ella se baja a entregar la comida. Asume un incómodo papel de colega. Intenta hacerle chistes pero no hay respuesta. Por fin se desespera:

—También podría estar en mi casa ahorita haciéndome las uñas, ¿eh, wei?

El anhelado hotel en la Tabacalera se les presenta, no como lo imaginaron, sino como lo que realmente es: triste cuarto medianamente amplio donde todos los rincones han sido mancillados. Cada mueble de esa pieza fue testigo ya de más de setenta mil cogidas y pico. Una cama harta de tanto sexo, sábanas tan delgadas como hojas de Biblia, almohadas de reo y cadáveres de cucarachas cínicas. Hay un sillón de cuero con estructura de volutas, como el de los videos porno. El tapete en el piso parece más bien una desproporcionada quemadura de cigarro. Huele a patas, a testículo, a desinfectante, a pucha. Berenice revisa que no haya cámaras escondidas detrás de los escasos objetos decorativos. Revisa que no haya cámaras escondidas adentro de los floreros, detrás del espejo, en cada uno de los cajones de un clóset en permanente desuso, adentro del bote de la basura, entre las toallas.

La "O" del anuncio luminoso de "MOTEL" en el exterior coincide con la ventana, iluminando todo de forma chirriante pero también sensual e íntima. Este fulgor azul que centellea es la única prenda que trae puesta Berenice. De un momento a otro pasó de vestida a encuerada. Desnudarse, como una elegante forma de ignorar el entorno, como cuando te muerdes un dedo hasta la sangre para olvidar el dolor de muelas.

—¿Qué te gusta hacer? —le pregunta ella a él, después de doblar su ropa y ponerla encima de una silla temblorosa.

Memorias no responde a la pregunta. La besa por todos lados. Primero hace especial énfasis en sus senos. Le lame inexplicablemente las axilas y el sabor a desodorante se apodera de su lengua, es como si se hubiera quemado con una sopa. Caen a la cama. El colchón prácticamente los rebota de regreso a estar de pie. Ensayan un faje con manos que cada vez se atreven a menos. Manos cobardes, pensamientos circulares que estorban, besos cortos sabor antitranspirante en barra. Memorias se hace bolas con su pantalón demasiado entallado. Ella intenta ayudarlo, pero él la aparta con la mirada. Una mirada suplicante pero violenta.

Ella se aleja y descuelga una imagen marina feamente enmarcada. Le da miedo que la estén filmando. Detrás de la pintura no hay una cámara invasora. Ahora busca detrás del chueco dibujo de un volcán. Tampoco hay cámaras ahí detrás. Hay una pared y gemidos. Suenan gemidos. Berenice pega la oreja en el muro. Se escuchan claramente los ruidos sexuales de sus vecinos itinerantes y, a lo lejos, las noticias en la tele en otro cuarto y, más allá, una tripa de agua que trepa agitada por los tubos del edificio. Memorias está peleándose ahora con un calcetín. Maldice en voz alta. Ella le dice que tranquilo. Él está llorando. Desconsoladamente. Llora de pavor.

—Eh, we; ¿qué traes, mamón? ¿En qué te ayudo?

Memorias no puede concretar frase alguna. Su llanto es bozal y además se avergüenza de que ella lo vea así. Berenice se pone la playera de Memo. Es de los Misfits. Le maman los Misfits porque le gustaban a su papá. De una vez se pone el calzón también. Luego se recuesta a su lado y lo abraza. Esta vez la cama sí les da la bienvenida con sus chipotes y rechinidos.

—¿Cómo lo ven, al morro? ¿Me andará verbiando nomás, el fodonguillo?

Piensa en más sitios donde pueda haber cámaras ocultas, pero en realidad aquel sería un video porno muy fallido y de escaso interés comercial. Le habla al oído con voz quedita, sosteniéndolo en su regazo. Cuando la iluminación azul del letrero se apodera de todo, sale peor, manchas por doquier levantan la mano como pasando lista de asistencia.

—Qué pasa, Memo. Por qué el cambio tan de repente. Estábamos suave. ¿Ya no te gusto, meco? ¿Ya te arrepentiste?

Berenice nunca había hecho el amor hasta ese día ni mucho menos había sostenido a un hombre llorando de forma tan descontrolada. Siente que envejeció diez años de chingadazo. Ahora sí que como dice el meme del gatito con lentes: "así es esto del amor, pasar de cero a un millón en un segundo".

—¿Quién eres, Guillermo? ¿Qué significan tus tatuajes? ¿Por qué no has subido fotos en sus redes sociales desde hace tres años? ¿Cuál es tu signo zodiacal? ¿Tu libro favorito? ¿A qué hora naciste? ¿Sólo me estás usando o me quieres bien? ¿Cuál es tu poema favorito?

¿Qué es que te quieran bien?, se pregunta apenas lo dice. Haciéndole piojito, observa sus uñas. Necesita una manicura cuanto antes.

—¿Quiénes son los tres vagos que te rodearon en Reforma 222? ¿Estás metido en *dirty* bisnes, Memo? ¿Jales de Jalisco?

Le limpia las lágrimas, pero estas se suplen copiosamente como cabezas y cuellos de Hidra. Berenice tiene dos opciones: salir huyendo o involucrarse.

—Es mi hermano —alcanza a decir Memorias entre hipos y acercándole la pantalla brutalmente luminosa del teléfono.

Memorias le muestra las fotografías que tomó del cuerpo de su hermano. Ella primero no entiende las imágenes. Ya después nota que nunca las olvidará. Salir huyendo o involucrarse. No hay de otra.

—¿Corres peligro?

Memo asiente con la cabeza.

—¿Yo corro peligro?

Memo dice que no pero luego que sí y luego que no otra vez.

Berenice se pone de pie y revisa si detrás del reloj arriba de la cabecera hay cámaras ocultas. No hay. Se vuelve sumamente presente el necio sonido del segundero avanzando para siempre jamás. Ella se acomoda de regreso en la cama y lo abraza, de manera que al poner su teléfono enfrente ambos puedan ver la pantalla. El piojito reparador no cesa. Las dos manos de ella están colocadas en función de que Memo recupere la calma. Un abrazo. Intimidad. Berenice trata de sincronizar su respiración a la de Memorias. De repente le besa la sien. También el letrero de MOTEL en la fachada hace ruido cada que se prende y apaga. Segundero, el corazón de Memo, el letrero luminoso, el corazón de Berenice. Sólo se oye la melodía que forman esos ruidos reiterándose por varios minutos. Ya no cogen los del cuarto de junto. Berenice acaricia a Memo.

—Bueno, primero necesito que te calmes. Piensa en otra cosa. Te voy a enseñar fotos mías. ¿Va? Son las que tengo guardadas como Favoritas. Son mis favoritas.

En la primera imagen hay un señor enfrente de un plato con sandías y un vaso con refresco. Está en un restaurante. Se ve la televisión al fondo y un par de mesas más. El hombre trae una playera verde esmeralda muy nueva que desentona con su piel arrugada. Es un anciano.

—Esta es de cuando fuimos a desayunar en mi cumpleaños y mi abuelo traía puesta una playera de mi ex —Berenice se ríe—; no manche, abuelo.

La risa de Berenice es como picar el botón de *guardar* en un documento, una garantía. Es un refugio, algo que ocurre en respuesta a las injusticias del mundo, una chueca solución a todos los problemas imaginables. Con el dedo, Berenice pasa a la siguiente imagen. Un niño chiquito tomando su mamila. Fotografía en blanco y negro.

—El Alisillo. Mi sobrino. Qué bonito bebé era. Todavía está chulo pero ya no es bebé. Bien *hommies* desde siempre: no se apure, mijo; yo le sostengo el biberón. Usted póngase a ver los Backyardigans a gusto, rey.

Siguiente foto. Una selfie de Berenice. Trae unos lentes negros que Memorias jamás le ha visto usar. El cabello en ajustadas trencitas de colores.

—Mis tiempos de cabello de chicle. En todos los sentidos. Ve qué tieso se me ve. En esas épocas trasnochaba casi diario porque quería entrar a Lengua y Literatura Hispánicas en la UNAM. ¿Pasé? Sí. ¿Aprendí algo? No.

A Memorias le parece encantadora esa forma que tiene Berenice de hablar, como si frente a ella estuviera una muchedumbre de seres invisibles y ella en su discurso decidiera hablarle a uno o a otro. Haciendo partícipes de su soliloquio a diferentes interlocutores que representan a la especie humana. Transformando el monólogo en diálogo. Esto Memo lo piensa con otras palabras.

Sigue la fotografía de un hámster adentro de una jaula. También en blanco y negro. El animalito parece prisionero en su jaula, nada de ángulos tiernos ni glorificación a su ternura animal.

—Ay, mira. Chalino. Que en paz descansa. Mi hermana me lo regaló para que me hiciera compañía.

—¿La mamá de Alisillo?

—Ella mera. Aprendes rápido.

—¿Es más grande o más chica que tú?

—Mucho más grande. Me lleva mil años, la culera. Pinche Lucre, naciste el mismo día que descubrieron el caldo de puerco, mija. Tengo otra hermana, más chica. Ah, pues es la foto que sigue.

La fotografía de una adolescente usando una cuchara como micrófono.

—Ella es mi otra carnala. La más fan de los Caifanes. Siempre pide la misma rola cuando nos subimos al carro y ahí anda con eso de que *parecemos nubes* todo el trayecto. Ellas aún viven allá. Sólo las veo de que en Semana Santa.

—Tú le haces igual. Cantas sólo un pedazo de canción una y otra vez.

Una selfie de Berenice. Más reciente. Sonriendo a cámara y rodeada de la palabra "cute" en diferentes colores. Vertical.

—La primera foto que me tomé cuando me quitaron los brackets después de haberlos traído cinco años. Me quedaron bien culeros los dientes porque no usé retenedor. Ni modo.

La fotografía de una cuba a la mitad y una cajetilla de cigarros a la mitad.

—La vez que me quedé a dormir con la Cindi. Nos pusimos a llorar por nuestros ex y luego nos abrazamos y planeamos ir al Tecate Supremo. Disque. Ni fuimos. Acabé yendo sola y me esguince la pata bailando La Carencia.

Sigue la fotografía de las piernas de Berenice, llenas de ronchas rojas. Archipiélagos de erupciones en la piel, muy dramáticas y concatenadas. Una comezón ojete se contagia viendo la imagen.

—Cuando descubrí que tengo urticaria nerviosa. Porque cada vez que me peleaba denso con un batillo me salían ronchas. Imagínate ser alérgica a que te manden a la verga. Sí soy.

Fotografía de una cerveza. Berenice las mira con los ojos llorosos y un cubrebocas negro tapándole más de medio rostro.

—Ah. Ese día también me mandaron a la verga. Tu tía, la más salada. Venía llorando con el del taxi. Me terapió chido. Llegué a casa de mi cuate Uriel y me dio sopita y una cheve para desayunar. Después me enseñó a aprenderme las estaciones del metro con una canción que él había inventado. Después de eso me vine a vivir a la capital y pus aquí ando.

Fotografía de Jorge Luis Borges bajada de internet. En la que está orinando en San Ildefonso.

—Te presento a mi bisabuelo. Saqué sus ojos.

Fotografía de una sala de cine apagada, película difusa proyectándose.

—Cuando me harté de las citas y empecé a ir solita al cine.

Berenice voltea la cámara del teléfono y en la pantalla aparece un Guillermo de ojos rojos e hinchados. No toma foto alguna. No presiona el botón.

—Cámara. Ya te conté todo sobre mí. No escondí nada. Quiere decir que confío en ti. Quiere decir que sé que no me vas a juzgar. Ahora cuéntame tú qué pedo con ese cadáver que traes en el cel.

—Mataron a mi hermano. No sé quién. Le debe mucho dinero a un narco y yo tengo que pagarlo. Bueno, no es un narco cualquiera… es mi otro hermano. El Tijera. No sé qué hacer. Te quiero. Me encantas.

—Ah, espérame. Se me olvidó enseñarte la foto más importante de todas. ¿La morra frita que se olvida de lo que quería decir?, sí soy. Manifiesto que no sea Alzheimer.

Ella busca algo en su teléfono. Lo manipula con serios y exactos movimientos de su dedo índice. Memorias palpa su pene fláccido, incitándolo a henchirse. Hurga todo lo que aún es muslo en Berenice.

—Aguanta, morro; de todas maneras el ambiente sensual ya valió chiscake. Qué hacemos. Te ayudo a tomar una decisión.

El segundero en el reloj arriba de la cama, los latidos del corazón de Memo, el letrero luminoso yendo y viniendo como si fuera un gif, el corazón de Berenice latiendo en chinga. El agua entubada viaja verticalmente por el sistema nervioso del motel. Berenice retoma:

—¿Conoces el *reality* de *Bailando por un sueño*? ¿Lo conoces? Me encantaba. La cosa es que tenías que bailar durante tres meses. Te ponen de compañero a un famoso de Televisa que tiene dos pies izquierdos, alcoholismo y cero disciplina e interés por aprender a bailar. Cada semana se pone más perro y te hacen bailar chingo de géneros distintos: norteño o bachata o zapateado o bailes del Cirque du Soleil a la verga. Tú te estás preguntando: ¿y por qué se llama *Bailando por un sueño*?

—Literalmente bailabas por un sueño, ¿no? Sí lo vi.

Berenice alarga la pausa dramática. La presencia de la luz que la letra "O" provoca en la habitación es como la del penúltimo hipo. Redondas manchas del encandilado se aferran al mundo interno de sus ojos cerrados.

—Exacto. Se llama *Bailando por un Sueño* porque literal, te tienen bailando para cumplirte. Van eliminando a una pareja cada semana. Al que gane le cumplen un sueño que desde antes ya quedó definido. Lo que no sabes es que yo salí en ese programa. En la segunda temporada. Los sueños de mis competidores eran, para que te des un ejemplo, curar el cáncer del abuelo, o poder pagarle estudios a un bebé que había nacido sin huesos, no sé. Había un wei que quería construir una escuela en el pueblo de donde venía.

Sus sueños eran cosas muy espesas. Cosas serias. Dramas humanos serios.

—¿Tú por qué bailabas? —pregunta Memorias, que ya no llora.

—¡La encontré! Aquí está la foto más importante de todas. Checa.

En la fotografía está Berenice vestida como si alguien la estuviera soñando. Vaporosa y llena de brillantina, está en el set de un programa de televisión. La sostienen en el aire varios bailarines con sonrisas de elote. El logotipo de un programa de tele está en la esquina de la imagen. Berenice se ve feliz, ligeramente más joven y flaca, con el cabello larguísimo a diferencia de como lo usa hoy. Con un vestido color verde lleno de flecos y muy ceñido a su figura de semifinalista.

—Yo bailaba para la liposucción de mi mamá. Mi madre es del tamaño de un Rotoplas. Se descuidó el cuerpo desde que su esposo, mi papá, murió. Cuando digo que es del tamaño de un tinaco en la azotea no estoy exagerando. Lleva veinte años que no sale a la calle porque no cabe por las puertas. Vive en un cuarto de la azotea del edificio donde me recogiste. Cada que tiembla es un broncón. Todos juran que morirán por culpa de mi mamá. Cuando fui al programa todavía había vuelta atrás. Perdí y ella subió de peso hasta lo que es hoy. Los niños se asoman por la ventana de su covacha para asustarse. Así de grave. Diario subo a verla, obvio. Memorias: mi mamá se caga encima y si no se lo limpias rápido se le puede infectar la piel. ¡Mentira! Yo no bailé para su liposucción. Todo mi esfuerzo era para poder contratar unas grúas que quitaran las paredes que rodean a mi mamá con su tecnología de aparato para la construcción. Que la bajaran con otra grúa. Yo bailé y bailé para que mi madre pudiera una vez más cruzar una calle. Y yo te pregunto: ¿qué ha hecho mi madre con su vida sino echarla a perder? No es como que vaya a escribir una serie de Netflix bien perrucha o a escribir un poema que será leído en el futuro o que se dedique a hacer las mejores gelatinas de la colonia. La vida de mi madre es innecesaria. No vale la pena bailar y esforzarse y entrenar diario durante seis meses. Es más: mantenerla con vida es una necedad. Ella sería más feliz ya no existiendo. ¿Me explico, eh, verga? Para qué bailar para mantener con vida a alguien que jamás agradeció estar viva ni se cuidó ni hará nada importante para los demás.

—No. No vale la pena.

—Pues te equivocas, papacito. Si no vas a bailar hasta la muerte por el bien de los demás, entonces, ¿para qué estar vivo? Para que haya gente bailando hacen falta los que están sentados. Te lo digo de otra manera: si no supiéramos que vamos a morir, nada existiría. Está más verga ser de los que bailan, si me preguntas. Y por eso tienes que dar la vida por tu mamá, siempre. Por tu novia, siempre. Por tus hijos, siempre. ¿Qué vas a hacer con lo de tu carnal? —le pregunta—. ¿A quién hay que ir a romperle su madre?

Memorias destensa todo su cuerpo y besa a Berenice. Besos que saben ahora a saladas lágrimas secas. Es así: los dos quieren ofrecerse gozo a través de la suavidad y luego el atasque, todo en un ritmo cambiante a veces inesperado pero que a veces también parece acordado. Inventar besos nuevos. Un faje cada vez más intenso los hace comer boca. Ahora sí: manos que buscan desafiar los límites de sus falanges; dedos que curiosean y exigen. Todo lo que importa acontece entre esos dos cuerpos comunicándose en un lenguaje milenario que involucra ahíncos, miedo, temperatura y sudor. Rasguños, más miedo, placer. Él gime. Ella modera.

—Quién eres, Guillermo.

—Un repartidor de comida.

—¿Te cae el veinte de que tienes drásticos cambios de ánimo?

—A veces siento cómo el mundo detrás de mí se borra. Y puedo reconstruirlo mágicamente con sólo voltear a verlo, pero entonces es el otro el que desaparece. No son cambios de ánimo. Es eso. Vas a pensar que soy un frito.

—Fritazo. Pero ahorita no importa lo que yo piense. ¿Qué quieres?

—Que me quieran. Que tú me quieras.

—¿Cuál es tu signo zodiacal?

—Sagitario.

—Obvio. Fuego. ¿A qué hora naciste?

—No tengo ni idea.

—Mch. ¿Te gusta la tripa?

—*¿La tripa?* No la vi.

—En tacos, wei.

—Prefiero unos de barbacoa.

—¿Estás usándome o me vas a querer bien?

—Te quiero querer bien, pero, qué es querer bien.

—Te vuelvo a preguntar: ¿corro peligro?

—Sí. Y te voy a cuidar.

—¿Por qué traes una camisa de los Misfits? ¿Los ha escuchado o sólo te gusta el dibujo? A ver dime cinco canciones.

—A Toni le encantaban. Luego te cuento sobre Toni.

—¿Sí te diste cuenta de que no tengo tatuajes?

—Lo noté luego luego.

—¿Qué significan los tuyos?

—Este de aquí es por Toni, precisamente. Luego te cuento bien sobre Toni. Este de acá también tiene que ver con Toni. Este es idéntico al que tenía Toni en la pantorrilla pero yo me lo hice en el pecho. Bueno. Este de acá es por el juego de Piedra, Papel o Tijera. Yo soy Piedra. Ya te contaré.

—¿Por qué me gustas tanto?

—No tengo idea. Siento que estoy soñando —y se pellizca un pezón.

—Ay, eres muy *cute* y *hot*.

—Tú eres la razón por la que la gente escribe canciones.

—Ok. Va. Seguiré contigo. Me involucro. Y también te quiero. Sí, lo quiero, damas y caballeros del jurado.

Brilla por su ausencia la muchedumbre a la que Berenice le habla. O mejor dicho, las multitudes dentro de Berenice están atendiendo otros asuntos: ella está muy mojada. Guillermo trae tremenda sed. Entra en su cuerpo con vivificada diligencia. La lentitud de esta intrusión es dolorosamente precisa. Por un rato indeterminado son un mismo cuerpo jadeante. Él cierra los ojos pero ella se los mantiene abiertos con las manos, como si le quitara dulcemente la envoltura a una golosina. Veme, le dice. Y él no vuelve a pestañear siquiera. ¡Tocan a la puerta! Ambos confunden aquel concierto de nudillos con balazos en ráfagas. Se separan sus sexos por culpa de lo sorpresivo de la interrupción. Una voz de mujer mexicana informa que se les acabó la hora. Si quieren más tiempo tienen que pagar. No tienen dinero. Se reconocen súbitamente desnudos y demasiado jóvenes. Dolorosamente jóvenes y expulsados de un paraíso mugrosón. Con la pulsión del coito interrumpido palpitando en sus sexos, coinciden en que hay que seguir repartiendo comida en lo que se les ocurre qué hacer.

—¿Te dolió?, ¿te lastimaste? —le pregunta preocupado Memo a Berenice.

—No. ¿Tú?

—No. Pero qué susto.

Ya sobre la moto y a toda velocidad, ambos imaginan que siguen recostados en ese terrible y mágico cuarto de hotel de la colonia Tabacalera. Suspendido el tiempo ahí, con ellos amándose y siendo amados por la luz que los empanizó hechos uno. Esta victoria del amor sobre el tiempo es como llevar un pedazo de sol en vez de ojos.

POEMA

por Berenice M.

Para Memorias de Ayer y Hoy

Recogimos pizza sobre Avenida Chapultepec.
Resguardamos su aroma hasta la Anzures.
Llevamos rollos de sushi a la San Miguel Chapultepec.
Un enorme pastel de queso a las calles en torno a Polanco
    que hieden a chela de antier.
Entregamos Papas Alfabeto en el funesto Sur.
Llevamos el enigma de una galleta de la suerte al Sur.
Del postre, la irracional alegría.
La inexplicable existencia de las alitas boneless.
La bastardía taquera de un burrito de frijoles.
El delito de embotellar la gratitud del agua.
Un Sol de papas a la francesa sangrando cátsup.
Un nugget de pollo en su jacussi de bbq encima de una
    tabla nutrimental.
Comida muerta para gente que cena sin hambre.
Mientras, tristes, los niños comen sus Cajitas Felices.

Al Monumento al Bicentenario de la Independencia Nacional y del Centenario de la Revolución le llamaron, administrativamente, La Estela de Luz, pero la ciudadanía decidió que, como parece una enorme galleta, mejor se le diga La Suavicrema. Fue una decisión masiva irrevocable. En realidad ese es el destino final de todos los proyectos en este país: la guasa, el cotorreo, ser una cosa apocada aunque conmemores dos siglos de historia. Y sin embargo que haya una enorme galleta en medio de los edificios más sofisticados es sumamente gracioso.

—Pinche Suavicrema estúpida— dice ella.

—Además cada que la encienden dejan sin luz, no sé, a Metepec —dice Memorias.

Al lado de la galletota y bajo el amparo de un árbol, los jóvenes se juntan a fumar mariguana. Es un árbol evidentemente sabio, un árbol pariente del Árbol del Conocimiento. Su herencia es ser hoy un punto de permisión. Ahí se puede consumir o comprar, conectar, compartir y hasta obsequiar mota. El olor a hierba le da la bienvenida a nuestro par. Memorias alza la mirada buscando a alguien y Berenice agacha el rostro esperando que nadie la reconozca. Sus vecinas van a conectar ahí. Su mamá no puede enterarse de que la vieron entre drogadictos. Memorias hace un chiflido muy particular. Lo repite cada vez con más insistencia.

—Espérame aquí, mi amor —le dice Memorias, señalándole la estatua de un hombre de saco y corbata que camina ciegamente rumbo al porvenir.

Berenice se acuclilla al lado de la escultura, aprovecha que alguien se robó el portafolios de metal para tomar de la mano al hombre. Literalmente es la escultura de un oficinista yendo a trabajar, el Monumento al Empleado, quizá. El monumento al Burócrata. El monumento al Asalariado. El Monumento al Padre, piensa en cambio Berenice y se toma fuerte de esa mano fría.

En torno a la estatua hay jóvenes abusivamente flacos, albañiles cansados, morritas hermosas, fresas del mal, vagabundos sórdidos, *skaters* veteranos, desempleados y empleados, oficiales de policía, amas de casa, estudiantes ejemplares y estudiantes que llevan tres años saltándose las materias. Todos, todos, todos, se dieron un toque. Hay muchísima gente tratando de desmantelar la realidad esa noche en La Suavicrema. Un muégano de rostros ausentes sonriéndole a la nada. Los adultos del siglo pasado decían que *en la ciudad de México los polos se tocan*, hoy en día más bien no hay polos y todo es un perpetuo manoseo de ciegos. El murmullo se mantiene en un volumen desesperadamente bajo. La noche está más chaparra en ese sitio, el viento se respira muy mordisqueado. Aquí y allá se encienden repentinos circulitos rojos que vomitan un masivo acuerdo de humo. Berenice se aguanta la respiración. Nunca ha fumado y le da miedo que el borregazo la maree. Le da miedo descontrolarse fumando esa chingadera. Además, quién sabe qué le ponen para volverte adicto. En Berenice los mensajes precautorios del gobierno en contra del consumo de drogas han hecho mella. Se toma fuerte de la mano fría de la escultura y saca el celular. Aguanta la respiración y cuando es necesario recargar aire se cubre con el cuello de la camisa para no respirar aquel aire corrompido. Es una noche fría. Se pone a ver una seguidilla de videos de diez segundos cada uno sin conexión entre sí. Gente desconocida siendo graciosa o ingeniosa o estúpida o anticuada o clavada o caduca o hermosa o sensual o grosera. Berenice reparte *likes* hasta que la ansiedad disminuye. A Berenice le dan mucho miedo las drogas. No son prejuicios, es un miedo puro y agresivo inoculado desde que tiene memoria. Ya más tranquila se pone a pensar en su poema.

Memorias encuentra al Abuget sirviendo de guía de turistas a un grupo de extranjeros. Les explica en inglés por qué los tacos de canasta son la respuesta de dios a Job. Lucen muy simpáticos aquellos seres enormes e irrealmente rubios alrededor de la bicicleta y su cesto de plástico azul, un tambo repleto de salsa, su paquete de servilletas humildes. Los extranjeros, comiendo la más sencilla de las cenas defeñas, parecen generados con inteligencia artificial. Los dos amigos se saludan de lejos, con una mirada. Papa, frijol, chicharrón o adobo. Uno por uno los van probando, recelosamente, nuestros conquistadores hambreados por culpa del fume. El guía de turistas inventa leyendas aztecas sobre cada opción de taco. Recoge, en propinas, el triple de lo que gastaron en pagar los alimentos.

—Ya no le teme a la salsa verde esta bola de ojetes —le dice Memorias a manera de saludo.

—Chamba es chamba —le responde Abuget.

—Si no es crítica, hermano. Se me hace chingón verte chingón, activo, parlando en inglish.

—Ya sé. El que se siente sucio soy yo. Turismo de garnachas. Hemos caído muy bajo.

—Ya sabes lo que siempre digo: para que unos bailen otros tienen que estar sentados.

—Date una vuelta por la Roma. Gringos alrededor de la señora de las quesadillas como si fuera una exhibición de museo. Del de los elotes, del de los churros, del de las tostadas. Todos los días, un montón de gringos descubren el milagro de la torta de tamal…

—Hasta nuestra pus les interesa.

—Esto se fue a la verga el día que dejaron de tenerles miedo a nuestras salsas. Dan ganas de hacerles la vida difícil a las mamás y abuelas para que las hagan otra vez bien picosas y les arda tanto la cola a los norteamericanos que se regresen corriendo a Nueva York.

Memorias ríe, saca la bachita que le dieron los maleantes de Reforma 222. Su amigo la huele a detalle, incluso exagerando la evocación que ese olor le provoca. Enciende ese último e infinito tramo de porro. Fuma saboreando y apretando el ojo.

—Es merca del Tijera. ¿Andas en pedos? —dice Abuget poniéndose serio de repente.

—Tú dime.

—Pues mira, no es de sus híbridas para CEOs, pero me queda claro que no deberían verme hablando contigo.

—Pero sí con esos pinches franchutes y alemanes y neo-yorkinos.

—Hermanito, no te desquites conmigo. ¿Qué traes con el Tijera? De esta fuman sus matones menos sofisticados. Los que sí te rebanan, ándate con cuidado, pues.

Memorias se acuerda de que es el protagonista de esta peli y dice:

—El tiro es más bien con mi hermano, pero yo pisé la caca. ¿Has visto al Hitchcock?

—Tiene meses que no. Nuca he entendido el desmadre que traen ustedes tres con que son hermanos y luego no son hermanos. Son hermanos cuando les conviene.

—Tú cree sólo lo que te conviene.

Berenice suelta la mano de la escultura y se pone de pie, busca entre el tumulto a Guillermo. A su parecer ya demoró demasiado, aunque no tiene claro cuánto tiempo ha pasado realmente.

—Lo que necesito, mi adorado Abuget, es que me investigues con quién trae pleitos mi carnal. Con el Tijera, pero eso es ya de cajón. ¿Quién quisiera ver esta noche al Hitchcock muerto?

—Y qué recibo a cambio.

—Es favor de compas. Pero todo el mes te traigo comida pal monchis. De la que luego no entrego. También préstame una milpa, ¿no? Te la devuelvo con tres fotocopias.

—¿Mil? Me viste cara de cajero automático.

—Es para el motel.

—No se diga más. Dame una media hora y te mando mensaje. Lo borras luego luego.

—¿Qué tanto haces, Memo? —interrumpe Berenice, aguantándose la respiración.

Silencio incómodo. Llega justo en el momento en que Abuget saca de su cartera uno del águila y se lo pasa hecho rollo a Memo. Berenice observa a Memorias, le parece que algo dramático ha pasado en su rostro, es como si no pudiera determinarse si tiene quince o setenta años de edad. Toma el dinero y se alejan de la nube. Abuget ya no está ahí cuando ella vuelve la mirada.

—¿Sabes qué? —dice Memorias una vez que han abandonado el nudo de humanos y llegado a donde dejaron la moto—. Tienes toda la razón. Vale la pena bailar por lo que amas.

Hay que llevar tres pizzas a la colonia Centro. Las recogen en sus cajas y sobre República de Cuba se meten directo a uno de los hoteles de paso baratos que florecen en medio de bares gay, bares trans, cantinuchas mal fumigadas, hoyos funky y bares que generan su propio campo semántico: Gomichelas, Gomilitros, Licuachelas, Kittychelas. Pagan en una taquilla que a Berenice le recuerda a las panaderías del barrio. Una mano que sale del agujero en un espejo les devuelve el cambio. Se mira en el reflejo sin verse. Memorias aprovecha para exprimirse un barrito en el cuello. Suben, abrazados y abrasados, por las escaleras hasta un tercer piso. Habitación sin personalidad, pero llena de muebles que posiblemente fueron atesorados todavía hace unos meses por la abuelita de alguien. Hay una cama sin particularidades. Hay una colcha llena de agujeros de cigarro. Hay un oxidado ventilador con la frente recargada a la pared, sólo le faltan las orejas de burro. Berenice hace su obligada revisión en busca de cámaras. Busca detrás de una maceta con flores de artificio, detrás de los cuadros, detrás de un reloj de pared sin pila, busca hasta debajo de la alfombra. Memorias, que en cambio siente que lo está filmando el director de *Duro de matar 3*, se desnuda como si la ropa fuera gratis. Por ahí la tela de quién sabe qué prenda se rasga para siempre. Es ese un primer gemido. Todo lo que los rodea cruje, truena o provoca desorganizados chirridos. Hacen el amor como si no hubiera habido una pausa entre la interrupción de la última vez y esta. Piel opinando, humedad hablando a gritos, saliva a trompicones. Y ningún beso erra el tiro.

Berenice está sorprendida de que, al mismo tiempo que se siente muy segura en la cama con Guillermo, aquello es impresionantemente rico. Siente como cuando se cierra un paréntesis.

Veinte minutos después, él se viene afuera. Ella se queda con ganas de más. Las pizzas son dos hawaianas y una de tres quesos. El cuarto se llena de un olor inusitadamente agradable mezcla de pan caliente y sexo. Se asoman al balcón de piedra. Él, vestido de sombras, y ella, vestida con la sábana ajada sobre la que cogieron. La pizza sabe a que la mantienen caliente con un foco, pero también sabe a gloria. No dejan de besarse, masticando se besan. De la mochilota sacan también una tibia Fanta de seiscientos que comparten a traguitos. No están tan arriba pero sí lo suficiente para que el escándalo humano allá abajo no los inquiete. Nada les estorba. Tenían hambre, de esa que sólo es notoria una vez que el estómago se ha saciado. Las cosas existen cuando las mencionas, piensa Memorias.

—Esto es lo que quiero a hacer. Mataron a mi hermanastro, el Hitchcok. Le dicen así porque trabajaba en un club de videorrentas. Ese culero es una fichita.

—Era.

—Sí. Traía pedos y deudas con medio mundo. Estoy seguro de que quien lo mató fue mi otro hermanastro, un asesino hijo de la gran puta al que le llaman el Tijera. Somos hermanos de leche. Apenas salgamos de todo esto te cuento por qué. Bueno. Mi amigo con el que me viste en la Suavicrema me va a mandar una lista de los narquillos que quisieran ver al Hitchcok muerto. Vamos a visitarlos uno a uno prometiéndoles la muerte de mi hermano, que ya está muertísmo. ¿Me captas? Es un negocio redondo. Cobramos por matar a alguien que ya está muerto pero nadie lo sabe aún. Agarramos toda la lana que sea posible y nos largamos para siempre a Acapulco, tendremos una hija y ella crecerá frente al mar. ¿Qué opinas?

—El único peligro es que les quieras vender el cuerpo muerto a los que precisamente lo mataron.

—Es un peligro, sí.

—¿Y cómo vamos a conseguir que nos reciban los narcos?

—No son narcos. Son niños desnutridos reclutados por el narco. La mayoría más chicos que tú y que yo. Les llevamos de regalo la comida que haya que repartir esta noche. No dejan de llegarme pedidos. Gratis, hasta las patadas; decía Toni.

—Va. Jalo. ¿La aplicación no se dará cuenta de que no estás entregando la comida a donde debes?

— Tengo varias cuentas con diferentes nombres. Esos ojetes de Uber no lo notarán hasta que estemos en Playa Bonfil haciendo castillos de arena.

—¿Tiene que ser Acapulco? No conozco Oaxaca.

—No hay más qué decir, playas de Oaxaca.

—Entonces vente adentro de mí. No la saques.

—Ok, tiene sentido.

—Otra cosa. Me caga la pizza hawaiana. Pero sí quiero ser mamá.

—A mí también me caga.

—A ver, chifla como estabas chiflándole a tu compa.

Y Memorias silba como si fuera un ave indistinta. El limpio sonido que sale de su boca fruncida escupe pedazos de queso sobre Berenice, botada de la risa y lista para una segunda sesión erótica. Esa niñita que crecerá frente al Nudo Mixteco no va a hacerse por sí sola.

—Enséñame las fotos de tu celular, vato. Seguro tienes mil fotos con tus mil novias. A ver, bola de morras, en fila por estaturas.

—Para nada.

—Déjame verlo.

—Preferiría que no, pero toma —dice Memorias luego de desbloquear el aparato con su jeta de *No rompo un plato*.

—¿Y esto?

—Pues son fotos.

—¡No me digas que son fotos! Cuéntame como yo te conté.

—Cada que puedo me lanzo a algún *skate park* a darle un rato. A mí me gusta el de San Cosme, aunque huele a mil meados es en el que menos te molestan los cerdos. Cuando hay más chance me lanzo a uno por las pirámides con la banda de Tecámac.

—¿Quiénes son todos estos vagos?

—No tengo idea de quiénes son, pero a todos los conozco desde hace tiempo. En las fotos no salen pero damos clases a morritos de primaria o hasta más chicos, de a cien la hora. Nos los dejan encargados sus jefas.

—Cuéntame más. ¿Y ellas?

—Chavas del barrio que van a darle. Las novias del Moscorrón. Si eres mujer y patinas en San Cosmic, eres su nalga.

—¿Ellas hacen *skate*? Wow.

—Son muy buenas. La que trae el helado es muy hábil. No se cansa. Si se cae hasta le da gusto. Luego llevan a sus novios para que las graben.

—¡Hace patineta comiendo helado! Ídola.

—Está muy chido porque nadie pide chance para entrar, sólo llegan y se meten. Nadie se queda fuera, nadie pelea, no importa quién seas o de dónde vengas, te caes y te levantas. Hay un niño que se parece a Pedrito Fernández y le dicen "Chentillo", su tío llegó ayer en un camionetón bien lujoso y se bajó para llevarle según una chamarra para el frío. Hay bastantes historias bien chidas ahí.

—Qué guapo te ves con rodilleras.

—Siempre quise ser pro. Que una marca me patrocine, ¿te imaginas? Traer unos Vans nuevecitos diario.

—Y por qué dices "quise". Todavía puedes.

—Imposible. Ya estoy grande.

—Cálmate, Matusalén. Todavía puedes serlo. ¿En Oaxaca hay *skate park*?

—No que yo sepa. Los chidos son en Puebla.

—¿En Acapulco?

—Tampoco. Ah, pero dicen que unos gringos están construyendo uno en Mazunte.

—Oye, Memo. Me gustas mucho.

—¿En serio? Cómo puedo gustarte, tú eres una modelo y yo soy un Huevo Cartoon.

—Óiganlo, al morro.

—¿No te molestan mis lonjas? ¿Mis chichis de pico? —dice Memorias señalando su cuerpo.

—¿Viste cómo me mojé hace rato? ¿Tú crees que eso es porque me gustas o porque no me gustas?

—¡Porque te gusto! —responde Memorias con una seguridad que no se le había visto en toda su vida.

—Oye, sabes qué, no está chido que no tengas fotos de tus ligues en el cel. A ver. Tómame una.

Berenice se pone de pie, su desnudez viste a la habitación. Toma un enorme y feo jarrón rosa con polvosas flores artificiales. Les sopla y se arrepiente al instante. Estornuda dos, cuatro veces. Los espasmos provocan un hermoso vaivén en sus senos. Ella solita se dice "¡salud!" al finalizar. Sus pezones se endurecen a detalle. Sostiene el jarrón abrazándolo frente a ella, cubriéndose el sexo pero no las tetas. Detrás de los tallos de alambre torcido llenos de telarañas, se alcanza a ver su carita de mona china. Memorias toma treinta fotos. Veintitantas son prácticamente la misma foto. En las últimas al rostro de Berenice lo descompone otra tanda de estornudos.

Huyen del motel tomados de la mano, trotan sin soltarse hasta donde la moto los espera. Se adueñan una vez más de la ciudad. Recogen una cubeta de pollo frito en el KFC de la Zona Rosa. Según el aparato habría que llevarla a colonia Tabacalera pero las instrucciones del Abuget dicen que hay que llevarlas a un local de pachinkos sobre la calle de López en el Centro Histórico. Berenice se estrecha a Memorias, que fantasea a tope; imagina que lleva a Berenice al restorán que ella quiera, nada de *fast food* ni puestos en la calle. Comen, en vez de repartir. Se sientan los dos a la mesa, una mesa entre jardineras de la banqueta o también puede ser una mesa muy al fondo, él se imagina que es buena onda con el mesero, también se imagina que es mala onda con el mesero; no deja propina o deja mucha. Quiere que al centro haya una canasta llena de birotes, como en un cuento de hadas. Quiere pedir más salsa. No usar algún tenedor muy chirris sólo por el gusto de no ensuciarlo. Pedir un coctel tras otro.

Las calles frente a ellos se doblan. Berenice modula el abrazo. A veces pareciera que teme salir volando hacia atrás debido al peso de la enorme mochilota verde fluorescente. Siguiendo el mapa en el teléfono, entran a las calles del centro donde de día se venden focos, lámparas y luces led. De noche, la oscuridad son puros ojos ocultos. Ojos ocultos que los miran estacionarse, abrazarse, darse besos de esquimal, ubicar los números en las puertas. Calle Victoria, su nombre es una firme mentira. El cacho chamagoso del centro histórico que no fue remodelado.

Los pachinkos son maquinitas niponas sin chiste alguno. Metes bolas de metal en una ranura con la intención de que el constante girar de un disco las lleve a buen puerto, la mayoría pierde rumbo. Es un juego hipnótico que ayudó a los japoneses a ignorar los dolores provocados por la bomba atómica. Es una forma de mantener el anhelo en vilo, la mente atenta al infinito y sus azares. Los locales de pachinkos se han popularizado en esa zona del primer cuadro. No atarugan a nadie. Son puntos de venta disfrazados e iluminados como sala de espera en hospital. Atiende un escuincle.

Se rasga ambos ojos usando sus dedos mientras les pregunta sin voltearlos siquiera a ver:

—¿Quielen pelico, poppel o qué quielen?

—Morro, venimos con el Ojos —dice Memo apretando la voz.

—¿El qué, perdón?

—Avísale al Ojos que le traemos su pollo Kentucky —interrumpe Berenice.

—Déjamelo aquí.

—Nos dieron la instrucción de no irnos hasta dárselo en persona. Se lo manda el Hitchcock.

Hitchcock, ese otro abra kadabra.

Al Hitchcock en todos lados lo adoran, todo mundo recuerda con cariño alguna anécdota que protagonizó. A pesar de que es un hombre cuya chamba diaria consiste en secuestrar, cercenar, matar y aterrar, ha conseguido que su prioridad sea el bienestar de los demás. Enseña a los morritos a leer, escribir, sumar y restar, les lleva maruchans y tonopanes a los que apenas empiezan, aconseja bien, presta lana y no la cobra con violencia. El hijo pródigo. Memorias siempre recuerda con cariño cuando veían películas enteras en las teles del Sanborns del malecón, en el Acapulco Viejo, y él le leía los subtítulos y se las iba explicando.

En la radio dan la hora. Da la impresión de que el locutor está completamente errado y es mucho más noche.

O quizá más temprano. Para Guillermo y Berenice el tiempo lleva rato descompuesto. Son las diez y cuarto de la noche.

El olor del pollo frito renuncia a su prisión de empaque. Pasan a la parte de atrás. Memo traga saliva. Berenice se reconoce sorpresivamente tranquila. Si el pachinkos está iluminado como una sala de espera de hospital, esa habitación trasera está alumbrada como el rutilante fulgor que te recibe en el Más Allá. O como un baño de Sanborns, también. Duele de tan blanco.

Sentado detrás de un escritorio, un muchacho flaco, que no debe tener más de quince años, cuenta calcetines como si fueran fajos de billetes.

—Qué se te ofrece, Guillermo. Juraría que, de los tres hermanos, tú eras el único que no estaba metido en estos cagaderos.

También allá adentro todo tiene ojos. Pero son ojos muy tiernos, de caricatura japonesa, ojos acuosos, conmovedores y enormes, con el iris resistiendo dentro de sí una detallada explosión multicolor. No hay paredes sino racks con muñecos de peluche hacinados. Hay osos, catarinas, elefantes, corgis, gusanos, hulks, labubus, ternurines y pikachus... ¡un delirio de felpa! Memorias se siente en el pinche *Viaje de Chihiro*. En realidad es una bodega de fayuca china tipo Miniso.

—Juraría que tú no estás metido en estos cagaderos, Memorias... —repite el chamaco—, ¿qué se te ofrece, perro?

La lengua se le traba a Memorias. Todo el abecedario deja de existir. Nervioso siente cómo la frente se le perla de sudor. Cantinflea, abatido. Siente la mano de su amada en su rodilla, apretándolo.

—Estamos en la posibilidad de matar a alguien que quieres ver muerto —interviene Berenice.

—¿Y tú qué pitos tocas?

Alguien se ríe del chiste del patrón. En ese momento Berenice se da cuenta de que detrás de ellos hay varios pubertos, posiblemente armados y esperando la hora de los chingadazos.

—Soy la nalga de Memo, futura madre de su hija. O sea, la cuñada del Hitchcock también. Y por eso mismo podemos chingárnoslo. Su hermano me va a presentar hoy como su novia en una reunioncita en su departamento. Por el puro favor que nos haces al recibirnos, te trajimos pollo frito. Habanero y Flaming Hot. Está aún caliente. Y hay puré. Alcanza para todos, pues. Si no te interesa nos vamos y no pasa nada.

El Ojos toma una pieza y le pasa la cubeta a varios sujetos que se reparten el botín.

—Podemos sacar al Hitchcock del mapa. Se entiende que todo lo que es del Hitchcock podrás invadirlo o disputarlo ya sabrán ustedes contra quién.

—Y cómo lo van a matar.

—Bien muerto. Ojos de tache a la verga.

—Siento que cualquiera de mis amigos aquí presentes puede hacer mejor trabajo que ustedes dos.

—¿Están invitados a tomar miches hoy en casa del Hitchcock? No, ¿verdad? ¿Van a estar tan cerca de él como para volarle los sesos? ¿No o sí, banda?

Alguno responde que no en voz alta. El jefe arroja el hueso de pollo ya sin carne y un perro que hasta ese momento parecía de peluche corre para atraparlo. Memorias permanece inmóvil. El miedo paraliza el alma. El jefe busca una servilleta, se relame los labios. Luego se frota los ojos, como buscándolos allá adentro.

—¿Qué pitos toco? —concluye Berenice—. Les explico: lo vamos a agarrar desprevenido, desconcentrado y como dios lo trajo al mundo…

—Te va a costar cincuenta mil pesos… —grita Memorias, caricaturescamente.

El jefe llora, lágrimas incontenibles bajan por sus mejillas. Así, completamente enchilado, salen a relucir sus escasos doce años de edad. Se escuchan constantes sorbidos de nariz, dedos siendo chupados. Risas. El picor en el rostro de todos ya es visible, en contraste con los ojos *kawaii* en los peluches. Sorben felices. El jefe de aquella prepa toma otra pieza de la cubeta y grita que le traigan agua.

—Cuarenta mil —dice, entre mocos.

La lluvia se soltó de pronto. Un inimaginable bloque de agua, detalladamente separado en cada una de sus partes, cae a destiempo encima del ancho mundo. Llueve como si lavaran con Kärcher sobre cada rincón, árbol y techito de la Ciudad de México. Ya van tres días así. Y las gotas se comportan como si tuvieran sus propios organigramas, himnos y baladas. De repente Memorias mete la motocicleta a un hotel sobre Lázaro Cárdenas. Es un edificio enorme.

—Ahorita sólo tengo disponible la Suite Nórdica —dice el de la recepción.

En el elevador se fajan muy emocionados. Los cables del ascensor rechinan espantoso y ellos se besan con las bocas abiertas. Lenguas en su festín de saliva que sabe a ambrosía. Fajan en un cubículo que asciende por un oscuro túnel. No pueden creerlo. Traen muchísimo dinero consigo. Más lana de la que jamás soñaron. Entran a la habitación. Se dan cuenta de que están los dos empapados con agua de lluvia. Les cuesta trabajo quitarse la ropa. Se meten a bañar casi por instinto. No es sensual la ducha. Es tal cual lo que es: bañarse por primera vez con alguien en la misma regadera. Compartir un jabón minúsculo, quitar espuma de los ojos, piel resbaladiza, besos sabor champú. Ella se orina de pie y se las ingenia para no mojarse el cabello. Él se lastima la piel tallándose quizá demasiado fuerte. Aseados, hacen el amor en una cama redonda.

Hay adentro de ellos ciclos muy preclaros, signos en rotación. Exhalan e inhalan, por poner un ejemplo. En la dinámica propia de tan gozosos vaivenes ocurre algo mágico: Berenice y Memorias intentan repetir, como si fuera una receta de cocina, la cogida anterior que les fue tan placentera. La evocan comparativamente y palpando. Tiene sentido pues ya hay entre ellos un par de permisos otorgados y desinhibiciones perfectamente definidas. Él le liba un pezón. Ella le acaricia los testículos. Él muerde. Son mordiscos inermes. Hacen las mismas dos posiciones del encuentro en el motel en Cuba. Ella arriba, él arriba, perrito. Es aquella una coreografía involuntaria. Misma mano en la nuca, misma mordida de labios, mismo gemido, misma velocidad pausada, misma constante pregunta de *¿estás bien?*, mismas uñas clavadas en la espalda, mismo grito al momento de venirse, él. Ella dice Memo, Memo, Memo. Él no pestañea siquiera. En realidad no se acercan ni tantito a la anhelada calca sexual, fue una improvisación plagada de nuevos hallazgos. Y sin embargo ahora sí que se vienen los dos. No es al mismo tiempo, pero como el orgasmo en ella se aletarga vagos instantes de tiempo brujo, él la alcanza. Ríen separando sus centros, respirando agitadamente ríen.

Berenice busca la cámara escondida detrás un par de escudos vikingos de madera, en los ojos de un tapete de oso disecado, adentro de la caja de clínex, adentro de un yelmo de utilería y detrás de un hacha también falsa. En todo caso ya es muy tarde, el daño está hecho. No revisó antes. Hay un video de ella cogiendo. Se acabó. Su mamá la va a matar.

Bajan con la ropa empapada. De hecho, fue muy problemático vestirla de nuevo. Mojados, caminan hacia donde estacionaron la moto. El frio pareciera nacerles desde adentro. Un Volkswagen va entrando al hotel. Bajan del vehículo dos chamacos aún más jóvenes que ellos. Buscando las llaves de la moto, Memorias palpa el control remoto de la tele de su hermano. Lo apuntala dentro del bolsillo como si fuera la silueta de un arma oculta y les grita.

—En chinga, cáiganse con las sudaderas.

—Y también los calcetines —completa Berenice poniendo cara de mala.

Vestidos con sendas sudaderas estridentes y *oversized* del concierto de anoche de una banda de pop coreano, recogen varias órdenes de tacos árabes en la Narvarte. Cebollitas cambray, chicharrón de queso, salsa de la que no pica. Un montón de gringos se van a quedar con hambre en un departamento sobre avenida Universidad porque según el listado de Abuget más bien toca ir a la colonia Buenos Aires con un tal Raiden.

En la Buenos Aires te hurtan los espejos retrovisores del coche sólo para vendértelos una cuadra después. Toda una colonia dedicada al robo de autopartes tenía que generar a sus artistas. Un corredor escultórico decora el camellón central de Vértiz. Son efigies de animales hechas con chatarra automotriz, mofles, cárters, suspensiones, resortes, conchas de motores, volantes y rines abollados. Una vez superas la sucesión de estatuas oxidadas hay un recuadro de luz que recorta dramáticamente la noche. A lo lejos parece un portal a otra dimensión, algo que atrae. Es el nicho dedicado a Malverde, el santo consentido de los narcos y su acompañante de lujo, La Santa Muerte, protectora del barrio. Su apostura, en efecto, es la de un par de dioses tamaño maniquí. Imponen como lo que son: uno de los corazones nocturnos de la fe en la Ciudad de México. Memorias y Berenice se quedan pasmados frente a la urna de cristal. Se toman de la mano. El patrón está estrenando jeans y su camisa de vestir parece hecha a la medida, centellea sin dobleces de uso. La Niña Blanca tiene una túnica también blanca llena de accesorios ostentosos en símbolos. Se alcanzan a ver sus costillas y un cacho de espina dorsal, la falsa palidez de sus huesos de resina. A la altura de la osamenta hay un espejo de ocho lados. Un espejo muy limpio, usado a manera de máscara o de jeta.

Memorias, desde donde está parado, ve cómo se refleja un aburrido tramo de calle. Berenice mueve la mirada hasta que en ese espejo se reproduce el rostro pálido de Guillermo. La piel se le eriza hasta lo indecible. Siente que acaba de pactar un final funesto.

El domicilio es en una vecindad horizontal. En el patio se está desarrollando una fiesta infantil. Un castillo inflable inmenso obstaculiza el acceso; en su interior varias niñas y niños rebotan y gritan desquiciados por la emoción de estar despiertos tan de noche. En varias bocinas colocadas sin ningún sentido retumban canciones de cogedera a todo volumen. Entran a la vecindad. Memo está alerta. No hay ningún adulto supervisando la pachanga. Los niños que no están adentro del brincolín manipulan cosas ruidosas en teléfonos celulares de última generación, ante cualquier logro en el jueguito gritan obscenidades, compiten entre ellos sentados en sillas de plástico dispersas en un patio principal. Otro bloque de morritos, no deben tener más de tres años, llora aquí y allá. Son como niños perdidos en un centro comercial.

Abrazando una bolsa estraza llena de tacos árabes enfriándose, Berenice se declara abiertamente malvibrada.

—Qué perro malvibre. Mejor vámonos, Memo.

—Busco al Raiden —le dice Memorias a un grupo de chamacos formados para mear.

Nadie responde.

Se meten a un domicilio, lo eligen entre tres idénticos. Son varios cuartos, uno tras otro, separados por puertas de tela. En cada uno hay una pantalla plasma grande y un gentío de escuincles de varias edades sentados en sillones nuevos aún envueltos en plástico. En la primera pieza están viendo una sanguinaria caricatura japonesa que ni Berenice ni Memorias conocen. Un hombre cuya cara es una sierra eléctrica descuartiza rivales. En la segunda pieza se juega al *FIFA* en una tele mientras hay pornografía en otra. Los exalta un gol virtual fallado y sus repeticiones desde todos los ángulos. En una tercera habitación varios chamacos esperan su turno al mando en un videojuego que reproduce la experiencia de luchar en una guerra. El sonido de los balazos en ráfaga rebota en las paredes. Berenice y Memorias cruzan uno a uno los cuartos tomados de la mano, pasan desapercibidos para aquella tribu de chamacos abstraídos.

—¿Alguien sabe dónde está el Raiden?

—Shhhhh… arriba con su abuela —responde una voz infantil.

—¿Quién lo busca? —responde otra.

Suben. Están entrando a una boca del lobo. Caminan por un pasillo flanqueado por castillos inflables completamente desinflados y ajadas carnazas de perro. Raro tapete. Después, una sala sólo iluminada por la inmutada luz que sale de un televisor del siglo pasado. Una de esas teles barrigonas, toscas y con antena de conejo. Masticando comida invisible, una anciana permanece en silencio enfrente de la pantalla. Memo se siente en una película coreana de espantos.

—¿Qué se les perdió, vergas? -dice una voz apostada en su oscuro rincón.

—Somos repartidores de Uber. Te traemos tacos de regalo y a cambio sólo te pedimos que nos escuches dos minutos.

—¿El Memorias de Ayer y Hoy?

—Ora.

—No seas mamón, culo. Soy yo… Raymundo. Estás igualito, pinche Memorias. No te vas a morir, cabrón; estaba pensando en ti el otro día.

—¿Tú eres el Raiden? Me estaba cagando de miedo hace dos segundos, no seas cabrón.

—Pinche mundo chiquito, la vida es un pañuelo, no somos nada, y todo eso.

—Mi amor, él es Raymundo Madrazo. Fuimos mega compitas en mi primer jale. Ella es mi novia.

Berenice sigue asustada. Le sudan las manos. Quiere salir huyendo. Por un momento anhela que esa noche termine.

—¿Compitas en tu primer jale? No mames, tu funda y yo éramos uña y mugre. Inseparables en la media cancha, villamelones en la Champions y goleadores en porterías hechas de suéteres.

—¡Qué pedo con tu pinche kínder! —dice Memorias, cambiando el tema y honestamente intrigado.

—Los policías no se meten jamás a una fiesta infantil, viene hasta en sus manuales. Es una fachada inquebrantable. Así como los viste, varios de esos angelitos ya deben una o más vidas. Aquí los entrenamos. Hasta carniceros hay allá abajo. No tienen familia. Aquí duermen. Soy una especie de hermano mayor. No mames que viniste a comprar mercancía. ¿Quieren divertirse? Tengo una soda que se cagan para adentro.

—Te trajimos de cenar. Quiero hablarte acerca de un bisne que tiene que ver con mi hermano.

—Cuál de los dos, ya sabes que con Tijera yo no me meto. Pero pásale acá atrás, viejillo. Tráete los tacos. Que tu ruca se quede aquí cuidando a mi viejita mientras me dices, entre compitas, en qué te puedo ayudar.

Berenice espera una mirada de Memo, un gesto que indique *espérame* o mejor aún: *acompáñame*. En cambio, sólo lo observa alejarse sin ser considerada. Esto, naturalmente, la pone a valorar su situación. Fácil: está enfadada, inquieta y asustada.

—Ese ya se murió —dice la anciana sentada a su lado y señala la televisión.

La mujer está viendo una película mexicana del pasado remoto. Todo en blanco y negro, desarrollándose paisajes que están recién pintados. Los personajes en vez de dialogar, cantan a todo pulmón. Berenice no reconoce a ninguna actriz. La tele está en *mute*, por lo que se siguen escuchando los balazos del videojuego en el piso de abajo.

—Ese también ya se murió. Le dio leucemia —dice la mujer sin bajar el brazo. Apunta persiguiendo al actor con su dedo tembeleque.

—Buenas noches —dice en voz baja Berenice.

—Uy, a ese se le murió la esposa hace mucho. Las fotos del funeral salieron en el periódico.

—Cuénteme qué más.

—Esa de allá atrás sufrió mucho, se le morían los maridos. El último está enterrado en Jardines del Silencio. Ah, pues muy cerca del nicho de tu padrino. ¿Te acuerdas de que íbamos a cambiarle las flores los domingos? Ay, tu padrino Ramón. A ti te quería mucho.

La señora se ríe sola de repente, no para de señalar al televisor. En la película, un montón de difuntos hablan, gesticulan, caminan en círculo, se besan a escondidas, aplauden, salen de la escena, andan a caballo, miran a cámara conciliatoriamente.

—Perdón, madrecita, ¿me dice dónde está el baño? —pregunta Berenice más bien queriendo cambiar de tema.

—Cuando tenía mi vinatería por Churubusco iban seguido muchos actores. Eran muy amables, gente sana.

Empieza una barra de comerciales y la anciana se queda dormida, instantáneamente, como si su cerebro renegara del presente. Se siente el ambiente pesado, una arcada perenne flota en el aire. Otra vez la película en blanco y negro, el teatro de los muertos no cesa. Besos que duran poco. Un catrín, ebrios simpáticos, una señorita que le pone perfume a una carta.

—Ese llevaba tres días muerto en su casa y nadie se había dado cuenta. Murió en el olvido.

”Nadie se acuerda de él tampoco ya ahorita.

”Ese también ya se murió. De un infarto. Esa se suicidó muy feo. Ese tuvo un infarto y ahí quedó. Y a ese le dio leucemia”.

La vieja se queda callada pues no queda un solo ser vivo en la película.

Quizá somos el único bloque de seres humanos capaces de ver en movimiento a los que murieron; su forma de caminar, sus sonrisas ocurriendo, verlos pestañear, dormir antes de una disolvencia a negros, podemos ver llorar o bostezar a alguien que lleva años bajo tierra. Berenice, dada a imaginar escenarios terribles, piensa que también los electricistas, los que cargaban las luces, el director, el fotógrafo, los extras, la gente que vigila que el sonido se grabe bien y el público que aplaudió o bostezó desde su butaca… ¡todos están muertos! Luego piensa en todos los niños allá abajo… también están muertos. Simplemente lo sabe. Ocurrirá en un pestañeo, como al apagar un televisor. Y la anciana se le queda viendo a Berenice, determinando si está o no está viva, tratando de dilucidar de qué murió o de qué morirá. La señala con su dedo. Ojos ya muy ahogados en su cuenca, la piel del rostro apenas sosteniéndose a la calaca. Berenice piensa en el reflejo de Memorias en el espejo que era el rostro de la Santa Muerte. Todos formamos parte de la infinita fábrica de cadáveres que es la vida, pero en México nos la estamos mamando.

Ve hacia una ventana, necesita aire. Mete la nariz por una ranura y le llega un olor apestoso. Se asoma. En la zotehuela hay una pila de cadáveres. Aprieta los ojos. Son cadáveres de perros. Suenan balazos y más balazos. Memorias aparece de pronto y se aproxima a ella con los labios paraditos. Ella esquiva aquel beso.

—En tu vida me vuelves a dejar sola —le dice.

Ella camina en silencio varios pasos delante de él, exagerando la velocidad. Él pone una genuina cara de preocupación tratando de alcanzarla. Se vuelven Aquiles y la tortuga. Su primera pelea de pareja. Cuando llegan a donde estacionaron la moto ya no hay moto. Previsible. Magia de la Buenos Aires. Berenice imagina que se la robaron separada en partes, una pieza a la vez. También su corazón está desmantelado.

—Nos robaron la moto —dice Memorias riéndose. Le es simpática la circunstancia.

—No me vuelvas a dejar sola, Memo. ¡Qué te pasa!

—Eh, morra… sabía que estabas bien. Estaba ahí junto, en el cuarto de al lado.

—Me dejaste sola.

—No te dejé sola, Bere, no seas así.

—Me dejaste sola y dejaste que me dijeran ruca.

—También te dejé sola cuando bajé al departamento de mi hermano, ¿cuál es la diferencia o por qué ahora sí es un pedo enorme?

—Me dejaste con esa anciana de ultratumba.

—No manches, Berenice, tranquila. A ver, aguanta… ¿te hicieron algo allá adentro?

—No me digas que me tranquilice. ¿Cómo lo oyen, al meco? —de golpe, Berenice vuelve a dirigirse al diverso gentío de voces que habita en su cabeza como una corona de púas.

—Ya, morra. No manches. No me tardé más de diez minutos. Deberíamos estar felices. Tenemos más lana. Otros cuarenta.

—No manches tú, Guillermo. Ya. Se acabó. Llévame a mi casa.

—Cómo va a ser eso. No puedo seguir sin ti.

—Me dejaste ahí sola. ¡Por qué te fuiste!

Memorias había logrado omitir el dolor de haber visto el cuerpo de su hermano sin vida y empapado en su propio charco de sangre. De alguna manera había borrado su memoria a corto plazo hasta este momento en que ve a Berenice enojadísima y amenazando con abandonarlo. De golpe se da cuenta de todo lo que está en juego.

—En mi vida te vuelvo a dejar sola. Te lo prometo. Te necesito.

—Y luego… cómo le vamos a hacer sin la moto.

—La moto está en la siguiente esquina. ¿Confías en mí? ¿Me crees que vamos a encontrarla ahí como si nada?

La moto está en la siguiente esquina, abandonada aún con las ruedas girando atrapadas en sí. El motor del vehículo se apaga a los cuantos minutos si no haces un truco especial con las llaves. Memorias sonríe. Abre el cierre de la enorme mochilota verde fluorescente y le muestra a Berenice el dinero que han acumulado adentro. Pone a la moto de pie.

—Ya chingamos, Berenice. Te amo.

—Yo te amo a ti.

¡Bam! Las palabras mágicas. El tesoro de los cielos. La frase que exalta a cada uno de los invitados en la perpetua fiesta del mundo. Memorias lo entiende así: está completamente enculado. Se lo dijo con todas sus palabras al Raiden y por eso el amigo participó del negocio sin preguntar muchos detalles. Quiere ser un mejor Guillermo del que jamás ha sido, sólo para ella. Su presencia le es medicinal en un sentido mágico. Berenice pensaba que nunca le dirían *te amo* en su vida. Nunca pensó que se sentiría atraída tanto por alguien a quien ella atrae con la misma intensidad. Curioso que ninguno se explique lo que les está pasando como obra del destino. Son ellos y ya. Juntos.

Unos perros les ladran desde su azotea. Se suben a la moto, ya van bien lejos y los perros siguen ladrándole, violentamente, a su ausencia.

Hay que ir a recoger comida a la taquería El Verdadero Infiel y llevarlos hacia… Memo abre el mensaje que le mandó el Abuget y comprueba el destino. Zona Rosa. La taquería es de esas en las que hay que esperar más de media hora para comer un taco mediocre y caro. Rubios, lejísimos de casa, hacen fila a la mitad de la noche. Quizá para ellos será más sencillo el purgatorio. También hay mexicanos deseosos de tomarles fotografías a sus cenas para subirlas a sus redes sociales, de manera que todo mundo se entere de que estuvieron ahí.

Recargada a la moto, Berenice piensa en su poema mientras espera a que Memo avance en la otra fila, la de los que chambean recogiendo comida. Un niño de la calle aparece, busca quién le compre un paquetito de chicles. La llana luz del local lo ensucia. La injusticia de su desvelo es abiertamente ignorada mesa tras mesa.

—Eh, huerquillo, vente para acá.

Berenice saca de la maleta de Uber Eats varios billetes y se los entrega.

—Gracias.

—Yo quisiera darte un arcoíris, pero sólo tengo estos billetes…

El niño no entiende mucho de cantidades ni de arcoíris. Se mete el dinero en la bolsa del pantalón mecánicamente, sólo para seguir con su periplo sin fin en todos los restaurantes de la ciudad.

Con un movimiento muy exacto, el taquero corta un trozo de piña que hace maromas en el aire rumbo al taco que le fue asignado.

¡Pasa en friega una ambulancia!

El trozo de piña termina en el suelo.

Y luego pasa otra ambulancia.

Un vaso de vidrio cae pero sin romperse. Los meseros se miran entre sí. Dan ganas de abrazar a un ser amado. Los limones ofrecen muy poco zumo.

Pasa una ambulancia más. A toda velocidad.

La cajera le cambia a las noticias en la tele. No encuentra el canal.

Las ambulancias pasan tan en chinga, que el escándalo de sus sirenas encendidas se siente más como una presencia fantasmal y a destiempo. Un sonido que ocurre en el pasado.

Los gringos tragan circunspectos. Los comensales mexicanos se persigan frenéticamente, casi como con coreógrafo.

Berenice alcanza a ver al morro de los chicles alzar un billete con ambas manos, aprovecha la luz para disfrutar de todos los colores, brillos y detalles, símbolos, fauna mexicana y huecos transparentes que contiene. Está formado en la fila para comer tacos. Hasta mero atrás. Le muestra cómo el holograma en el papel moneda cambia ante el movimiento a tres morritas, igual de chamagosas que él. Y la fila no avanza. Esta pequeña anécdota cotidiana pone triste a Berenice. Ahí viene ya Memorias.

—Hay que meterle velocidad, mi amor. Aún nos faltan tres.

—Ora.

—¿Qué pasa?

—Nada. O… ¿Cómo es que me dijiste?

—¿Mi amor?

—Bien ahí, Memo.

A la Zona Rosa se entra por uno de sus muchos hocicos. Calles con nombres de pomposas ciudades europeas en las que se pelean por un palmo de banqueta los fayuqueros de la Unión Tepito. Homosexuales sobrios avanzan con prisa. Lesbianas ebrias lloran afuera de los antros. Hay hombres tristes que llevan rato enfiestados y mujeres buscando con quién quedarse esa noche. Mucho joven, puestos de jochos en cada esquina, estrobos que se salen del antro e iluminan, por escasos instantes, pedacitos inocentes de ciudad. Hay grupos de amigas bailando entre ellas, oficinistas tan pedísimos como majaderos. Calles atormentadas por la chis de los ebrios y el semen anónimo. La Zona Rosa es una cruda moral perpetua. También hay un chingo de coreanos ensimismados. Sitios de bbq coreano, karaokes coreanos, mini súpers coreanos. Sólo en las mañanas se percibe la vedada belleza de esa parte de la ciudad, su pasado de fachadas fotogénicas. Pero ahora mismo, de noche, una luz neón triste acordona todo.

También la Zona Rosa está hasta su madre de gringos. ¿Qué más quieren de nosotros? Aparentemente hasta nuestra pus les atrae. Nuestras venas llenas de gusanos les salen muy baratas. Ya es como si hubieran comprado nuestra agua potable, nuestro vómito, el cadáver que seremos y todas las posibilidades del mole.

Estacionan la moto y entran a lo que fuera un lujoso edificio de oficinas con todos los elevadores descompuestos, ya sin caja ni puerta; lúgubres huecos verticales. Los recibe una fuente también vertical que no han encendido en años, sarroso muro en una recepción sin recepcionista ni policía ni logos que indiquen nada. Un edificio de oficinas deshabitado pero que mantiene viva la mística laboral de ir diario a perder largos tramos de vida. Está lleno de varones recién expulsados por la pubertad. Hasta parece que todos ahí están para hacer casting en la película que Memo está haciéndose en la cabeza, son extras a los que les robó el papel nomás sonriendo. Recargados en la pared, beben de vasos rojos entre archiveros y mamparas. Racimos de oficinas usadas como bodegas. Hay grupos muy definidos, participantes ya de plano dormidos sobre mesas adentro de cubículos y una sala de juntas hasta su madre de cascos vacíos de chela, platos con restos de Paketaxo y botellas de todos tipos a la mitad. Hielos en cubetas. Suena la aleatoria música que ponen en una estación de radio.

Berenice y Memorias se internan en esa extraña fiesta de oficina. Qué miedo da amar, qué miedo da entregar la confianza a otro ser humano. Dudas, miedos e incertidumbres. Ella no quiere ser la típica chavita que por mensa sigue a un bato hacia un destino funesto. Memo está abismado. Actúa como si estuviera perdiendo su antepenúltima adolescencia. No consigue olvidar las pecas de sangre en el piso de la regadera cuando se bañó con Berenice en el motel. Sangre que traía pegada en el cabello, entre las uñas, en la piel. Siente que debajo de esa sudadera robada sigue sucio con la sangre de su hermano. En sus propias venas viaja la sangre muerta de su hermano de leche.

—Venimos a ver al Villano —le dice Memo a un tipito que pareciera ser el que administra aquel sitio.

—Todos aquí vienen a ver al Villano. ¿Meme o información?

—Eh… información. Del Hitchcock.

Nombrar al Hitchcock hace que le brillen los ojos a la banda. Los llevan hasta la oficina que alguna vez ocupó un patrón empleador. Cubículo enorme con libreros y pilas de archivos engargolados, un póster de excelencia laboral y otro de los pasos que hay que seguir para que las juntas sean eficientes. En el escritorio hay dinero, pastillas, armas, cocaína en rayas.

—Estoy celebrando, qué quiere el pinche Hitchcock, por qué me interrumpe. Por qué te manda. Qué es esta verga que me quieres meter. Tienes dos minutos antes de que empiece a dispararte entre las piernas.

—No, déjame explicarte. Pero antes que nada. Te trajimos unos tacos.

—Me estás diciendo que no puedo pagarme mis propios pinches tacos. ¿Es eso, carnalito? Te valió verga y me estás diciendo hambreado o muerto de hambre. Te apareces aquí con una bolsa llena de tacos ojetes diciendo que te mandó el Hitchcock. Y si soy vegetariano te vale verga, me quiero imaginar. O si la piña me saca ronchas en el pito, ¿qué? Te pasaste por los huevos mi fiesta. Qué pasa si cenar después de las diez me jode el estómago. ¿Pensaste en eso? ¿Te pasó por la cabeza que el pinche Villano ya no puede cenar tacos? Quieres que tenga agruras toda la noche porque te pareció sensato mamarme los huevos trayéndome una comida que yo no pedí. No me quiero comer tus tacos de mierda, cómo ves. Es más, te los vas a comer tú mientras encañonamos cada centímetro de tu morra, cómo ves. Para que la próxima vez que vayas a interrumpir mi fiesta en la oficina te lo pienses tres veces. ¿Quién es tu jefe, cabrón, quién te mandó?

Berenice analiza al sujeto. Un escuincle pálido, avejentado, con ojeras de perro y arrugas inhumanas, huesos huyendo de la piel que moran. Este además trae una corbata enorme, un traje que le queda grande, un saco de un tono de gris distinto al gris del pantalón. Playera muy pegada en la parte de la barriga, botones aguantando vara. Un burócrata de la maldad. Luce tal cual se los imaginaba antes de saber que sí existían. La presencia de las armas hace que todo se dramatice.

—A ver, tú, niña. ¿Te parece que tengo aspecto de ingeniero en sistemas?

—Ah pues… no le sabríamos decir.

—Enséñales el meme, cabrón. Muéstraselos. Que vean esa mamada, aunque seguro ya lo traen en sus celulares y hasta lo han compartido. Ya valió verga. Ya valió verga.

Una mano aparece sosteniendo con firmeza un teléfono celular. La pantalla iluminada hasta su tope. Un meme. El Villano sentado en esa misma oficina y un texto que dice: Como cuando el narcotraficante parece ingeniero en sistemas.

Bueno, afortunadamente a Berenice no le da risa. Memo piensa que no sabe a qué se dedica un ingeniero en sistemas. Algo se imagina, pero no lo sabe a ciencia cierta.

—Si me entero de quién me tomó esa foto… se lo va a cargar la chingada, ¿me oyen? —le dice el Villano a su corte de empleados.

—Nosotros venimos por otro asunto —dice Berenice sin acabar la frase.

—A ver. Me vale tres kilos de reata por qué están aquí. Si saben quién hizo el meme o quién me tomó la foto o cualquier cosa que tenga que ver con el meme, avísenme y hay recompensa. Si me entero de que fueron ustedes me los chingo. Los persigo a lo largo del mundo y me los chingo sabroso. También andamos pagando a mil pesos el meme, si se les ocurre alguno, ya saben. Sólo memes que me hagan ver como el más chiludo, ¿ok? ¿Se quedan a bailar "Payaso de rodeo" o le caen a la verga de una vez?

No lo piensan dos veces, apenas regresan a la calle ella intenta decirle que ya estuvo, pero él la besa sin dar oportunidad a réplica alguna.

Besándose largamente, caminando hacia atrás sin separar las bocas, es que se meten a un hotel *boutique* de esos donde los muebles están diseñados para que entren un par de centímetros más de verga. Cogida de relleno pero con sus innovaciones, sus brusquedades nuevas, decir *te amo* entre gemidos, compartir aliento, ella le deja toda la espalda rasguñada. O más que cogida de relleno, sesión demasiado larga. El sexo de Berenice termina inflamado, exhausto; Memorias no eyacula pero jura que, de haberse venido, le hubiera salido fuego del pito. Y aun así harán el amor otra vez dentro de exactos quince minutos en ese cuarto tan silencioso y con más focos de los que encenderán en su estancia ahí. Una luz cálida los vuelve sólo silueta. Todo se siente limpio. Almohadas que no da miedo oler, un colchón macizo, botellas de agua gratis. Mil y pico de pesos por rentar esa habitación sin límite de tiempo. Valió la pena que sus antepasados renunciaran antaño al Paraíso. La caja de Uber, llena de fajos de lana, yace en una esquina de la habitación. Sus prendas forman archipiélagos encima de un tapete color azul marino. En medio del acto él alzó la mirada y se vio en un enorme espejo en el techo. Le gustó lo que veía. Mucho. Y no sólo porque se sintió en una película porno. También se siente Batman, por cierto. Ella ya renunció de lleno al miedo de saberse filmada. Le vale. Que la vean amando, pus qué.

Reposan abrazados, sus piernas y brazos enredados como una bola queso Oaxaca. La erección de él persiste y ella juguetea con aquel miembro abriendo y cerrando el agujero de la uretra con los dedos, juega a que es una boca con vida propia que de repente habla y opina.

—Pinche bola de belicones chiflados, valen verga —comenta aquel pene con la voz de Berenice.

—Me cagué encima cuando vi las armas.

—Pinches empleados del narco con la camiseta bien puesta. Asesinos que son el empleado del mes.

—Verte a mi lado me hizo sentir seguro, pero ya estaban más espesos estos últimos, ¿no?

—Quizá ya estuvo, ¿no? Qué necesidad de irnos a meter ahí… —la voz del pene es chillona, infantiloide, alarga mucho las sílabas conforme abre por completo su minúsculo diámetro—. Ya tenemos una buena lana.

—No la suficiente para irnos a vivir al mar, encargar la cría. Ahorita sólo nos alcanza para, no sé, unas vacaciones de tres meses.

—Pues eso no suena mal.

—¿Y luego qué? Otra vez repartir comida toda la noche. ¿Repartir comida con las tripas rugiendo?

—Tres meses lejos de todo. Nada más tú y yo. Jalo. Jalostitlan. Jaloween.

—Hubiera sido muy sencillo ser como mis dos hermanastros, ser como ese culero que vimos ahorita. Pero nel. Precisamente porque nunca quise seguir ese camino soy solamente un pinche repartidor de comida.

El pene guarda silencio, ha perdido firmeza gradualmente. Diminuto champiñón que ahora Berenice piropea con cariño. Memo se estira. No deja de verse en el espejo del techo. Sus ojos son dos corazones brillantes y sonrosados.

—Qué bonita verga, tan cumplidora ella, chiquita hermosa.

Las ventanas tienen vidrios dobles en ese cuarto de hotel y por lo mismo no escuchan el desmadre en que se ha convertido la ciudad de un momento a otro. Es como si a todas las alarmas disponibles las hubieran encendido al mismo tiempo. Un escándalo de sirenas encendidísimas recorre las calles sin orden ni concierto, como un hormiguero cuando lo meas. Procesión de ambulancias, patrullas y camiones de bomberos. Todos hechos su puta madre. Nadie duerme esta noche en el ombligo de la luna. Lo que pasa es que se desplomó el metro. Se vino abajo un paso elevado de la Línea Dorada con todo y vagones. Fue entre las estaciones Olivos y Tezonco. Mañana aparecerá en periódicos y redes sociales la fotografía del tren, doblado como popote, encima de la ciudad. Se popularizará el video de un vagabundo que vivía debajo del puente que se vino abajo.

—Hace rato, mientras lo hacíamos, me quedé viéndonos en ese espejote. Berenice, me encantó lo que vi. No sólo me refiero a tus nalgas y yo atrás taladrándote. Sí, me sentí en un video porno y también me sentí Batman pero más bien… me gusta mucho estar contigo. Quiero estar contigo toda mi vida.

—Qué romántico eres, Guillermo. Por favor jamás vuelvas a decir que me estabas taladrando. A mí también me gusta estar contigo.

—¿En serio? ¿No te parezco un ser grotesco?

—Ya hablamos de eso. Me gustas. Cero inseguridades. ¿Qué Batman sientes que eres cuando estás conmigo? ¿El de la del Guasón o la de Pattinson?

—El de los cómics.

—Qué chida respuesta. Me caes bien.

—Pues ahí está. Jamás le había gustado a nadie. Tengo que cuidarte. Asegurarte un futuro. A ti y al bebé que crecerá adentro de ti. Tenemos que sacarle todo el dinero que podamos al cuerpo pudriéndose de mi hermano. Aunque sea necesario lidiar con narcos adolescentes toda la pinche noche. Te juro que se van poniendo peor, están locos esa bola de hijos de su cola. Pero también te juro que uno nos va a dar el triple de lo que ya juntamos. La vamos a armar hoy mismo.

—Aguántame las carnes. Dices lo del bebé como si fuera cambiarle de canal a la tele. No estamos escogiendo qué ver en Netflix, Memo; estamos hablando de un hijo. ¿Sabes lo que es un bebé? Es traer otra vida al mundo, no seas mamón, ¿para qué? ¿Sabes, mi cielo, lo que es un bebé? Va a llorar, va a tener nuestras jetas de diablos reunidas en su jeta de santo, vamos a tener que revisar a cada rato que siga respirando y ponerle un nombre y amarlo siempre, cuidarle la flema, desempacharlo, apoyarlo siempre, aunque no quiera ser *skate* como tú o se haga un tatuaje todo estúpido en el cuello.

—Ora. ¿Cómo me dijiste?

—No sé tú, pero yo no estoy jugando. Piénsalo bien. No somos dos animalitos, raza.

—Sí, ¿pero cómo me acabas de llamar?

—¿Mi cielo?

Y viendo sus reflejos desnudos colgando del espejo en el techo, aquel mote cobra un sentido más amplio, palpable e indestructible.

—Confía en mí, Berenice.

—¿Quién es Toni?

—Bueno. Es escabroso.

—Necesito que me digas quién es Toni. ¿Es una morra?

—Toni es mi padre. No es mi papá papá, nos adoptó a Tijera, a Hitchcock y a mí. Nos enseñó a vivir. Todo lo que soy lo lleva incluido, como las vitaminas en los jugos, decía él. Pero tampoco es nuestro papá papá porque no nos adoptó, nos robó. Nos robó de diferentes casas. Mi papá nos robó porque ya no quería estar solo. Te dije que era escabroso. Te voy a contar todo esto a detalle enfrente del mar desayunando pescadillas. ¿Jalas? ¿Te imaginas estar peda y yo también pedo? ¿Te imaginas escoger lo que queramos de un menú encuadernado?

—Wow.

—¿Pensaste que Toni era una morra?

—Toni es nombre de morra. Piensa en lo que te acabo de decir del bebé. Sólo piénsalo. Estamos chavos pero no somos animalitos. Quizá podemos esperarnos a conocernos más, no sé. No tiene que ser ahorita. No esperaba conocerte y que todo fuera tan así de intenso. ¿Me prometes que le darás su buena pensada? Su buena pensada a qué vamos a hacer.

—Sí, claro —responde Memorias sin tener claro qué se espera de él.

—Una última cosa. Eso que sientes de que el mundo se destruye cuando no lo estás viendo a tus espaldas, es falso. Yo estoy detrás de ti. Siempre estaré detrás de ti. Y lo supe desde el primer momento en que te vi.

—¿Me lo juras? —Guillermo entendió cada palabra de eso último.

—Sí, claro.

Piensan los dos, en silencio, en lo mismo.

En el día que se conocieron. Él la vio en la app de citas y le pareció una morra cualquiera, de esas que se toman fotos en antros, sacando la lengua o parando las nalgas en el espejote del baño. En el segundo en que la vio en vivo dejó de pensar todo eso. Quedó impresionado por lo que en Berenice duerme vivo y latiendo. Le encanta cómo lo trata, cómo lo escucha, cómo lo ve. Ella lo vio en la app de citas y de inmediato pensó que era un bato como los hay miles, de esos que se toman fotos en el gimnasio y arriba de una moto. La oferta emocional en el siglo veintiuno es paupérrima. En esa primera cita comprobó que sus prejuicios no estaban tan errados. Pero ahora lo ve tan necesitado de que alguien crea en él que sencillamente no puede dejarlo solo. Berenice no ha dejado de cruzar umbrales de cariño. Pasó de querer tener un bebé a mejor proteger y cuidar al que ya tiene consigo, tremendo niño de diecisiete años. Al menos él sí aparenta su edad en este mundo hostil y tremendamente ajado, marchito y deslucido. No entiende cómo se operó ese cambio en sus entrañas y corazón. El amor y sus comprensibles sinsentidos, huecos siendo rellenados literal y metafóricamente. ¡Berenice está profundamente enamorada de Memorias! Y es mutuo. Esa primera cita bailaron mucho, hablaron poco. Ella eligió el lugar. Uno de esos eventos itinerantes de Perreo 911. Rodeados de cuerpos sudados que simulaban coitos salvajes, se dieron un primer beso súper suave. No ha habido otro igual de suave desde entonces.

Piensan los dos, en silencio, en lo mismo.

Sus mentes los sorprenden de vuelta en el hotel *boutique* en la Zona Rosa, sus cuerpos ya están cogiendo. No es un encuentro meditado. Se atraen como imanes, como palabras bellamente hiladas, con la naturalidad con que los animales buscamos la ternura. Heredamos el amor. Y así seguirá siendo en ciudades aún sin nombre, en idiomas que aún no han sido creados.

Le regalan los tacos a la chava que atiende el mostrador del hotel

—Comparta con las recamareras.

—Ojalá no se hayan enfriado…

Luego van a recoger más tacos. Ahora a un lugar más grotesco que el anterior. Tacos sosos, salsas inermes, menú bilingüe, no te dan servilletas si no las pides, enorme fila de gente afuera. Berenice espera en la moto. Minutos después regresa Memo con una bolsa de plástico que cuelga llena de bolsas de plástico de varios tamaños. Salsa verde en bolsa de plástico, salsa roja en bolsa de plástico, secos limones partidos adentro de una bolsa de plástico, frijoles adentro de una bolsa de plástico, cilantro y cebolla y perejil adentro de vasitos de unicel, cebollas adentro de una bolsa de plástico ligeramente más grande. Tacos de varia índole en platos de unicel con cubierta de plástico. Comida caliente anudada en bolsas de plástico. Es asqueroso aquel banquete. Simbólicamente es la antítesis de alimentarse.

Hay mucho tráfico en las calles. Embotellamientos nocturnos por doquier. Sirenas de ambulancias, de patrullas policiacas y de vehículos de bomberos. Se escuchan lejos y acercándose, hay que cubrirse las orejas, hacerse a un lado. Viajan por doquier como ecos buscando su origen. A Berenice se le enchina la piel.

—Algo pasó —dice Memo estacionando la moto en La Esquina de la Información.

A Memo se le ocurrió una idea que ambos consideraron una genialidad: vender la fotografía a los periódicos de nota roja. La idea apareció por sí misma evocando aquellas primeras planas llenas de meada de perro en el piso del gringo.

Guillermo está mareado. Sesos demasiado presentes adentro del cráneo, como si estuvieran conscientes de que pueden salir desparramados sobre la banqueta en la portada de un periódico de mañana. A eso súmenle un corazón en feria, latiendo al ritmo de sus propios romances, anhelos y miedos. Y a eso súmenle que la adrenalina lo trae de marioneta, actúa como carrito de cuerda, si se concentra puede oír el mecanismo interior chirriando comatoso adentro de su pecho. La sensación de haber estado adentro de Berenice es otro motor, la siente en la entrepierna pero también al fondo de la garganta. No es Berenice algo palpable en él, es más como cuando de niño uno ve el sistema nervioso en el libro de *Ciencias Naturales* y simplemente no puede concebir que esas raíces vivan adentro de uno. Berenice se ha apoderado de sus grutas y covachas más internas. ¿A qué se habrá referido con que piense bien si quiere ser papá? ¿Y si él sale en la primera plana de mañana? ¿Y si es el suyo, el cuerpo masacrado que arroja la noche capitalina ese lunes?

Ya se dijo, la presencia de la mochilota en la espalda es un abra kadabra en cuanto lugar exista. En este caso, además, Memorias trabajó como mensajero en ese periódico. Sabe perfectamente con quién ir, a qué piso y por dónde entrar sin que les pidan identificación o siquiera noten su presencia.

Ingresan por donde se devuelven los periódicos no vendidos hacia la imprenta. El monstruo rechina con toda su majestuosidad oxidada, impera un suave ronquido que se contradice con el hecho de que las noticias del mundo están siendo creadas. Huele a páginas, a sudor, a hocicos bostezando. Suben una escalera y usando el elevador de carga llegan a la Redacción. En esa oficina, la coreografía de caos vial en las calles es interpretada por seres humanos desaseados y fachosos que evidentemente fueron extraídos de sus sofás sin aviso previo. Todos corren de un lugar a otro, neurotizados. Impera la sensación de que en cualquier momento alguien colgará un teléfono con violencia. Berenice aprovecha para pasar al baño. Memorias se mete a una oficina sin paredes ni puerta. Una mujer detrás de su escritorio está sentada leyendo su computadora. Durante toda la conversación, sus ojos estarán en la brillosa pantalla.

—Señora Andrea, ¿se acuerda de mí?

—Guillermo. Te fuiste de un día para otro sin avisar. Me tuviste tres días sin *delivery boy*. ¿Sabes lo que es tener que bajar cinco pisos en tacones? Eres un hombre informal y necesito que me devuelvas tu gafete o pagues la multa por perderlo.

—Le quiero vender algo.

—Informal y que aparentemente vive adentro de un raviol.

—Me dijo que si un día encontraba o veía algo que fuera de portada viniera a decirle.

—Cuéntame, pues. ¿No querrás que te ofrezca un café?

—Tengo fotos de un líder del narco muerto. De su cadáver con todo y sangre. Yo sé que esas fotos se pagan bien.

—Si son de Rafael Chinchilla alias "el Hitchcock" déjame decirte que llegas bastante tarde y que valen… cero pesos. Exactamente cero pesos.

Memorias se queda sin saber qué decir. Algo horrible se agolpa en su estómago. Se desvanece el restaurante en la playa donde pediría camarones para pelar. Adiós, Berenice corriendo en la arena detrás del de los mangos. Adiós la posibilidad de conocer juntos qué es un raviol.

—¿Cómo?

—Ahí en la esquina está el que iba a ser el periódico de mañana. Ya hasta había varios miles impresos.

Alza el papel. Una fotografía de su hermanastro está a todo color desangrándose en la portada. Las manos de Memorias se manchan con tinta roja de la sangre impresa. Al lado de una mujer pechugona y un encabezado alburero está su carnal completamente muerto. Está el control remoto en la imagen, quiere decir que la fotografía es de antes de que llegara él al departamento. Ese control remoto está ahora en su bolsillo. Busca más pistas en la imagen. De nuevo se siente Batman. El de los cómics.

—El tal Hitchcock iba a estar en todos lados en la portada de mañana pero le ganó el metro. Se cayó el metro, no te enteraste, ¿verdad? ¿En qué andas metido, Guillermo? Te veo muy flaco. ¿Necesitas chamba?

Suena el teléfono en la bolsa de Memorias. La mujer sigue sin alzar la mirada.

—¿Bueno? ¿Quién es? —dice Memorias, su mente le juega chueco y piensa que puede ser su hermanastro diciéndole que todo está bien, que use casco.

—Hablamos de Uber Eats, tenemos varios reportes de pedidos no entregados en tu cuenta… A menos que puedas justificar las demoras tendremos que cancelar tu membresía por tiempo limitado... Te pedimos que acudas a cualquiera de nuestras oficinas con cita previamente hecha desde tu aplicación…

Ni siquiera es una voz humana. Es un mensaje grabado con el cual no se puede dialogar. Una voz de robot que no se detiene para ver si el repartidor de comida está bien o si se ha lanzado a una cruzada sin sentido tratando de verle la cara a los narcos más jóvenes de esta ciudad sin edad. Memo cuelga el teléfono.

La reportera ya no está. Berenice está al lado de una fotocopiadora al final de un pasillo. Luce bellísima en ese entorno hinchado de luz. ¿Y si la que aparecerá en la portada de mañana es Berenice?, se pregunta Memo. Si le pasa algo, me muero; se responde. Todo se volverá un vacío. La fotocopiadora escupe páginas y páginas que caen a una bandeja a nada de desbordarse y Berenice le manda un beso. Un garrafón lleno de agua regurgita en su dispensador. Alguien enojado cuelga un teléfono con fuerza. Memo camina esquivando oficinistas exaltados. La luz pesa, mas es transitable.

—Tienes razón. Ya estuvo. Esto no tiene sentido.

La hace hacia sí con gallardía. En cámara lenta. Abrazo de abrazos. Se va la luz en todo el piso. Se besan a oscuras y entre aplausos. Aplausos primero ahuevados pero luego en populoso coro. Es un beso largo en que reparar. La caricia de ambas lenguas asomándose por los huequitos de los labios, labios que se palpan dulcemente sólo para anteceder inexplicables frenesís, el silencioso trámite de la saliva. Los besos, tan sólidos como impalpables. Reacomodar toda la aventura humana a besos. Los aplausos no cesan pero empiezan a cesar. Varias voces cantan Las Mañanitas a destiempo. Se enciende la luz. Es el cumpleaños de alguien en el turno de la noche. Les convidan pastel. El betún está delicioso. La vida es buena.

—Mañana nos vamos a Acapulco. Sólo podemos gastar la mitad y con la otra ver cómo le hacemos para empezar algo nuestro... —dice Memorias en el elevador de servicio—, siempre he querido poner un puesto de pescados fritos.

—Un lugar de hacer uñitas.

Salen a la calle tomados de la mano. Apenas retoman Bucareli, un golpe en la nuca le apaga el mundo al Memorias. Siente cómo cae. Siente cómo lo patean en el suelo. Se hace bola, como cochinilla que presiente una suela.

—Serás mamón, viejillo; no te reventamos porque el jefe dijo que nomás la pura calentada.

Son los hombres del Tijera. Los que actúan como Rey Rata, los de edad indeterminada. Alza la mirada y observa cómo suben a Berenice a un auto. Ella grita. Memo, Memo, Memo, grita.

—Pon atención, si quieres volver a ver a tu morrita con sus dos chichis vas a hacer lo único que sabes hacer bien, mierda.

—Tienes que llevar lo que pusimos en tu mochila al Motel Rosedal en la calle Níspero. Santa María la Rivera. Habitación cinco.

—Si nos haces repetírtelo te saco un ojo de su agujero.

—Pestañea si necesitas que te lo repitamos.

Memorias ni un gesto hace. Quiere llorar. Todo su rostro se vuelve los necios rayones circulares que uno hace en el papel cuando el bolígrafo se va quedando sin tinta.

—Así me gusta. Una última regla, choto asqueroso. Si revisas o abres la mochila para ver qué hay adentro vas a valer varga.

—Sólo llévala. La dejas en la puerta. Te largas a la chingada.

—Si nos enteramos de que la abriste… vales verga.

—Ya valiste verga, pero puedes valer aún más verga.

—Tienes que entregar este pedo en veinte minutos contando desde hace tres minutos.

Par de patadas más. Le escupen. Le arrojan un cigarro encendido.

—Si es necesario, te vamos a obligar a cogerte a tu vieja hasta que quede embarazada…

—…Y luego nos la cogemos todos para que nunca sepas de quién es la criatura.

—Si abres la mochila vales verga, pinche mequito.

Algo dice el tercer sujeto. Par de patadas más. Se alejan.

Suenan innumerables ambulancias, pero ninguna va a atenderlo a él. Memorias se arrastra hacia su moto. Recargado en un puesto de revistas cerrado observa la cloaca más grande de la ciudad arrojar un humo pestilente hacia el firmamento: El Caballito de Sebastián. Quisiera poder palparse la cara sopesando las heridas, pero los brazos no responden. Le laten varias partes del cuerpo. Llora sangre, por dentro también llora sangre. El estómago lo traiciona y se le voltea como calcetín. Devuelve la pizza, el pastel, bilis, besos largos y sangre. A veces hay Alka-Seltzer y a veces no, piensa Memo, derrotado.

Se llevaron a Berenice.

Cierra los ojos. Aprieta los párpados fuerte, como si quisiera viajar en el tiempo. Las evocaciones aparecen en tropel. Berenice abrazándolo encima de la moto, Berenice con los ojos cerrados recibiendo el chorro de agua tibia de la regadera, Berenice diciéndole ven, ven, Berenice diciéndole corazón —nunca se lo dijo—, Berenice emperradísima, Berenice al lado de una fotocopiadora que imprime hojas en blanco inagotablemente, un "Berenice" tatuado con letras pompa en su brazo, otro con letras góticas en su cuello. Berenice reflejada en el rostro de espejo de la Santa Muerte, Berenice con la lengua quemada, Berenice pelando camarones con sus dientes, los dedos llenos de cáscara. Berenice a sus veintinueve años, a los treinta años, a los ochenta. Berenice desesperada porque no puede dormir. Dos días seguidos sin dormir bien. Tres días de insomnio mutuo. Berenice por fin durmiendo como una bendita, roncando hermoso y prescindiendo de la realidad. Le salió una mancha roja en la espalda a Berenice, hay que ir a la farmacia para comprarle una pomada. Berenice se masturba mientras él simplemente la observa. Berenice sonriendo dormida. Berenice diciéndole ya métemela un domingo en la mañana. Berenice y él en chorroscientas mil fotos fuera de foco. La majestuosa presencia de Berenice en una niña que crearon juntos.

Memo abre los ojos. Enfoca. Siente en los labios el sabor de su sangre. Llora. Lee en la fachada de La Esquina de la

Información una sucesión de letras brillosas: "Última hora: Se desploman vagones del Metro en la Ciudad de México".

Berenice es más importante que cualquier caída del metro, es más: que se caigan en ese mismo instante todos los metros de la ciudad, los de todas las líneas y sin importar si están a la mitad del trayecto o recogiendo pasajeros. Que todo el Sistema de Transporte Colectivo Metro se venga abajo con tal de que Berenice siga sonriendo de cosas que sólo a ella le son graciosas.

Ve pasar más y más ambulancias. Y detrás de ellas, como una estela de papalote, a varios colegas en sus bicicletas y motos cargando mochilas con comida. Un día se va a estar acabando el mundo y los repartidores seguirán veloces entregando pedidos. Ocurrirá la lluvia de fuego bíblica y los de Uber Eats tendrán de todas maneras que llevarle sus McNuggets a alguien. La Ciudad de México estará de rodillas por un mega sismo y los Memorias de la gran ciudad tendrán que llevar pollo frito a mansiones en Las Lomas, pizzas de tres quesos a vecindades en Tepito, choripanes a la calle Río de la Plata. Esto de trabajar inagotablemente la tierra en busca de sus frutos se ha vuelto una maldición divina demasiado humana.

Chingarle y amar, piensa Memo, no hay de otra. El control remoto de la televisión se le clava en el muslo.

Se suena la nariz con los dedos, en busca de alivio. Respira de nuevo y, como puede, se pone de pie. Carga su mochila, inusualmente pesada, y se trepa en la moto. Dirige el rumbo hacia el Motel Rosedal en la calle Níspero. Santa María La Rivera. Habitación cinco. Con cada bache, le duele el alma, la cholla, el corazón y ambos costados. Cuesta trabajo mantener el equilibrio si va lento, así que le mete velocidad. En su mente rebotan imágenes del niño que fue. Debe ser que aún no le cae el veinte de que su hermano murió. Debe ser que todo en su cuerpo punza. Debe ser que no hay nada que lo enoje más que ser víctima de una injusticia. Debe ser por el rapto de Berenice. También se llevaron el dinero que habían juntado toda la noche. Debe ser que presiente que adentro de su enorme mochilota verde fluorescente hay algo que respira. Todo esto se aúpa en su mente y su vida se proyecta veloz en las paredes de un Cinemex interior. Memorias es atosigado por una serie de flashbacks mañosa y exageradamente cinematográficos:

Guillermo recuerda muy pocas cosas de su infancia. A sus primeras comprensiones y pasos en este mundo los eclipsan severas manchas del encandilado. Es decir, no se acuerda de absolutamente nada de lo que ocurrió antes de que Toni lo secuestrara y llevara a vivir a una hora del puerto de Acapulco. No recuerda cómo era su mamá ni su papá ni la cuna que lo contuvo berreando o los juguetes que lo adormecieron. Su pasado es un ineludible borrón de luz. Sólo hay una chiribita enorme que rasga toda evocación de esos iniciales nueve años de vida. No hay literatura en esto: Toni los obligaba a quedársele viendo al sol de frente. Naturalmente eran apenas si segundos lo que aguantaban tal tortura. Dos, tres segundos. A veces con los dedos les abría los ojos para que aguantaran un poco más. ¿Por qué hacía esto? Bueno, Toni era un ser monstruoso y bello en equilibrio. En su perpetua borrachera mística, decía que hay algo oculto adentro del sol que sólo pueden ver los que soporten más el chingadazo de luz. Rafael, que en paz descansa, es quien más padeció de esta inicial tortura ocular ya de grande. Veía borroso y como los lentes le parecían sinónimo de debilidad jamás apreció la realidad con texturas y contornos.

Eran tres: Guillermo, Rafael y Carolino.

Piedra, Papel y el Tijera. En ese orden.

Si hay algo que Guillermo recuerda con mucha exactitud de esa inicial etapa, son precisamente a los perros del mar; sarnosos, felices, indomables. Todos los perros que se paseaban en la playa eran sus mascotas. Todos. Jugaban con ellos una sola vez y luego desaparecían para siempre. Toni les decía que era tan inútil nombrarlos como querer ponerles nombres a las olas del mar. Toni decía que las olas no pueden tener nombre. Y entonces ellos, motivados por una necedad o sabiduría infantil, se quedaban largo rato observando el océano Pacífico mientras les ponían, precisamente, nombres a las olas.

Ola 8. Ola 12. Ola 345.

Todos los días empezaban desde el uno. Toni les enseñó todos los números que existen y cómo sumarlos y restarlos, les enseñó a escribir usando el amplio pliego de la arena. Planas y planas del alfabeto, trazadas en la playa, les daban la bienvenida a los hippies que llegaban a acampar a Michigan, virgen en ese entonces, inaccesible en ese entonces. Mayúsculas y minúsculas, letras panzonas y chuecas, planas de diptongos; oraciones separadas por sujeto, verbo y predicado trazadas enormes en la arena. La playa era su pizarrón. Los dedos de sus pies, los gises. Aprendieron también a leer.

Constantemente estaban los tres hechos muégano adentro de una hamaca que Toni meneaba muy delicadamente. De pie los observaba hablándoles con infinito cariño, adormilándonos, viéndolos crecer como nubes en el firmamento: milimétrica y contundentemente. Así, en esa duermevela en que el mar solapa con su reiterado escándalo, el padre les iba instruyendo, diciendo el nombre que las cosas llevan siglos puliendo. Luego les leía párrafos una y otra vez que seleccionaba de libros de una biblioteca personal y empapada.

—Amar y chingarle. No hay de otra —les dijo un día y jamás lo olvidaron.

Aunque en realidad todas las enseñanzas de Toni las llevan grabadas dentro de su alma, las reproducen y dan por ley. Les ayudan a explicarse lo que no tiene explicación. Muletillas que funcionan como eso mismo, soportes para no andar dando desequilibrios por la vida.

En el flashback que Memorias sobrelleva manejando su moto descuidadamente, las manchas del encandilado funcionan como transición entre escena y escena. Toca el claxon sin parar y sin respetar semáforos.

Los tres hermanastros recorrían las playas de ida y vuelta pidiéndoles monedas a los turistas. Memorias vendiendo mangos y jícamas con chile, Rafael meneando la panza y contando picardías, Carolino provocando lástima a cambio de un poco de cambio. Dormían los cuatro en la enramada con aquel papá iracundo y bello.

Ola 376. Ola 377. Ola 1.

Mirando el infinito fluir de las aguas debían estar los cuatro sí o sí en el funeral diario del sol. Religiosamente. Y una vez que las nubes concluían su pantomima sagrada e irrepetible, Toni aprovechaba la llegada de las penumbras para soltarles sus netas.

—Escúchenme, hijos. Mis hijos tan apuestos. ¿Qué garantiza que el mundo a sus espaldas siga siendo como lo dejaron? Por qué no pensar que las palmeras nos hacen muecas y las piedras nos dan también la espalda y los pájaros vuelan panza abajo. Vemos las cosas ordenadas, pero en realidad el mundo detrás de nosotros se desintegra a toda velocidad. Y tenemos el poder mágico de volver a reconstruirlo de chingadazo. Pueden destruir todo lo que existe con sólo dejar de verlo. ¿Me explico? Hay un poder adentro de ustedes. Úsenlo. Reinventen esta chingadera mejor de lo que es.

Sabrá dios cuál de ellos tres es el más chico, cuál el mayor y cuál el de en medio.

Crecieron parejos frente al mar, como si este más bien los lijara de tanto jugar a ser rompeolas. Puliéndolos hasta quitarles la edad. Asoleándolos hasta dejarles los gestos de piedra pómez. Nunca les enseñó los días de la semana ni la babosada, a su entender, de que nos gobierna un calendario. Día y noche. Es lo único que existe. Para que haya gente bailando hacen falta los que están sentados. Lo mismo pasa con los que duermen y los que están despiertos. Esta forma prehistórica de medir el tiempo más bien correspondía a que Toni bebía día y noche. O fumaba hierba noche y día. O comía peyote en días sin sol y lunas chiclosas, noches en las que el cielo baja para que lo pellizques. Se le entreveraban las intoxicaciones al padre. Les enseñó a robar focos de los hoteles. No les enseñó a nadar. La playa estaba llena de tortugas, iban a mear en medio de la noche y regresaban con el arco de los pies inflamado de pisar caparazones.

Con una rama en la arena, Carolino traza feos dibujos de animales que su padre no nombró. En eso se le va la tarde. Toni lo mira y recuerda cuando "jugaba" a una versión muy prefigurada de las escondidas: se cubría los ojos y aguardaba un rato. Al descubrirse, Dios seguía ahí, por doquier, en todos lados. Ubicuo, ¡maldita sea! El hijo hace dibujos burdos: de una jirafa sin cuello largo, un rinoceronte alado, una especie de chango al revés. Dibujos con un bolígrafo que el océano le regaló y aún servía. Dibujos que se hace en los brazos, en la espalda de sus hermanos. Memorias duerme a la sombra, sobrelleva un sueño sin imágenes que le hace mover los párpados, delgados como hoja de Biblia. Rafael patea un nido de aves desusado que cayó del Árbol del Conocimiento, el aire le devuelve el pase. Gol.

Toni bosteza. Mira a sus hijos con silencioso rencor, les mira obsesivamente el pequeño orificio al centro de sus pancitas. No les envidia tanto el ombligo como les envidia el fenómeno de la infancia. Quizá ha bebido demasiado.

—Que quién es su mamá, me preguntan. Nunca lo sabrán, ojetes. Los robé de bebés. Me los robé como se roba un pinche mazapán, hijos de la chingada. Trío de bastardos.

En el flashback que Memorias sobrelleva manejando a toda velocidad, los círculos verdes y rojos de los semáforos funcionan como transición entre escena y escena.

—Si no supiéramos que vamos a morir, si no tuviéramos esa garantía, nada existiría.

Tiene once años aproximadamente. Tienen. Sus huellas en la arena ya son más grandes y el zigzag en los surcos hace evidente que los hermanos están en esa etapa de la vida en la que todo es correr, en la que de la nada los atacan unas irresistibles ganas de bailar sin música. La laguna que rodea a la playa está llena de cocodrilos y cuando hay que ir a resarcirse de caguamas, jabón y sopa, lo cruzan en una barca muy bonita. Chiquita, blanca, con nombre de mujer. Los tres sentados y Toni de pie, en su extraviado soliloquio.

—El silencio es su arma más poderosa —dice y no se queda callado.

Suena el zumbido coordinado de toda una secta de insectitos, suenan pájaros acá y allá, suena el silbido del viento entre las hojas, los remos penetrando el agua con enloquecedora ternura.

—El silencio es su arma más poderosa. Cuando vean que me quedo callado piensen en eso. Todo mundo cree que tiene algo que decir. No inventen nada. Miren bien. Las cosas existen cuando las nombras. Por eso es mejor no hablar. No crear. ¿Se acuerdan lo que se sentía no haber nacido?

Los tres hermanastros crecieron en el mar, testigos de lujo de su incesante ir y venir. Es decir que siempre aspiraron a cosas mayúsculas asumiéndose eslabones diminutos de una cosa imposible de abarcar.

Ola 4, Ola 3, Ola 2, Ola 1. Ola 0.

Ahora las contaban, nombrándolas, de atrás para adelante. Y cuando llegaban a la ola cero, ¿qué más? Quedaba el vacío propio de entender algo siendo niños. Quedaba una barbarie en miniatura huyendo de los miedos más arraigados en el corazón del hombre. Se peleaban, mordían, comparaban alturas, jugaban gato en su pizarrón ecuménico, se empujaban, competían por ser el que corría más rápido, el que más aguantaba viendo al sol sin pestañear, el que más veces ganaba al Piedra, Papel o Tijera, al que más lejos le volaban los mecos, el mejor jugando Rayuela, el que más cosas les robaba a los excursionistas, el que más tiempo estaba callado.

También, de la nada, gritaban canciones léperas.

—Uno grita cuando quiere llamar la atención. Si tienen mi atención todo el tiempo, ¿para qué gritan? ¿Son tarados? Yo no tengo hijos tarados. ¿Quién les enseñó a hacer ese escándalo? No lo han heredado de mí.

La voz de Toni quebrando el silencio implicaba que la jornada llegaba a su fin. Los hermanos tenían que meterse en la hamaca. Ir al País del Cometa poco a poco, los tres abrazados mientras papá fumaba. La hamaca se transformaba en una sonrisa de tela, una sonrisa de tela sobre la que dormían entre perros del mar, una carcajada de tela que papá movía lentamente hasta atontarlos y contaminarlos de cansancio. Su voz cavernaria, que parecía salida de la axila y no de una boca, fermentaba sus sueños:

—Que quién es su mamá, me preguntan. Nunca lo sabremos. Los robé de bebés. No me fije qué rostros los crearon. No los seleccioné. Fueron los tres primeros niños sin vigilancia adulta que me encontré ese día en tres parques distintos. No son especiales. Los agarré porque estaban descuidados. Sus papás casi casi me los entregaron en las manos, es como si los hubieran aventado al agua. Y recuerden que sin mí el mar se detendría para siempre. Cuando yo no esté el mar se irá hacia atrás. Será como si nunca lo hubieran visto de frente. El día que yo les falte no habrá mar para nadie.

Guillermo, Carolino, Rafael. Cuando se contaban los sueños no competían. Era el paraíso. Para los tres era el paraíso. Dejaban de trabajar un ratito y se iban a acuclillar entre las lanchas de los pescadores para platicarse lo que habían soñado. Yo que volaba. Yo que volaba menos alto. Yo que nadaba. Yo soñé que el mar estaba adentro de mis venas. Yo soñé que era gigante. Yo que éramos una misma persona. Yo soñé que teníamos una misma mamá. Yo soñé que estaba encerrado en un agujero y gritaba desde abajo, pero nadie me oía porque mi voz no me salía de la boca. Yo soñé con un alacrán hecho de pedos. Yo soñé que la hamaca era una telaraña. Yo soñé que estábamos adentro de una canica de colores. Yo otra vez soñé con una de las güeras que vienen a asolearse, me despierto diario con el short pegajoso.

Dejaron de ser niños en un pestañeo. Sus patas, grandotas y desproporcionadas, prefiguraban estaturas que, en efecto, alcanzaron. Una larguísima noche de severa fiebre los devolvió al mundo con la altura que tuvieron el resto de sus vidas. Tres cerebros muy lejos de la tierra. Tres hombretones con bigotes chistosos y los brazos demasiado largos. Tres adolescentes sanos con un inmejorable sistema digestivo y respiratorio, sangre resolviendo el enigma que la contendrá para siempre, órganos internos interpretando su milenario papel que, a grandes rasgos, replica en miniatura al cosmos.

Toni era un tipo bajito, enjuto y encorvado; pellejo apenas si agarrado a su hueso. Pájaro pandillero. Se recargaba en los muros y parecía un perejil entre muelas. Le dio por gritar por horas, rasguñarse el rostro, no comía ni hacía más que intoxicarse y gritarles a cosas que sólo él veía. Bajó de peso. Bajo el precepto de que el miedo paraliza el alma, se quedaba quieto por horas. Cuando recuperaba el sentido y la lengua se le desentumía, sobrevenían sus habituales monólogos.

—A ninguno he querido distinto que al otro. Les entrego por igual a cada uno su cuerpo. Les regalo el cuerpo que poseen. Se los doy nuevecito para que lo estropeen como les dé la gana. Disfruten de ese corazón joven y recuerden que siempre los amaré.

—…a veces hay Alka-Seltzer y a veces no hay Alka-Seltzer —musita Memorias en voz alta, metiéndose a toda velocidad por las calles de la Rivera de San Cosme.

—…porque el cuerpo sólo es pasajero. Nosotros somos el viaje —dice Toni en la cabeza de Memorias. Es un recuerdo muy vivo, susurro escondido en las esquinas sarrosas de la memoria—. La gente cree que el destino tiene que ver con cómo les fue en la semana, bola de idiotas incapaces de entender la eternidad. La inmortalidad, quiero decir, el destino con D mayúscula, tiene que ver con cómo está configurada tu alma en el momento en que renaces. Cada que mueres pasas por un umbral que es como un tubito con una forma. Y la forma de ese molde tiene que ver con lo que vas haciendo en cada una de tus vidas. Si te tocó ser corazón así será. Si luego te tocó ser una estrella, serás corazón espinado. Las combinaciones son, hasta ahora, infinitas e irrepetibles. Si te tocó ser un imbécil nada impedirá que lo seas toda tu vida. El alma es moldeable. El alma es plastilina. Yo soy un hombre muy afortunado porque la vida me llevó a ser lo que soy ahora. Soy feliz estando con ustedes, en este mar. Siempre soñé con ver crecer a tres hijos míos, tres hombres hermosos.

Habían estado haciendo castillos de arena. Era un puñado de construcciones formando una zona residencial de chipotes. Una ola malacopa y ya sin nombre borró todo el trabajo arquitectónico de un día en un par de segundos. Sobre el desastre de ruinas de arena calada y entre charcos con prisa por desaparecer, Toni caminaba dando tumbos. Estaba más endiablado que de costumbre. Sus labios pintados con sangre, como si él solito se hubiera arrancado el mostacho.

—Mis tesoros, ya están en edad.

Era una quinceañera aún con vestido, corona y crinolina. Completamente inconsciente. Recostada sobre un pedazo de planeta Tierra. Por la nariz le salía un hilito de sangre. Toda su piel estaba cubierta por una pátina marina, algas, burbujas sólidas y estancadas en los pliegues. Mas respiraba. Nunca entendieron si Toni la había abducido o si el mar la había entregado así luego de algún accidente.

—Yo ya estoy. No pude esperarlos. Pero, de ustedes, hijos, ¿quién va primero? —dijo Toni con su voz de sermón salido de una axila.

Se quedaron pasmados. Un miedo de diamante les impedía hablar, moverse, implorar, echarse a correr sin destino.

—¿Quieren que decida yo quién va primeras?

Decidieron turnos con un par de Piedra, Papel o Tijera.

Piedra, Papel o Tijera.

Piedra, Papel o Tijera

¡Piedra, Papel o Tijera!

Rafael fue el primero y Memo el último.

Toda esta historia ocurrió bajo los cielos de Guerrero, llenos de estrellas que bien podrían ser orejas y ojos distantes, firmamentos llenos de anocheceres saciados con los melodramas de la luz y amaneceres en los que el sol diario aparece bostezando y crudo. Abajo, el hombre hace cosas monstruosas. Arriba, el cielo es hermoso.

Rafael gimió por momentos. Su padre lo arengaba, piropeando su virilidad y repitiendo *así se hace* como si no lo hubiera dicho apenas hace unos instantes.

Carolino intentó huir, pero el papá lo cazó y obligó. No consiguió erección y por ello fue víctima de una tunda, fue desheredado y mandado a dormir temprano. Se tatuaría una Tijera en el cuello varios años después. Con ese mote sería reconocido en vecindades, dancings, fayucas y tugurios.

Para Memo fue como si el mar se hubiera detenido, nada existía detrás de él, la realidad se borró. Rafael lloraba de pie ahí a su lado mientras él entraba y salía de entre las piernas de la quinceañera. Anhelaba que aquello acabara para siempre. No acabó ya nunca. Por el contrario, creció dentro de él como una planta siempre muerta. Una planta muerta entreverada con su sistema nervioso, con sus sueños, con las cosas que duelen. Pesado cadáver de ramas secas, presente cada que abre los ojos en la mañana y antes de dormir por las noches. Con Berenice sintió, por primera vez en su vida, brotes; brotes de flor hermosa en las puntas de sus dedos.

—Estuvo bien culero, Berenice, mi cielo. Todo se puso peor. A mi papá se le fue el pedo cada vez más y más. Se le iba el pedo y no sabía quién era quién, nos confundía. Un día llegaba sin un diente y otro sin uñas. Nada de lo que nos decía era una frase completa. Se lastimó muy feo la lengua y siempre la traía hinchada, llena de insectos anidados. A señas nos amenazaba y regañaba. Le dio por patearnos dormidos. Le clavábamos ramas hasta el fondo de sus oídos mientras estaba jetón y ni así se despertaba. Se cagaba encima, había que bañarlo metiéndolo al mar.

En uno de esos aseos lo mataron. Memorias lo tomó de una pierna y Carolino de otra. Rafael se paró encima de su nuca. La Costa Grande guerrerense participó del asesinato. Todas y cada una de las innumerables olas se le metieron por el hocico. Como sabían dónde guardaba el dinero, ese mismo día tomaron un camión rumbo a la Ciudad de México. Vomitaron todo el camino, encerrándose en el baño por turnos. Rafael encontró entre las pertenencias de Toni información sobre sus padres. Como el silencio es su mejor arma jamás han hablado acerca de si alguno los buscó o no.

—Yo no los busqué. Para qué. Rafael atendía un puesto de cine de arte en Pino Suárez, pero era la pura fachada; en realidad les hacía trabajitos a los narcos de Regina y dirigía a los fayuqueros narcomenudistas de Izazaga; para conseguir ese puesto mató y torturó. Lo mataron esta noche, eso ya lo sabes. Carolino es jefe de un imperio de secuestro y trata infantil. Si bien les va a los morros que caen en sus manos, acaban de carne de cañón en jales pal narco grande, el narco adulto. Yo, pues también ya lo sabes, soy un jodido repartidor de comida. Seguimos sin saber cuál es el mayor, cuál el de en medio, quién el más chico. Piedra, Papel o Tijera, tres fuerzas en equilibrio que se eliminan entre sí. En fin… mi vida cambió cuando te conocí.

Memorias se da cuenta de que viene hablando solo. O hablando con la ausencia de Berenice. O hablando con la Berenice que vive en su cabeza. ¿Será así a partir de ahora? El miedo a ese porvenir duele más que cualquier chingadazo.

Frena la moto. Siente el ojo cerrándosele cada vez más, la sangre seca no le permite respirar con diligencia. Baja y coloca la mochila de Uber en el piso. Abre el cierre. Saca a un niño. Un niño recién aseado. Un niño completamente adormecido. Le desata las manos y los pies. Nudos de listón. Jamás dirigió su moto hacia el Motel Rosedal en la calle Níspero en Santa María La Rivera. Jamás fue su intención entregarle a ese niño a la persona que espera en la habitación cinco.

Memorias carga al niño como ha visto millones de veces que se carga a un niño arriba de una moto. Jamás había cargado a un niño arriba de su moto. Con una mano lo abraza hacia su pecho y maneja con la otra, la mochila vacía en su lomo. El niño ronca, aún huele a su mamá. O eso es lo que cree Memorias cada que el aroma dulcísimo le invade la nariz. Para evitar posteriores pesadillas, no va a calcularle la edad. Pero está sorprendido de lo poco pesado que está, lo frágil que se siente. Se muerde el labio muy fuerte para concentrarse solamente en ese dolor y que los demás se disipen. Su teléfono se quebró por completo. La pantalla está agrietada del todo y es imposible encender el GPS. Sin embargo sabe perfectamente a dónde tiene que ir. Estaciona la moto y sube las escaleras que lo llevan hacia el *skate park* que está debajo del puente de San Cosme. Le da la bienvenida el olor a trece mil meadas rancias y encimadas. Un grupo de pandrosos le pinta huevos a la distancia, mentadas de madre chifladas con violencia. Memo se recarga en una columna, se muerde más el labio. El Moscorrón se acerca, le ofrece de su caguama.

—¡Cómo de que no!

Tres buches de un líquido oscuro y mágicamente helado lo devuelven a este presente. Su cerebro de jerga seca se le humedece, alivianando el trámite de estar vivo. El hecho de que esté lleno de moretones y heridas y sangre y traiga la ropa hecha jirones no llama la atención de nadie porque todos ahí están igual. Nadie tiene una cama dónde dejar que las heridas reposen, así que hacen patineta toda la noche. Sobrellevan la madrugada ensayando un truquito; golpeándose, raspándose, lesionándose más. Es un día meneado en San Cosmic. Se dejaron venir los fresas que sí tienen hogar. Hay fila para intentar alguna pirueta sobre ruedas, chavas jovencísimas se monean, cuarentones rasguñando juventud las cazan exagerando habilidad en el medio tubo. También hay hombres sin edad ni dientes y con marcas de operaciones todo alrededor del coco. El olor a chis tiene su delimitación territorial, ya adentro del *skate park* más bien impera el olor a mariguana. Se mezclan ambos cuando un tráiler pasa a toda velocidad, licuando el ambiente. Memorias disfruta el olor del niño en sus brazos, lo abraza con todos sus sentidos. Los grafitis en las paredes laten como si estuvieran vivos, se escurren lamentando su existencia. La pista está debajo de un puente sobre Circuito Interior, es como un patio de recreo debajo del vientre de la ballena. La coreografía infinita de los *skaters*, danza invisible donde participan uno tras otro: el logro, el fracaso, la perseverancia, el milenario miedo a caerte, el infinito miedo a envejecer, lo fatuo del éxito, la irreprochable necedad, la acumulación de experiencia. Le mama a Memorias ir a reflexionar ahí. Para él, si ese grupo de sobrevivientes puede ser feliz jugando en su tabla con ruedas, entonces no está tan mal el fracaso. Aun si lo corren de Uber o se queda sin habitación o si nadie nunca lo ama, puede ir cada noche a flotar encima de su tabla con ruedas. Flotar un par de segundos con ayuda de las sinuosidades, chipotes y barrigas del parque. Parece un molde de gelatina, una alberca sin agua, una calle de otra galaxia.

Pasa frente a él una chica con una goteante paleta de grosella.

Siguiendo los redondeles morados en el piso, Memorias atraviesa San Cosme y baja del otro lado de la avenida. Todo es oscuridad excepto en la única Michoacana abierta las veinticuatro horas del día. Memorias entra al local.

El color vivo de los helados en su casilla, una mujer haciéndose las uñitas detrás del mostrador, las noticias sobre el metro sonando en una tele manufacturada el siglo pasado, las inmensas fotografías de los helados y sus posibilidades decorando las paredes, los espejos que tienen rotulados los nombres y costos de las nieves… todo parece ocurrir en un set de filmación. En la cabeza de Memo, Selene es interpretada por Salma Hayek.

—Selene.

—Ay, ya llegó el pinche desaparecido. Ni entres, cabrón. Ya me dijeron que te andas paseando por todos lados con una morrita… y sabes qué, a grandes rasgos vas y chingas a tu madre. Que ni tienes, pinche huérfano. No quiero volver a saber nada de ti, Guillermo, vales tres kilos de reata.

—Escúchame, Selene…

—Estás todo vergueado… ¡Memorias, en qué andas metido! ¿Quién es esa creatura? ¿Me vas a salir con el chistecito?

—Amor. Escúchame.

—Qué *escúchame* ni qué mangos. Te portaste como un ojete. Tres años limpiándote la cola para que me salgas con esto. No, Memo, se te acabó tu pendeja. Y hasta pendejo eres tú porque se te acabó tu hotel. Ni creas que voy a dejar que te quedes a dormir aquí. Órale, derechito a chingar a su madre.

Memorias siente que algo le pica. Baja la mirada y descubre que el niño trae una etiqueta alrededor del brazo. Una etiqueta de precio como las que le ponen a los suéteres o las calcetas. Maldice en silencio y arranca aquel pedazo de cartón. El niño está desguanzado, sin fuerza en sus bracitos, evidentemente intoxicado.

—Selene, haz paro. Te necesito.

—Me estás asustando, Guillermo, qué pedo contigo. Te desapareciste tres semanas, no contestas el celular, fui a tres oficinas de Uber a poner mi cara de pendeja preguntando por ti. ¿Es muy difícil responderme un puto WhatsApp? Y luego todo mundo me dice que te estás cogiendo a una escuincla salida de no sé dónde… te vas derechito a la verga… Tiraste tres años a la basura por pinche pito fácil.

—No sé quién es este niño. No sé si iban a abusar de él, no sé si iban a quitarle los órganos para venderlos y luego al puro cadáver retacarlo de drogas para meterlas en un penal. Sólo sé que lo salvé. Se los quité de las manos. Estoy en un pedote. Te necesito. Mataron a uno de mis hermanos, Selene.

Apenas Memo menciona a sus hermanos, el gesto se le modifica, desaparece la cara de pajarito empapado de Selene. Seria, refunfuña. Siente de golpe cómo sus cuarenta y tantos años se descongelan de madrazo. Tantas noches lo abrazó mientras él lloraba contándole una versión ininteligible de su infancia. En toda su vida nunca había visto a un hombre llorar así. Saca una bolsa de hielos, la coloca con agresividad en el ojo de Memo. Luego la manipula dulcemente, acariciando el chipote. Hielos que mañana serán raspados de uva.

—Ay, Memo, crío mío; qué necesitas de tu Selene… a ver.

—Cuida al niño sólo esta noche. Mañana yo lo llevo a la policía. Sólo cuídalo y vigílale el sueño un par de horas, pues.

—¿Y por qué no lo llevamos de una vez a la delegación? Déjame me pongo mi suéter.

—No. Preferiría abandonarlo en un bote de la basura.

—Pues lo estás abandonando en mi heladería, pendejo. Esta es la última vez que cuentas conmigo, ¿eh? No está bien que te desaparezcas así. De mí sólo has recibido apoyo y amor, Memo. Qué te pasa, wei. Por qué me abandonaste sin avisar. Específicamente quedamos en que no harías eso.

—Se me salió de las manos todo. Cuídalo y ya mañana vemos, por favor. Cuida al niño. Tengo que irme.

—Ay, Memo. Cada que puedas escríbeme de que estás bien.

—Regreso antes de que se haga de día. Te chiflo de afuera.

La besa desinteresadamente. Larguísimo beso de lengua sin pasión, por parte de él. A ella la sensación de sus labios en los suyos le dura brillando aún un rato. El helado de tuna luce sano y fresco, como si lo hubieran inventado esa misma noche.

—Prométemelo, culón. Vas a regresar conmigo.

—Lo prometo.

En brazos de Selene, el niño parece lo que en realidad es: apenas un bebé. Cuajadísimo y acunado. Alma nueva dormida sobrellevando eternidades.

—Mira qué hermoso está —piensa o dice ella, tierna voz de mujer mexicana.

Apenas Memo se va, ella recuesta a la creatura en el catre al fondo. Cada determinado tiempo, durante toda la noche, irá a vigilarle el sueño. De golpe sabe que mañana tendrá que ir a la lavandería a llevar las sábanas y cobijas, sabe que va a llamarlo Tomás, que crecerá entre helados de vainilla, cola de tigre, fresa, napolitano, mango, oreo, etcétera. Sabe que necesitará vacunas, útiles escolares y calzado. ¡Falta mucho para eso!, piensa Selene, autocensurándose el entusiasmo. Hay que clavarse en el presente. Hoy. Si es necesario le sacará las lombrices directamente de entre sus piernas y, si hay que bañarlo cada tres días exclusivamente con agua de garrafón, así será. Sabe que día a día lo verá crecer tan milimétrica como kilométricamente. Selene hace cuentas mentales y sí, sí puede quedárselo. La heladería deja lo suficiente y al finiquito de cuando la corrieron de Banorte no lo ha tocado en siete años. A los narcos, como son una bola de escuincles, les paga el derecho de piso con paletas y aguas frescas. Sí puede. Claro que puede. Mañana apenas se despierte va a cantarle y vigilarle el crecimiento de las uñas a Tomás y será necesario buscarle un cumpleaños Libra en el calendario.

Memorias no tiene ni idea de en qué parte está de la inmensa, inabarcable y populosa Ciudad de México. Dio mal dos vueltas y ahora está perdido. Sin el auxilio de un mapa electrónico, todas las colonias le son inéditas, un laberinto de negocios cerrados y negocios abiertos, calles mal iluminadas, avenidas peligrosísimas donde los autos pareciera que avanzan desde hace décadas sin detenerse. Se desespera, da otras dos vueltas mal y sale a una calle en la que jamás había estado en su vida. Saca el teléfono con la boba ilusión de que las cuarteaduras se hayan reparado mágicamente. El quebranto interno es aún peor. Le es insoportable ir arriba de la moto sin su Berenice. Ella: parcela de firmamento que le corresponde por norma divina. Los semáforos rojos parecen grilletes, la luna es una enorme bola de papel maché que gira lentamente para aplastarlo. Las ambulancias, su escándalo omnipresente, suenan cada vez más lejos. Esto lo hace sentirse aún más extraviado. Siente que se aleja de sí mismo. La ciudad, un centro sin contorno. Sí, todo este tiempo engañó a Berenice. Estaba a nada de decírselo. Lo jura.

Mecánicamente va hacia la primera taquería que encuentra abierta. Le pregunta al del trompo y a los meseros. Nadie le da instrucciones. Nadie sabe cómo se llama esa calle ni cómo salir de esa colonia. Los taqueros y meseros son escuincles como él, seres nuevos atrapados en una ciudad que no entienden, que no conocen. Morros de quince años, máximo, despiertos toda la noche; trabajando inagotablemente sobre la tierra; asustados, pero al mismo tiempo comportándose incomprensiblemente como el hermano mayor de alguien. No hay derecho a la juventud ya en el siglo veintiuno. Hace un frío malacopa. Es el soplido de una deidad aburrida sobre su manicura recién pintada. La noche capitalina muestra sus barnices que no secan. Limbo hecho por capas y capas de oscuridades defectuosas. Algo podrido se arraiga en el alma de una especie que duerme rodeada de electricidad. Ya no existe el negro perfecto de nuestros antepasados. Los anuncios espectaculares en las alturas están encendidos toda la noche como los cirios en la iglesia. Las calles están iluminadas como si en efecto el milagro de la luz fuera producto de todos esos cables colgados y anudados incongruentemente arriba de nuestras cabezas, usando mugre como argamasa. Memorias siente cómo el llanto se le anega en los huequitos del ojo que no trae abultado, sigue los letreros que indican hacia dónde ir. Querétaro. Puebla. Acapulco. Centro Histórico. Morelia. Toluca. Es muy cínica la CDMX en su ímpetu por expulsarnos de ella.

Memorias saca el control remoto de la tele de Hitchcock, todo el tiempo lo ha traído en su bolsillo. Hace el juego de que se apaga la cabeza apuntándose la sien con el aparato.

Hay que ser prácticos, se dice a sí mismo. Tijera vive en la Condesa. Siempre fue un pinche escalador social. Si hay chicas paseando a sus perros de madrugada quiere decir que va por buen camino. Si hay ratas aprovechando el mutis humano, entonces va mal. Si hay nichos de la Virgen de Guadalupe cada media cuadra, entonces sigue extraviado. Si hay hombres blancos caminando muy campantes y beodos rumbo a sus departamentos…entonces va bien. Los vagabundos no cuentan. Si hay oficiales cuidando las recepciones de los edificios, quiere decir que está cerca. Los grafitis tampoco son indicador de cosa alguna. Si hay madres vendiendo atole y tamales a los albañiles de una obra negra, quiere decir que está cerca pero también lejos. Si hay una fiesta infantil, un pachinkos, una vecindad… está lejísimos. Las bicicletas de renta, mal estacionadas, también lo sitúan cerca de su destino. Reconoce, aunque cerrada, una pizzería que también es galería de arte y sitio de tatuajes. ¡Llegó!

El poli le pregunta que con quién va.

—Carolino Tijera, departamento 402.

—¿Quién lo visita?

—Su hermano, Guillermo.

El oficial hace una llamada telefónica casi imperceptible. Memo siente la enorme mochilota verde fluorescente en su espalda. No se la quitó en todo este tiempo, lo tranquiliza ya no traer a un crío ahí metido. Piso cuatro. Él pega el ojo haciéndose casita con las manos en el reflejo de cada una de las paredes del elevador. Busca detrás de cuál está el *crew* de filmación. Fantasea con que entran las chicas de maquillaje a retocarle la sangre. Le caería muy bien un corte a comer, una pestañita de media hora en su camerino, una botella de agua fría. El elevador asciende silenciosamente. Memorias se mira en el espejo y siente que su reflejo quiere comérselo a golpes. Está que se lo lleva la chingada. Nunca se había sentido tan furioso, la barbilla le tiembla, siente que el bigote le creció de un instante a otro. Trae puesta la sudadera de una banda de pop coreano llena de mugre. Nada tiene sentido. Hasta respirar le duele. Entre todos esos raspones y moretes está un chupetón, una mordida deliciosa que Berenice le hizo en algún momento de la noche. Silenciosamente sube aquel cajón de edificio nuevecito y lustroso. Un papel en idioma inglés informa a los vecinos de la falta de agua durante el fin de semana. Arranca el mensaje y lo hace trizas, encabronado.

Tijera lo recibe con un abrazo y dos besos, uno por mejilla.

—¿Neta, wei? Estás armando un cagadero por pinches cuarenta mil pesos. Me los hubieras apostado en el fut cualquier fin de semana, me cae.

—Carolino.

—Nada de Carolino. Yo voy a hablar. Tenías la indicación de entregar un paquete de setenta mil pesos; como no lo entregaste me debes esa lana. Me cobro con los cuarenta que juntaste diciéndoles a todos mis rivales que ibas a matar a nuestro hermano. Cuarenta mil pesos, no seas cabrón. Ah, pero siguen sin salirme las cuentas. Tu morra ya está medio guanga, pero la acepto sólo porque somos familia. Ya, así siendo muy generoso, me debes… veintiocho mil pesos mexicanos. Cuéntame… cómo le vas a hacer, cabroncito.

—Dónde está Berenice.

—A ver, cabrón. ¿En serio? Decidiste negociar con el cadáver de Rafa. ¿En serio? Se supone que el sádico soy yo, cabrón.

—¿Tú lo mataste? ¿Mataste a Rafa? —dice Memorias.

—Obviamente no. Ese wei se lo buscó pero yo no me voy a quedar con los brazos cruzados. Tú tampoco.

—Qué pedo con tu gente, me amenazaron con que te pagara lana que te debía Rafa. Qué es esa mamada, pinches mandriles.

—A ver. No te saques de onda. Rafael no me debía ni un peso. Pero necesitaba asustarte un leve para que me llevaras al escondite de Rafael. Yo sabía que irías para allá corriendo y la neta tenía la ilusión de que nuestro hermano siguiera vivo. Ya los dos sabemos en qué acabó eso. ¿Qué te sirvo, carnalito?

—Dónde está Berenice.

—Qué te sirvo, cabrón. ¿No sabes llevar una conversación? Dios mío.

—Jamás me he metido en tus negocios. Habíamos quedado en algo. Nadie se metía en la vida de nadie. En eso quedamos.

—A ver, vámonos un paso atrás. Estás metidísimo en esto. Te apesta la reata a esta mierda. ¿O qué? ¿No mataron a tu hermanastro a sangre fría? No me explico cómo en vez de buscar quién te la pague te pusiste a recorrer la ciudad buscando lucrar con el cuerpo del pobre Rafa. Qué traes en la cabeza, Guillermo. Quién te hizo tanto daño. Es retórico, campeón; no tienes que responder.

—Qué pedo con tus pinches mensajeros, cabrón. Mira cómo me dejaron.

—Aquí entre nos te urgía una calentada. En fin, ya sabes que tengo la mecha corta, así que no me hagas repetirlo tres veces. ¿Qué te sirvo?

—Una chela.

—Berenice. ¡Bere, corazón! Tráele una chela a tu esposo.

Tijera es un sujeto diminuto. Parece más un cajero de Zara que un narcotraficante, secuestrador y asesino. Tics nerviosos dominan su rostro. Pestañea de un solo ojo y hace un sordo pop con la boca cada determinado tiempo, sin controlarlo. Este descontrol facial, producto de la ingesta desmedida de sabrá dios qué tanta chingadera, no le resta gallardía. Calvo voluntariamente, flaco hasta decir basta. Parece una sombra que se materializó en carne. Imposible determinar si tiene quince años o setenta mil. Las venas permanecen hinchadas a lo largo de su amplia frente. Trae tatuada una línea punteada en su nuca y cuello, además de tatuajes de tijeras por todos lados, diminutas y abiertas en diferentes ángulos.

Berenice está enfrente de Memo.

—Ahí está tu vieja. Sana y salva. No le hemos tocado ni un pinche ojal. Yo no soy tu enemigo, tarado; cuándo vas a entender eso.

Memo corre a abrazarla, pero uno de los hombres del Tijera se pone en medio. Salió de la nada. No es uno de los que lo asediaron en Reforma 222. Gigantesco ser lleno de acné donde no suele haberlo. Apenas si cabe en la habitación. Sólo le falta tronarse los dedos apretando el puño.

—Aguántame las carnes, pinche intenso. No le haré nada a tu morrita pero también es la única forma que tengo de que me peles. ¿Estamos? Yo no soy el enemigo, y de hecho el que corre peligro aquí eres tú, hermano. Me metí con quien no debía y me mandaron a decir que iban a matar a toda mi familia. Primero pensé que era guasa básicamente porque yo no tengo familia. Pero ya viste lo que le hicieron a Rafa. Si no fuera porque has andado cogiendo por todos lados como si no hubiera pinche mañana ya te hubieran cocido a balazos.

—¿Me estuviste siguiendo?

—Aquí el mai lleva toda la noche tras tu pista. Es imposible no darse cuenta que un gigante lleno de granos te está respirando la nuca, pero como tú andas enculado ni en cuenta, cabrón. Te entoloacharon, hermano. Estás completamente trepado al guayabo.

Berenice no llora ni se desespera ni hace movimientos bruscos, así que Memorias tampoco. Se ponen de acuerdo mirándose a los ojos. Miradas llenas de enloquecedora ternura. Una necesidad casi teatral de tomarse de las manos.

—Por nosotros no te preocupes, hoy mismo nos largamos a Oaxaca.

—¿Oaxaca? No, mano. Te necesito aquí. Yo no sé por qué dejé que Rafa se volviera fayuquero y tú un repartidor de mierda. Tenemos que permanecer juntos. Tu sitio es aquí conmigo.

—Mi lugar no es contigo. Nos vamos.

El hombretón del acné inhumano jala a Berenice hacia sí. Tijera le habla en voz baja a Memorias, secreteándole.

—Vente para acá, pinche Memorias. A ver. No le voy a hacer daño a tu morrita, quita ese escenario de tu cabeza. Es más, ¿no quieres que le pongamos chichis?, cuenta con ello. Tengo un cirujano que las deja listas para salir en la telenovela de las nueve. ¿Quieres que le pongamos un himen de diferente color cada mes? Va. Todo lo que tiene un precio, sale barato. Yo estoy aquí para ayudarte, cabrón. Pinches nalgas chingonas que le podemos poner a tu mujer, considéralo mi regalo de bodas...

Lo lleva hasta un cuarto. Se le cumplió a Memorias el anhelo de estar en una peli. Aquella habitación parece una falsa escenografía. La cama recién hecha, sábanas sin pliegues, una fotografía en blanco y negro de la torre Eiffel pegada en la pared. Un hombre atado a una silla. Ensangrentado e inconsciente. Hay una televisión en *mute* empotrada en la otra pared. Están pasando *Rápido y furioso*. Afuera llueve otra vez.

—…Incluso si quieres que nos deshagamos de ella, dime. No tienes que decidir ahorita. Andas enculado, estoy ok con eso. Yo te dejo que hagas y deshagas, wei. No somos de palo. Además, tú ya lo sabes, a veces hay Alka-Seltzer y a veces no hay Alka-Seltzer. Hay solución.

Un hombre está atado a una silla. Ensangrentado e inconsciente. Decirle *hombre* es inexacto. Escuincle enjuto estrenando calzado deportivo. Su rostro está morado de tanto madrazo. Es como si le hubieran hecho más grandes las cuencas de los ojos. Un tenue silbido sale de entre sus labios. En las esquinas del cuarto hay montañas de perros famélicos. Lloran ya muy quedito. Hay de todas las razas. Mueven las colas con vigor y eso los vuelve aún más macabros.

Memorias se pone a pensar cuál de todas las de *Rápido y furioso* es la que está en la televisión. Es como si su cerebro exigiera hacer mutis. Enfocarse en cosas más gratificantes, como lo bello que sería estar recostado y desnudo al lado de Berenice. Esta es su forma de defenderse de las situaciones que no puede controlar: disociarse.

—Este culo mató a nuestro hermanito. Se chingó a Rafa por menos dinero del que tú juntaste diciendo que lo harías. Neta que no te entiendo, pero ojo: me encanta este nuevo Memo. Bueno. Una cosa a la vez. Este ojete se quebró a nuestro hermano…

Tijera le coloca una pistola a Memo en las manos.

—¡Mátalo, verga! Me queda claro que no tienes los huevos que se requieren para mercar con bebés. Ok. Va. Lo acepto. Las cosas existen cuando las nombras y tú eres medio joto. Jamás te obligaría a hacer algo que no quieres. Para tu fortuna pensé en todo. Esos perros de ahí llevan meses secuestrados. No he tenido tiempo de llamar solicitando el rescate. No hay quien lo haga. Estamos en chinga. Te apendejas y pierdes territorio. Tú te vas a encargar de ese *business*. Robas perros finos en la Condesa y marcas al número en sus collares, depende el sapo la pedrada, te depositan y, acto seguido, avientas al perro por la ventana. O lo devuelves a sus dueños, eso lo dejo a tu criterio. Hay mucha lana en eso. Mucha más de la que crees. Está fácil, Memo, robarle sus mascotas a riquillos y güeros está sencillo; un mono descerebrado podría hacerlo. Está pelada esa verga. Hasta tu vieja puede ayudarte cuando se recupere de la operación de tetas. Y ahí vamos viendo. No hay prisa. Pero antes que nada, mata a este cabrón. Ándale. Véngate del Rafa, wei. Ese cabrón sólo quería ver sus películas de arte y lo mataron. Mataron a nuestro carnalito, wei.

Con todo y mano de Memorias, Tijera acerca el cañón del arma a la frente del morrito atado. Palpa también el gatillo.

—Qué pedo. ¿No quedamos que nunca íbamos a hacernos daño entre nosotros? Ya estás como el Toni.

—A ver, carnalito. Demos un paso atrás. No nos estamos entendiendo. Nos hicieron daño justamente dónde más nos jode. Piensa en el pinche Hitchcock y jala el gatillo. Después de esto te juro que jamás te vuelvo a pedir que mates a nadie. Debut y despedida. Tampoco tienes que volver a llevar una pizza o un burrito o la cocaína de un CEO en tu maleta. Jamás en tu vida. Checa, wei; están rentando un departamento igualito a este en el piso de arriba. Te pago un año en lo que agarras la onda de cómo está el bisne. No mames, pinches *roomies* bien verga que vamos a ser. Tú y yo en medio de toda esa bola de gringos que tengo por vecinos. Tú y yo contra todos los narquillos pubertos de esta ciudad de mierda.

Es la 5.

—Mátalo. Dispara, pinche Memorias. En el momento en que lo mates vamos a empezar una guerra contra los de la Unión. Este morrito meado es el hijo del Tanque. Dispárale y empieza conmigo la nueva era de esta ciudad. Vamos a ser dueños de todo. Dame tres años y en vez de secuestrar perros de riquillos vas a entrenar perros para que maten.

Es la 5. Es *Rápido y furioso 5*. Curiosamente es la película en la que siempre ha querido estar. Memorias recuerda con cariño cuando su hermano le rolaba películas en dvds piratas.

Memorias recibe un golpe en la nuca. Se le apaga el mundo. Cae al suelo. Cuando abre los ojos no sabe si pasaron escasos minutos o mil horas. Siente que durmió meses. Siente que desconectaron todos los relojes del mundo y no existe el tiempo.

Berenice, piensa y se pone de pie; reconfigurándolo todo.

No ha pasado, de hecho, ni un segundo. Lo golpearon, tuvo un desmayo y abrió los ojos inmediatamente. Pero en ese microsegundo todo se fue al carajo. Los hombres de Reforma 222 están en la habitación rodeando a Tijeras, amenazantes.

—¿Ustedes me van a traicionar, maricones de doce pesos? Qué bien, qué bien —les dice cagado de la risa.

La decoración minimalista se vuelve su arma. Toma una lámpara y la estrella contra la cabeza de uno. Luego ya está detrás de él ahorcándolo con el cable. Los otros dos lo golpean, pero utiliza al que tiene bien agarrado del cuello como escudo al mismo tiempo que lo muerde hasta arrancarle un pedazo de oreja y lo golpea contra las paredes hasta dejarlo momentáneamente inconsciente.

El arma está en el suelo debajo de la cama, a unos pasos de Memorias que, paralizado, la mira como se observa un crucigrama resuelto por alguien más.

El adolescente amarrado a la silla despertó de repente, grita las cifras de dinero que les dará si lo liberan. Pone precio a la cabeza de Tijera. Suenan los golpeteos de las patas de la silla en el suelo.

Los perros sacan fuerzas de su flaqueza. Se mordisquean entre sí y ladran desesperados queriendo liberarse.

En la televisión en *mute* están pasando *Rápido y furioso*. No es la 5. Quizá sea la 8. Es en la que al final los autos vuelan en el espacio exterior a toda velocidad. En intercortes veloces y frenéticos se ven otras persecuciones secundarias. Una en coches clásicos y otra en bólidos de alta tecnología. El protagonista, calvo y fortachón, da volantazos irreales y despista a toda una colmena de autos que lo asedia ente balazos y vehículos de civiles que estorban por igual. Memorias sabe que en aproximadamente diez minutos habrá una explosión gigantesca en la película.

Berenice aparece por detrás y lo abraza. Él se gira. Una a una le besa las heridas del rostro. Memorias no siente esos besos, no siente esa lengua, no siente ese abrazo. Se quisieran decir tantas cosas. El hombre del acné los separa. Coloca ambas manos alrededor del cuello de Memorias y presiona con toda su fuerza.

Tijera se mueve a una velocidad distinta, nadie notó en qué momento se descalzó, de repente lo alcanza un puñetazo pero él lo recibe sonriendo. Lame el calor del golpe en su jeta de diablo. De un cabezazo, se deshace del segundo individuo. No deja que caiga al suelo, uno tras otro, le asesta golpes muy horizontales en el cuello. Le estrellan una silla en la espalda. Una silla de metal, él se encorva.

—A ver, pues, traicióname, hijo de perra.

Memorias siente que cambia el color de su cara. Observa cómo explota el acné en el rostro del hombre que está ahorcándolo. Puntos blancuzcos abandonando su roncha al unísono.

Quién sabe cómo, debido al jaleo, los perros quedaron libres. Uno muerde a Tijera. Se queda colgando de su pierna un rato. Los demás quieren salir del cuarto y rasguñan la puerta irritados, hambrientos.

El chamaco atado se cae de lado. Intenta zafarse y no para de gritar cifras de dinero.

En la televisión varios autos persiguen a otro auto. Son tomas vertiginosas, cortes rápidos y dinámicos. Memo ha visto esa película cientos de veces pero ahora mismo no sabe qué está realmente pasando y qué es película. Algo zumba aleteando en el fondo de su cráneo. Ve a todo el mar de Guerrero creciendo en una sola ola gigantesca y catastrófica enfrente suyo.

Y a la par es como si adentro del cuarto lloviera sudor.

Tijeras pelea con el último morrito. Ambos miden la distancia y sueltan golpes pero ninguno da. Se abrazan y caen al suelo, peleando como dos pulpos. Ningún rodillazo es certero.

Berenice toma el arma. La empuña. Pesa la chingadera. Apunta el cañón en la región cervical del morrito del acné y dispara.

Los ojos del gigantón explotan como si fueran precisamente un barro de grasa.

De una patada, entran al departamento dos policías que, como no saben que la redundancia cierra las puertas del paraíso, gritan que son la policía. Entran al cuarto y apuntan con sus pistolas a quien dios les da a entender. Suena, entre el gis de sus *walkie talkies*, el desbarajuste administrativo provocado por la caída del metro.

Los perros salen corriendo de aquel departamento.

Memorias sabe que en la película está a nada de ocurrir una explosión tremenda. Una escena que conjunta las tres persecuciones vehiculares en un mismo estruendo escandaloso.

Berenice deja caer el arma. Esta, al chocar contra el piso, suelta un balazo que va a dar al vidrio de la ventana; se cuartea de inmediato. Telaraña precisa y preciosa.

En la televisión en *mute* acontece el choque de cinco, siete, doce, trece autos. Memo apunta al aparato con el control remoto que toda la noche ha llevado en el bolsillo como un arma. El silencio es mi arma más poderosa, piensa. Y presiona el botón que desbloquea el *mute*.

La televisión por fortuna estaba a todo volumen y el escándalo de la explosión suena como si estuviera realmente ocurriendo ahí.

Todos voltean a ver la tele, impresionados; no entienden qué está pasando.

Él aprovecha la confusión y toma a Berenice. Acumulando la fuerza que le queda la abraza y se arroja por la ventana. El vidrio se quiebra como si fuera de oblea.

Siente cómo caen hacia el abismo.

Memorias acomoda todo su cuerpo para ser él quien soporte el impacto al estrellarse en la banqueta. Rodea a Berenice fuerte, la ciñe y abarca como si fuera lo último que hará en su vida.

Caen abrazados, la Ciudad de México participa también de ese apretón.

Los cables de luz, anidados asquerosamente, amortiguan la caída. El alumbrado eléctrico expuesto de la Ciudad de México les salva la vida a los amantes.

Chispean los postes y se va la luz.

Hay una segunda caída, la enorme mochilota verde fluorescente en la espalda también atenúa el daño.

Sonido de huesos que crujen.

Memo, ya de nuevo sobre la superficie de la Tierra, piensa que es mentira que esa bola de narcos sean tal cosa, no es que tengan o quince años o setenta. ¡Tienen catorce! Son unos niños jugando al mal. Unos chamacos a los que pudo vencer sin tanto rollo y casi casi que a coscorrones. Siempre estuvo de su lado la milenaria ley del más fuerte. Ya es tarde para eso. En efecto, prácticamente todo el impacto de la caída recae en él. Triángulos de vidrio desgarran la piel de su espalda. Siente a Berenice encima suyo, alimentándolo de vida. De las ramas en su sistema nervioso brotan flores preciosas.

Su cuerpo no hace lo que él le pide.

Es poco lo que su cerebro aún le permite comprender.

Llueve fuertísimo. Exclusivamente gotas tardías.

Las lejanas sirenas están ahora cerquísima. Es un sonido taladrante, sin armonía, policiaco.

Varios de los extranjeros que viven en ese edificio llaman a la policía, asomados en sus ventanas.

—Vete —le alcanza a decir Memo al oído.

—No digas.

—Vete, mi amor.

Los perros también ya están abajo. Lloran. Acarician a Memo untándole todo su cuerpo peludo y cálido. Memorias siente que uno le lengüetea la mano, inesperado cuenco lleno de sangre.

—¿Cómo me dijiste?

Él no tiene forma de saber si en su cara hay una sonrisa.

—Estás todo roto, Memo. No sé cómo pararte la sangre. Te vas a morir, wei.

—Vete, Berenice. Empieza a oler a cerdo.

—Tengo miedo.

—Vete.

A esas alturas de la situación, ella habría hecho cualquier cosa que él le hubiera dicho que hiciera. Y él le dijo *vete*.

La calle se llena de chismosos. Todo ocurre muy rápido. Berenice está muy asustada. Ella también es una niña. Se pone de pie y se aleja trastabillando, vestida de sombras, los animales la siguen. Toda su vida se arrepentirá de haberse ido, dejándolo ahí muriéndose en medio de la banqueta. Memo la pierde de vista. Simplemente desaparece imperceptiblemente, como las crudas o el sabor de un chicle, como cuando de pronto se hace de noche sin remedio; también como abandonar de tajo un sueño. Como si, en efecto, el mundo desapareciera detrás de ti al cerrar los ojos.

DIOSES CON OJERAS

Berenice sale del metro Insurgentes. El suelo está lleno de charcos que almacenan agua de distintos aguaceros. Sin abrir el paraguas, ella sostiene el mango con fuerza, como si más bien empuñara un arma. Eso le provoca la Ciudad de México. Miedo en estado puro. Han pasado diez años desde aquella noche frenética. ¡Diez años! En realidad ya casi son once. Insegura, entra por uno de los túneles que conectan la glorieta con la calle. El pasillo está lleno de policías quitándose los uniformes. Berenice desconoce las razones de tal ceremonia, camina entre policías cambiándose de ropa en la vía pública. Al verla, decenas de oficiales se agarran el pene por encima del calzón, le silban y la desnudan con la mirada. Un oficial le truena los dedos exigiéndole que apure el paso. Le cae el veinte ya varios pasos más adelante: los policías están entregando el uniforme, la macana, el revólver, la placa. Se visten de civiles pues su turno ha acabado.

Sale a la calle del lado donde se ubican las tiendas de artículos sexuales retro. En esa cuadra de Insurgentes las paredes sudan y el suelo pegajoso abraza las pisadas con sonidos grotescos. Avanza entre los changarros que ofertan penes de goma, dvds tres equis, jaleas especiales, tinta china, falsos labios de mujer, rosarios para el ano, succionadores de primera generación. Se detiene en una pared de la que cuelga una hilera de películas pornográficas debajo de un letrero que dice: "Videos reales". Viaja la mirada leyendo las inscripciones. *Hoteles de Tlalpan. Hoteles de Viaducto. Tacubaya. Revolución. Salida a Cuernavaca. Salida a Pachuca. Cámaras escondidas. Prepa 6.*

La ciudad y sus habitantes cogiendo.

—Dos por mil pesos. Una por seiscientos —dice el dependiente. Un tipo pulcro y con los pelos embadurnados en exagerado gel. En sus piernas está sentada una mujer embarazada. Ella, desinteresadamente, reitera la promoción:

—De a dos por mil.

La inteligencia artificial hizo del porno entre humanos material oxidado. Las cogidas del pasado se han vuelto un fetiche poco convencional, por lo mismo, un material que se ha encarecido por su clandestinidad y rareza.

Para Berenice la sensación siempre es la misma: no sabe si está nerviosa o excitada. Le da pena estar ahí, sospecha que en cualquier momento aparecerá detrás de ella alguna maestra de la infancia o un compañero del trabajo. O peor aún: su marido. Lo que sí aparece súbitamente es una niña de la calle con la mano extendida solicitando dinero. Berenice se deshace de ella meneando la cabeza en rotunda negativa. La niña insiste. Berenice ahora no soporta a los niños de la calle. No soporta a los niños en general. Maldita especie de no deseados, piensa mientras observa de reojo el vientre hinchado de la vendedora. Berenice y su esposo han decidido no traer seres al mundo.

—Quiero cambiar estas dos…. —explica Berenice y saca de su mochila un par de películas.

—El cambio te sale en cien por disco —responde el hombre del peinado estricto…—, pero ya es la última vez que te lo hago efectivo…

—No nos sale —concluye su mujer.

Berenice hurga largo rato entre las películas, analíticamente. Sonríe, pues una de las películas que elige corresponde a la colección "Hoteles de la Tabacalera".

Paga y se marcha rumbo al Centro Histórico.

Ingresa a Plaza Meave. Le toca ver cómo preparan el gigantesco trompo de pastor en la taquería que está a la entrada. Aquella disciplina artesanal le asquea. Pacientemente van armando la descomunal perinola colocando uno por uno los tajos de carne. Ella trata de ignorar cómo los taqueros los remojan en una cubeta llena de un líquido bravo y carmesí. Cientos de tortillas apiladas aguardan su turno. El fuego está apagado. Camina entre los pasillos de calzado deportivo, artículos electrónicos, juguetes, hologramas coleccionables, fayuca, visores de realidad aumentada usados, montañas de ropa, medicamentos. Berenice se interna en las entrañas del búnker. Se suena la nariz innecesariamente. Sube dos grupos de diez escaleras. El olor a tacos no desaparece, se le ha impregnado en la ropa. Un cólico tormentoso la amenaza. A lo lejos suena música violentísima. "Películas de cogedera", dice un letrero. Al lado de una Virgen de Guadalupe con foquitos hay una pantalla. Un grupo de estudiantes uniformados y dos militares observan dicha televisión con agitado interés. Una orgía desopilante entre famosas de diferentes contextos generada con inteligencia artificial ilegal.

Berenice se acerca al negocio. Lo atiende un tipo que parece un pollo rostizado. Ella le explica lo que está buscando. Él señala una arrinconada caja de zapatos que tiene escrito con plumón: "Reales". Lee los títulos: *Hoteles de Satélite, Hoteles de North Condesa, Hoteles de Cuernavaca, Tierra Caliente, Ambos Mundos, Las Fuentes, Hotel Tijuana, Videos reales, Gay, Gordas, Día de la secretaria, República de Cuba, Hoteles de Coapa, Bloopers...*

Más ciudad y más habitantes cogiendo.

—¿Cuánto por estas dos? —pregunta Berenice.

Y huye de Plaza Meave. El enorme trompo al pastor aún no está listo. Se interna en el trajín del Eje Central. Abre su paraguas mientras camina rumbo a Bellas Artes. Siempre que viene a la Ciudad de México está lloviendo. Jamás pensó que el diluvio universal iba a terminar siendo tan desesperante. Eligió el material un poco al azar porque sabe que las etiquetas no siempre tienen que ver con el contenido.

Muchas veces le venden gato por liebre y en vez de Porno Real es simplemente Amateur de finales de siglo.

Entra a su habitación en un hotel de Polanco. Se duerme un ratito, cuando la despierta el hambre pide algo de comer vía Uber. Baja a la media hora a recogerlo. Un vehículo autónomo y ecológico le lleva sus enchiladas mineras. Saca una bolsa de un contenedor. No es necesario dar propina. Están buenas. Duerme otro rato.

Apenas recobra ahínco, coloca el material en el emulador multiformato de su computadora y revisa cada una de las cogidas que forman las recopilaciones que compró esa ocasión. No se lleva la mano a la entrepierna. Las atiende en *fast forward* y sin atajos.

Inserta el segundo disco. Lo revisa completito y en *fast forward*. Gente cogiendo como si fueran muñequitos de cuerda. El disco de *Hoteles del Centro* lo observa con los dedos cruzados, anhelando ser ella la protagonista de uno de esos apareamientos videograbados clandestinamente. Bosteza. Está harta de no encontrarse. A veces siente que todo ocurrió sólo en su imaginación adolescente.

Guillermo. No recuerda sus gestos ni el aroma de su piel o el tono de su voz o el sabor de su semen. Quisiera soñarlo. No sabe qué siente ya por él. Los años pasan y el cariño no desaparece. Ni siquiera sabe si desea verlo en persona de nuevo. Le aterraría tenerlo enfrente. Aun así lo busca. O más bien se busca a sí misma chupándole la verga. Se busca masturbándose para él, completamente enamorada; sonriendo, siempre sonriendo. Busca el registro audiovisual de que un día fue hermosa y estúpidamente feliz y divina. Sin ojeras. Quiere observarse con Memorias adentro. Por ahí debe estar extraviada alguna grabación clandestina en la que están juntos y amándose. Una cogida en toda la inabarcable aventura humana.

Ve un poco de tele, cena cereal y se recuesta. En el espejo nota que ya trae las raíces de su color natural. Tiene el cabello pintado de rosa estambre. Desde aquella noche no se ha quitado el color. Es su forma de hacerle tributo a un amor muy bonito. Dejó a los perros secuestrados en un parque, amarrados no recuerda a qué cosa. Y se pintó el cabello de rosa estambre en un baño de gasolinera. Estaba desesperada, en shock, temía que la estuvieran buscando, pero para su suerte esa misma noche se cayó un metro lleno de chilangos. Le hizo caso a Memo. Se fue. Se fue lejísimos. Pero no al mar. Nunca al mar.

Sigue viendo las películas. Berenice cabecea adormilada mientras en la tele dos mostachudos se masturban uno al otro. Luego el camarógrafo también participa. Qué vergas más chistosas, piensa Berenice. Ya ha buscado hasta el hartazgo el video también en internet. Nada. Es incluso menos esperanzador ese ejercicio. Internet ya sólo es una vendimia, un tianguis. Y aquellas fotos que Memorias le tomó sosteniendo un jarrón de flores falsas en pleno estornudo, desnuda y jovencita, ¿dónde están? ¿En qué nube del firmamento?

Berenice sabe que jamás encontrará el video que busca. Aún no es de noche pero cierra las cortinas y apaga las luces esperanzada de no tener alguna pesadilla. Que la aterre algo que no depende de ella la hace sentir como si siguiera siendo una niña chiquita. Hace años que no habla con la multitud que vive adentro suyo. Esto no la inquieta mayormente, se siente liberada. En todo caso antes de cerrar los ojos siempre dice en voz alta:

—Ahí se ven, bola de ojetes.

Y duerme. Su marido llega ebrio muy de madrugada y aunque hace un escándalo al entrar al cuarto, Berenice no se inmuta. A la mañana siguiente hacen el amor y se regresan temprano a casa en Querétaro.

TODO EN ELLOS LLORA

"Una vez el sol quemaba tanto que un pájaro
bajó y se puso a caminar por mi sombra
junto a mí."

Erskine Caldwell

Uno podría hablar de Dios interminablemente, con
ternura y con odio, como de un hijo perdido. Uno
podría quedarse callado de Dios sin cesar, como se queda
callado de la sangre el corazón trabajador y silencioso.

Jaime Sabines

No siento miedo ni tristeza,
me envían a morir,
con la imagen de mi madre riendo en el corazón.

Hisao Kimura,
media hora antes de su ejecución.
Del libro *No esperamos volver vivos. Testimonios
de kamikazes y otros soldados japoneses*

AZUCENA

Todo en ellos llora.

Ella está encerrada en un recuadro minúsculo en la esquina inferior derecha de todos los televisores encendidos en ese canal en ese momento. Trabaja para una televisora interpretando las noticias en la lengua natural para las personas sordas.

Él es un hombre en situación de calle, habla frente a un micrófono. Lo entrevistan.

Ella está traduciendo en lenguaje de señas lo que él dice.

Él cuenta su historia con mucha soltura, como si le fuera habitual que lo entrevistaran los noticieros o tuviera que narrar su vida para un auditorio. Tiene el don de la claridad.

Ella está embarazada. Se le nota. Está en el quinto mes.

Él se llama Miguel. Mañana escucharán su mensaje en las pantallitas y pantallotas de sus teléfonos y computadoras más de doscientas cincuenta y cinco mil almas.

Ella se llama Azucena. Sus expresiones y los movimientos de sus manos comunican algo en un idioma de pantomima y asombro, también un idioma con gramática propia, signos visuales con estructura lingüística, emociones y pensamientos.

Él está evidentemente devastado.

Ella está profundamente triste. Con el brillo mitológico que le otorga estar encinta, pero profundamente triste.

La mirada de él es un pozo, escaso es el espacio libre en sus pupilas.

Debajo de los ojos de ella hay dos edredones echados a perder, abultadas y profundas ojeras enrojecidas y resecas.

Todo en ellos llora.

Detrás de él está estacionada una ambulancia de Urgencias. Se alcanza a ver un policía controlando el tráfico, transeúntes, un cacho de ciudad, el discurrir de la vida innecesariamente lento por culpa de los chismosos al volante queriendo ver qué pasó.

Detrás de ella hay un limbo rojo. Un ciclorama. Un ambiguo no-lugar, una ucronía perfectamente iluminada, paredes que emulan la sensación del terciopelo en la mano. Un recuadro esquinado y estorboso.

Él es muy tierno. Habla dándole a cada palabra toda su empatía y preocupación. Su discurso es paciente, reflexivo. Trae una gorra Nike negra. Miguel vivía en el puente que se desplomó con todo y vagones del metro en la línea 12, el 3 de mayo de 2021 a las 22:22.

Ella está embarazada. Tiene los tobillos hinchados, se siente fatigada, las aureolas en sus pechos están oscurísimas y rodeadas de venas muy marcadas, esto la alarmó gravemente, pero luego leyó que es normal. Básicamente está llevando su embarazo con ayuda de Google. Tiene miedo de alimentar con su dolor al bebé en su vientre, tiene miedo de heredarle su miopía y astigmatismo, tiene miedo de día y de noche.

Él es el único que no trae cubreboca. Todos a su alrededor usan uno. Suena la voz de la entrevistadora: ¿Me regalas tu nombre? Él responde: Miguel Córdova Córdova. De verdad es como si pasara algo indescriptible en su mirada, un dolor milenario encapsulado en dos ojitos despojados de brillo. Miguel representa a todos los vagabundos de la historia. El dolor de jamás llevar llaves en las bolsas. No tener dónde dormir. La periodista le pregunta: Oye, me comentabas que el día de ayer estabas aquí cuando sucedió el accidente, el colapso, ¿nos puedes contar un poquito? Yo sé que es súper fuerte, que te asustaste mucho. Cuéntanos un poquito cómo lo viviste, qué estabas haciendo. Cuéntanos.

Ella quiere gritar hasta dar a luz y en cambio va a traducir las palabras del vagabundo en lenguaje de señas, desde su recuadro, para el noticiero, para todo México.

Yo vivo en condición de calle, señorita. Y siempre me quedo aquí debajo del puente entre Los Olivos y Tezonco. Pero ayer, venía de vender mis botellas de La Polvorilla cerca de las minas. Y me regresé para con mi cobija. Estaba yo como a las nueve y media acostado con unos amigos. Estábamos platicando.

Ella muere de sed. Tiene calambres. Traduce. Traduce con firmeza. Sin alegría.

¿Tú normalmente te quedas a dormir abajo del puente?, pregunta la entrevistadora. Me dices que antes del colapso hubo como un crujido, cuéntanos. Miguel: Siempre. Siempre aquí debajo del puente. Esta es mi zona. Eran más o menos como las diez de la noche cuando se escuchó como si tronara un fierro, se cimbró la banqueta de donde estábamos nosotros acostados debajo del pilar que está aquí cerquita. El segundo, el que está enfrente de donde están Las Cazuelas. Pero se cimbró bien fuerte, tronó y se movió y nosotros salimos corriendo. Ni siquiera jalamos nuestras cobijas. Cuando de repente íbamos corriendo y nos caímos. Porque se vino el cimbradero grande y se vio cómo se vino el metro hacia abajo en dos. Se hundió. Una desesperación de gente. Horrible. No le deseo a nadie que lo vea. No me gusta platicar de esto porque lo que viví fue una cosa horrible. Gracias a la bendición de dios sigo vivo aquí. Los ojos de Miguel están bajo una sombrita provocada por su gorra. Habla sin afectaciones, los amagos de llanto son eso, tentativas; el prólogo de un libro sin las demás páginas.

La cara del bebé en el vientre de ella aún no ha adquirido forma redondeada, los ojos aún presentan un tamaño prominente, su piel comienza a ser menos transparente.

Yo me dedico a juntar mis botellas y mis latas y de eso vivo todos los días, pero fue terrible, dice Miguel. Corrigen el tiro de la cámara y le piden que se mueva un par de pasos. Ahora sí, al fondo, podemos ver el metro caído. El vagón del metro doblado en el suelo. Una postal tremenda. Una pesadilla vuelta realidad.

Ella traduce. Traduce a lengua de señas. Y el bebé dentro suyo ya tiene formado el corazón como lo acompañará por el resto de su vida.

La gente de aquí de la avenida Tláhuac están todos inconformes. Yo no soy de aquí, soy tabasqueño. Pero ya tengo más de diez años aquí. Y la gente siempre se sintió inconforme porque esta estructura desde su principio nunca estuvo nada bien. Se sembraron sobre cimientos de arena, abajo, y es lo que tiembla. Cada vez que hay un temblor aquí se mueve toda la mina. La mina tiembla, por eso se están desgarrando los cerros.

El feto tiene el tamaño de una pera. Ya no sería conveniente abortarlo.

Siempre busco un lugar al aire libre pero cuando ya me canso, me quedo debajo del puente, pero se siente muy feo. El último metro que viene, viene cargadísimo para llegar al paradero. Y se cimbra, se cimbra todo arriba. Se cimbra hasta en el piso donde estamos nosotros acá. En un momento dios no lo quiera un temblor grande, masivo, sí acaba con todo lo que hay aquí en las orillas.

Ella mueve las manos representando un sismo destructivo y poderoso, el sismo que manda a toda esta ciudad al carajo.

Todos los días, yo paso seis veces al día. Desde el paradero hasta Atlalilco, desde Atlalilco hasta el paradero. Junto mis botellas.

Azucena usa los índices de sus dos manos para interpretar un par de lágrimas que brotan de sus ojos, dejando un imaginario trayecto en ambas mejillas.

Venía yo llorando desde La Nopalera, porque dije: hay gente que a lo mejor no se despidió de su familia y por una idiotez, y perdón si lo digo así, por una idiotez de nuestras autoridades que quieren llevarse un dinero en la bolsa, compran materiales de mala calidad. Y ahí están las consecuencias. Ahorita vienen las elecciones y se van a echar la bolita unos a otros. Y los que pagamos... pus los más pobres. Yo gano veinte, treinta pesos al día en tantas vueltas que doy para vender mis botellas y mis latas. Me voy a un comedor comunitario, me cobran once pesos, pero siempre buscándole y hay gente que juega con la vida de los demás. Anoche era una desesperación de los niños y de la gente que gritaba cuando se vino abajo. Horrible. Y no me lo van a contar porque yo lo vi. Ya, señorita. Ya...

El crecimiento del futuro bebé hace que Azucena se sienta torpe, sin equilibrio. Siente que está traduciendo todo mal, sin ganas, sin la enjundia propia del idioma que, silencioso, late vivo en sus manos y mohines.

Él corta la entrevista. Se aparta. Miguel sale de cuadro. Su entrevista se volverá viral y la verán y se conmoverán con sus palabras miles de personas.

Azucena permanece inmóvil, que es otra forma de traducir el silencio. Luego se acaricia el vientre, estira la espalda. Estos movimientos en cambio no representan traducción alguna. No son lenguaje. No hay tiempo para lamentos o reflexiones, Azucena tiene que traducir ya la siguiente noticia. Un líder juvenil del narco fue atrapado en un edificio en la Condesa, hubo balacera y varios heridos, incluyendo un vecino de origen norteamericano al que interceptó una bala perdida.

Todo en ellos llora, menos sus ojos.

II

MIGUEL

Mi vida siempre ha sido actualmente sobrevivir. Vendiendo, juntando botellas, latas, cartones, siempre sin hacer daño a nadie. Desde hace seis años llegué a vivir aquí a Tláhuac. Me llamo Miguel Ángel Córdova Córdova pero todos me conocen como Angie. Hablo español, chontal, maya, zoque, zapoteco y mazateco. Toda mi vida he sentido que lloro lágrimas invisibles. Nací hace treinta y seis años en Olcuatitán, en el municipio de Nacajuca, en Tabasco. Crecí en los pantanales comiendo la carne descolorida de los pejelagartos. También comí uliche de pavo, un caldo bendito que sólo se cocina en Día de Muertos. Lo comí sólo seis veces porque a esa edad me fui del pueblo. Yo no tuve infancia. Desde los dos años aprendí a tejer hamacas. En mis momentos de distracción agarraba las cucarachas y los gusanos de la tierra, que estaban en las plantitas, y les ponía un palito aquí para que pasaran o brincaran. Les tapaba por acá y se daban la vuelta. Y con eso me entretenía y ellos también se entretenían.

Tengo nueve hermanos, pero no sé si se acuerdan de mí. Les mando muchas bendiciones. No sé si se acuerden de cómo me llamo. Mi mamá se llama, porque aunque no me gusta hablar de ella, todavía vive, Micaela Córdoba Bernal. No me gusta hablar de ella. Mi papá ya murió. Pasaron cosas personales en mi vida con mi papá de las que tampoco me gusta hablar porque me duelen mucho, pero todavía no las saco de mi cerebro.

Yo me llamo Angie por mi abuela, Angélica Bernardo Esteban, una hermosura de mujer. Ella era de Veracruz. Se fue a vivir a Tabasco porque se casó con mi abuelo, yo no lo conocí pero se llamaba Jacinto Córdoba García. Era pescador. Un día que estaba tomado se cayó de un cayuco, se ahogó y se murió, por eso no lo conocí. Mi abuela Angie, una gran mujer, siempre usaba sus vestidos largos con un cinturón en medio. Ella tuvo casi catorce hijos y dos gemelas que murieron. Actualmente cuando una familia es grande dicen que es porque no hay televisión. Allá no había televisión, en Olcuatitán sólo había la cañita; los sombreros, los petates y las hamacas. Aprendí a tejer la hamaca desde niño. Me acuerdo de la primera experiencia de que me salió al revés un tejido. Tenía yo cuatro años. Con el mismo cuchillo de madera mi abuela me dio en las manos. Recuerdo ese golpe con mucho cariño. Ojalá actualmente mi abuela Angélica me diera un golpe en las manos con el cabezal del cuchillo cada mañana para que pueda yo no quedarme dormido.

Tenía yo cuatro años y eran las ocho de la mañana. No teníamos ni siquiera un granito de sal y mi mamá se quería apurar a tejer el petate para por lo menos comprar dos pesos de maíz para hacer chorote. Me salí a mis seis años. A esa edad me fui. Con la cara toda llena de lágrimas invisibles me tuve que enfrentar a un mundo muy diferente a mi pueblo. Me vine solito, me vine en chanclas, en chor y me trajo el señor del tráiler. Me dijo: Aquí te dejo, hijo. Me acuerdo de que me dio un billete de diez pesos pero de esos verdes que había antes, de los que traían estampada la figura de Emiliano Zapata. Todavía me acuerdo. Y los guardé así en mi chor, me los atravesé y las amarré con un mecatito. Y recuerdo que el señor del tráiler me dijo: Que dios te cuide y te guarde y si algún día te vuelvo a ver, te vas a volver trailero y te voy a comprar tu tráiler. Nunca volví a ver a ese señor.

Nunca me había subido a un auto, menos a un tráiler, nunca me habían prometido algo. En mi cerebro, actualmente, ya no me acuerdo de cómo era la cara del señor del tráiler. Pienso en él y el que se me aparece es el Zapata de los billetes de diez pesos que había antes. En septiembre, cuando hay Zapatas en las papelerías y por todos lados, pienso mucho en él. Y pienso si él se acuerda de mí. Seguro se acuerda de mí. Le mando bendiciones. Con esos diez pesos me acuerdo que me compré un refresquito de este tamaño, que ahorita son parecidos a las Chaparritas pero en ese entonces se llamaban gaseosas. Hay cosas de las que me acuerdo y cosas de las que no me acuerdo. Te estoy hablando de hace más de veintisiete años. Y compré también dos pesos de galletas de animalito. No me los dieron en bolsa, me los dieron en el periódico envuelto. Fue la primera cosa que comí en el lago de Texcoco. Fue la primera cosa que sentí en mis manos ya en la ciudad de México. En eso me gasté los diez pesos. Yo sentía que el billete me quemaba acá en la cintura, sentía que tenía que gastarlo. No me gustó esa sensación. No me acuerdo a qué colonia llegué, no me acuerdo. Bueno, no sé si todavía exista porque ya hace años que no voy para allá. Pero era en esa zona. Por las noches dormía entre las tuzas en el Parque de los Pajaritos. Enfrente había una vecindad donde una señora sacaba sus botes de la basura, y yo en las mañanas, antes de que pasara el camión, iba a ver si había algo de comer. Y no sé si la señora se dio cuenta pero todos los días en las mañanas dejaba topercitos con frijoles, arroz o huevo o algo. Yo me los comía y me seguía caminando. Tenía seis años, no había lugar para la desesperación ni para la alegría.

Dos meses después conocí a un gran señor. Se llamaba José Víctor Escalante Rivera. Yo me dedico a trabajar en asilos de ancianos, me dijo. ¿Quieres trabajar conmigo? Te dejo mi tarjeta. ¿Y cómo le hablo, señor? Tú háblame a este número y alguien va a venir por ti. Él me dejó su tarjeta. Pero ese día me regalaron un kilo de jamón. Me persiguieron varios chicos más grandes que yo para quitármelo. Mejor dejé tirado el jamón a que me alcanzaran. Ahí mismo se me perdió la tarjeta. Nunca volví a ver a ese señor.

Pasaron años. Me he defendido a capa y espada. Y no me rajo. Así me pongan a tallar paredes, yo las tallo como debe de ser, con un soskil y a gatas. En el número 56 de Aldama, un edificio que fue un hospital psiquiátrico y antes una antigua hacienda, después lo volvieron un asilo de ancianos, me metieron al área de lavandería. Lavábamos en bateas, a mano. Y en las tinas yo bailaba con toda la ropa de todos los días, las sábanas con pipí y popó. Bríncale y bríncale, cámbiale el agua, cámbiale el jabón y vuelve a lavar y vuelve a lavar y tiende. Ahí estudié yo la primaria. En la bóveda de abajo del sótano había una biblioteca. De ahí agarré el gusto por los libros, por saber de historias, a mí lo que me encanta es todo lo antiguo, todo lo que quedó derrumbado, lo que la gente cree que es, cómo te puedo decir, cascajo.

De repente llega la noche y me llega la nostalgia. Quiero saber si todavía está viva Altagracia. Me acuerdo exactamente de todas mis hermanas y sus nombres. Anastasio Córdoba Pérez, mi papá. De Lago de Texcoco salté a Monterrey. Fui a Salamanca. Me gusta cómo suena dicho por mí: Salamanca.

Me fui a Tijuana. Me daban diez pesos al día por darle de comer a todo un criadero de noventa puercos. Me llegaron a morder un par de veces, aquí tengo las cicatrices, pero esas no importan. Me dieron trabajo dos meses. Luego me pasé a Monterrey. De Monterrey me fui a Nayarit. En toda la orilla como si fueras a Manzanillo, ahí, vendía yo caracolitos. En la noche, pues llegaban chavos y hacían sus fiestas en la arena y yo como a las tres de la mañana que ya estaban todos tirados empezaba a recoger las latas de las cervezas. Calentaba yo con un cerillo un clavo y le hacía un agujero en medio a los caracolitos y las conchitas y los amarraba con mecate y los vendía como pulseras o como collares. Para qué te voy a mentir, a veces la gente ni me las pagaba. Me daban los diez, los cinco pesos sin llevarse la pulsera o el collar. Con eso me iba a bañar y comía. Y así. Sobreviví. También esperando a que los perros no encontraran el pan duro antes que yo. Luego me cansé de ese lugar.

Me movía cuando me daba miedo. Miedo a que me hicieran algo. Me bajé a Veracruz, a Perote. En Veracruz una vez me encontré un cuerpo. Llevaba muchos días ahí porque ya olía. Y por esa zona no había nadie despierto para verlo. Con un palito le apachurré los ojos y le salieron de la nariz grillos cara de niño. Lo pateé en el estómago y haciendo música salió un armadillo. Cuando lo volteé vi que había nidos de lechuza adentro de su cuerpo.

Veracruz. Veracruz es mi Altagracia, ¿sigues viva, mi guapa hermosa, grupera, mi Ana Barbie, chula, mi gran amiga? Donde quiera que estés te amo. Con ella viví experiencias muy hermosas. Que lo que no viví en su momento de niño, ella me lo dio y me lo recompensó a mis dieciséis años. Con todo respeto fue mi madre después de la otra. Yo llegué a su lado con las alas rotas. Altagracia: te dije que este loco no se raja. Y aquí estoy. No me he muerto.

Una vez me encontré una llave tirada sin dueño. Primero pensé que estaba hecha de sol porque brillaba. La traía conmigo siempre. Un día era la que abría mi casa y el otro imaginaba que era la llave que prendía mi tráiler que me prometió el señor. Ay, mi llave. Ya me sentía yo un gran señorón, ya viejo con bastón. Todo el día revisaba que no se me cayera por el agujerito de la bolsa del pantalón. Los dientes bien bonitos y le colgaba un llavero rojo de la Coca-Cola. No supe dónde la dejé. La perdí llegando aquí. Desde hace seis años llegué a vivir aquí a Tláhuac.

Siempre llorando invisible, así como este atardecer me siento.

Hasta cuando voy caminando juntando mis latas y mis botellas, si veo un árbol hablo con él: Hola, buenos días, florecita, buenos días, arbolito. Qué tal, mosquito. Ay, me estás comiendo. Y le suelto un manotazo. Luego luego me arrepiento de haberlo aplastado. Paso horas viendo mi mano manchada con mi propia sangre y al insecto despanzurrado. Adiós, mosquito. Hablo mucho solo. Siento crecer mi barba. Me siento que soy el primer hombre. Habemos muchos que vivimos en la calle y yo pienso que todos somos Adán, el que sale de la Biblia. Hablamos a solas con Dios, vivimos recargados a un árbol, dormimos en el piso, vivimos sin otro horario que día o noche; mugrosos, nos bañamos con el agua que brota no se sabe por qué del cielo. Yo le puse su nombre a las cosas. Hola, caballito, buenos días, elefante. Todos nos rascamos con nuestras propias uñas.

El otro día leí en un periódico con el que me tapé que robaron el cadáver de un bebito y lo usaron para meterlo a una cárcel lleno de drogas. Tembló dos veces en el mismo día y en diferentes años. Vi una hilera de hormigas bailando porque armaron el tibiri. Vi a un chiquillo bien sucio que andaba vendiendo los ojos que le había robado al santito de una iglesia. Nada tiene sentido aquí.

Y sin embargo todo mundo respeta los semáforos. Se pone la luz roja y todos los autos se detienen. Tan fácil que sería que se siguieran de largo machucando al que se cruce. Pero se detienen los autos, bien formaditos, uno y otro. Y la gente también se detiene cuando es su turno. Se pone rojo y luego verde y rojo y verde y todos abajo obedecen. Eso se me hace muy bonito, me da esperanza. Nada tiene sentido aquí, pero a mis semáforos se les respeta. Pus sí, nadie quiere morir. Ni siquiera yo.

Me encontré un montón de botellas, pero bonitas así. Eran casi como siete kilos. Y para mi buena suerte, encontré un depósito abierto a las seis de la mañana. Que las vendo. Me dieron sesenta pesos. Y me meto a un internet, pero antes de meterme al internet me compré mi bolsa de Cheetos, un atolito de amaranto y que me pongo a ver *El coyote emplumado* con la India María. Me reí a más no decir y el señor del internet me dice: ¿Estás bien? Me quedé como dos horas, en lo que terminó la película. Luego escuché mi canción más favorita. Que esa siempre me ha gustado. Es con Prisma. "Con las alas rotas". Esa siempre siempre siempre ha sido mi canción. Y todavía me sobraron treinta pesos. A veces simplemente me levanto y que sea lo que Dios quiera.

Yo soy feliz con cinco pesos. Yo teniendo cinco pesos en la bolsa soy feliz. Con cinco pesos hago maravillas. Un peso de tortilla. Un peso de chilito. Y no es maldad si me acerco a alguna cocina y les pido que me regalen un poquito de sal. Y si me encuentro un limón ahí me hago dos tacos. Me sobran pesos más para comprarme un Tang o un Zuko. Consigo agua de las gasolineras. Me hago una botella de refresco. Y con eso aguanto todo el día en lo que junto mis latas y mis botellas. Y me siento feliz. La tristeza la llevo por dentro pero esa nunca se me va a quitar porque hay cosas que el cerebro nunca olvida. Angie, levántate, sigue moviendo el esqueleto, me digo.

Son las cuatro de la mañana, está lloviendo y yo nada más con mi cartón. Ya se me mojó porque me ganó el sueño. No sentí que iba a empezar a llover y se me mojó todo mi cartón. Eso me pasó hace dos años. Mi cobija estaba toda empapada. Granizó y yo no sentí porque traía cansancio. Bien mojados abrí mis ojos. Y sentía las gotas caerme por los cachetes. No dejaban de caer. Pensé que me salía de los ojos llanto así y que mis lágrimas ya no eran invisibles. Pensé que me había quitado por fin la maldición. Estaba feliz y poco a poco me fui quedando dormido, sin prisas, a paso alegre de pájaro.

Mi corazón lo parto en dos. La parte más grande: respirar cada vez que abro los ojos. La otra mitad: recuerdos personales, mis asuntos. Pero no les doy importancia, porque la vida no vive de tristeza. Yo no tengo cerca a mi familia. Hasta que este cuerpo y estos pies dejen de caminar, nunca voy a dejar de bendecir a todos los de mi sangre. Ellos no quieren saber de mí, me hicieron lo que me hicieron. Ya hasta se me olvidó el acento tabasqueño y yo sigo sin perdonarlos. Lo único que a mí siempre me ha causado una gran molestia es cuando llegan los momentos en que nos olvidamos como seres humanos de que hay otros más abajo. Hay quienes se dan el lujo de desperdiciar. Bueno, esa es una vida. Pero si no ayudas, no nos deseches. Nos hacen menos. También sentimos. Ese siempre ha sido mi coraje. Los gatos todavía, cuando se está muriendo un gatito y pasa otro gato, se queda a lengüetearle la herida. La vida no les va a cobrar veinte pesos por desearnos un buen día, por más sucios y feos que nos vean. Si yo saludo hasta a las plantas, ¡que los ciudadanos no nos digan buenos días!

Un recuerdo. Estaba yo chiquito. Pues en mi pueblo no había luz. Oíamos la radio cubana, en Tabasco se conecta mucho porque viene del centro de Paraíso. Oíamos a Tres Patines y, cómo se llama el del turbante, ¡Kalimán y los asesinos de la máscara roja! Es lo que escuchábamos. Pero como no había luz era con pilas de las grandotas. Y cuando ya se estaba acabando la pila, la sacábamos al sol. La poníamos en una piedra para que se recargara. Y así escuchábamos hasta que se iba. Yo nunca he tenido una televisión. Por eso siempre cuando ando caminando en cualquier lugar donde me dan chance, me paro un ratito a ver la tele otro ratito. Y ya, me descanso. Me distraigo. Y sigo mi camino.

Luego un día no había nadie en la calle. Al día siguiente otra vez nadie. Y yo así de ya se me cumplió la profecía de que somos Adán. Pasaron los meses y sólo vivíamos nosotros en las calles. A nuestras anchas. Me acuerdo y siento que no lo aprovechamos tanto. Podías gritar fuerte y dormir en un sitio nuevo cada noche. Podías cagar sin mirones ni prisas, sin que alguien que va pasando te grabe con su teléfono. Nadie había cerca para ver. Todos los negocios cerrados. Cortinas de acero abajo y una persona a lo lejos cada, uy, mucho tiempo. Todos andaban en sus casas sin salir. Veía las luces en las ventanas prendidas hasta bien tarde o de plano toda la noche. Nos sentíamos en el Paraíso. Los que gritan ya podían gritar diario. Los que hablan solos ya podían guardar silencio. Andábamos como si hubiéramos descubierto el fuego. Desnudos, alocados, bien bonito. Nos duró meses el chiste. De repente dejaron de usar cubrebocas y otra vez las calles se llenaron de autos manejados con enojo. Nos atropellaron a uno y luego a otro y a uno más. Nos volvimos a esconder en nuestros agujeros. Me acuerdo de esos meses y siento que no lo aprovechamos tanto. Por eso siempre cada que me acuerdo les digo a mis amigos que hay que seguir buscando el Paraíso, que somos Adanes, que somos el primer hombre. Nosotros los que no tenemos llaves en las bolsas somos entre todos el primer hombre.

Como ya no aguantaba los pies me quedé a dormir debajo del puente que se vino abajo con todo y vagones del metro. Una cosa horrible. Al día siguiente yo me sentía como hipnotizado, avanzaba como lelo y me quedé en la zona. Una muchacha me preguntó que qué vi y me grababan con una cámara que porque era para la tele.

Le conté:

Que me llamo Miguel Córdova Córdova y vivo en condición de calle. Siempre me quedo aquí debajo del puente entre Los Olivos y Tezonco.

Veía su cara de y qué más, y pues que me arranco:

Ayer venía de vender mis botellas de La Polvorilla, cerca de las minas. Y me regresé para con mi cobija. Estaba yo como a las nueve y media acostado con unos amigos. Estábamos platicando. Siempre aquí debajo del puente. Esta es mi zona. Eran más o menos como las diez de la noche cuando se escuchó como si tronara un fierro, se cimbró la banqueta de donde estábamos nosotros acostados debajo del pilar que está aquí cerquita. El segundo, el que está enfrente de donde están Las Cazuelas. Pero se cimbró bien fuerte, tronó y se movió y nosotros salimos corriendo. Ni siquiera jalamos nuestras cobijas. Cuando de repente íbamos corriendo y nos caímos. Porque se vino el cimbradero grande y se vio cómo se vino el metro hacia abajo en dos. Se hundió. Una desesperación de gente. Horrible. No le deseo a nadie que lo vea. No me gusta platicar de esto porque lo que viví fue una cosa horrible. Gracias a la bendición de Dios sigo vivo aquí. Yo me dedico a juntar mis botellas y mis latas y de eso vivo todos los días, pero fue terrible. La gente de aquí de la avenida Tláhuac están todos inconformes. Yo no soy de aquí, soy tabasqueño. Pero ya tengo más de diez años aquí. Y la gente siempre inconforme porque esta estructura desde su principio nunca estuvo nada bien. Se sembraron sobre cimientos de arena, abajo, y es lo que tiembla. Cada vez que hay un temblor aquí se mueve toda la mina. La mina tiembla, por eso se están desgarrando los cerros. Siempre busco un lugar al aire libre pero cuando ya me canso, me quedo debajo del puente, pero se siente muy feo. El último metro que viene, viene cargadísimo para llegar al paradero. Y se cimbra, se cimbra todo arriba. Se cimbra hasta en el piso donde estamos nosotros acá. En un momento Dios no lo quiera un temblor grande masivo, sí acaba con todo lo que hay aquí en las orillas. Todos los días, yo paso seis veces al día. Desde el paradero hasta Atlalilco, desde Atlalilco hasta el paradero. Junto mis botellas. Venía yo llorando desde La Nopalera, porque dije: hay gente que a lo mejor no se despidió de su familia y por una idiotez, y perdón si lo digo así, por una idiotez de nuestras autoridades que quieren llevarse un dinero en la bolsa, compran materiales de mala calidad. Y ahí están las consecuencias. Ahorita vienen las elecciones y se van a echar la bolita unos a otros. Y los que pagamos… pus los más pobres. Yo gano veinte, treinta pesos al día en tantas vueltas que doy para vender mis botellas y mis latas. Me voy a un comedor comunitario, me cobran once pesos, pero siempre buscándole y hay gente que juega con la vida de los demás. Anoche era una desesperación de los niños y de la gente que gritaba cuando se vino abajo. Horrible. Y no me lo van a contar porque yo lo vi.

Lo que no le conté a la señorita es que antes de que se cayera el metro yo estaba jugando con un palito. Se lo ponía enfrente a un escarabajo gallina ciega y pensaba: si lo pasa o brinca todo seguirá bien, pero si no lo pasa o brinca va a pasar algo. ¡Que se caiga el metro!, me sorprendí pensando con malicia. Y el animalito no lo brincó ni pasó. Y en ese momento me acordé mucho de cuando era niño y tenía mis momentos de distracción. Yo no tuve infancia pero sí me acuerdo que fui niño. Y me acuerdo bien de cómo se sentía ser un niño. Me acordé del sonido del cabezal de mi abuela Angie golpeándome las manos y me acordé del fuerte sonido del claxon del señor del tráiler y me acordé de las carcajadas que hacía mi Altagracia apenas abría los ojos al despertarse diario. Y me eché a correr así queriendo como huir de mi pasado. Cuando me paré de correr porque escuché la tronadera, volteé hacia atrás. Y sentí que seguía soñando. Tuve enfrente la desesperación de los niños y de la gente que gritaba. El metro partido en dos encima de la ciudad. Horrible.

También algo adentro de mí se vino abajo. Porque si un día se cae el metro, ¿entonces con qué confianza podemos cruzar un puente peatonal? Ya no vamos a poder confiar en que los cables de luz no nos ahorquen un día o que la coladera sobre la que pasa una parejita de novios se vaya a quebrar en dos. Cualquier día de la semana se viene abajo un colegio con niños y niñas de primaria. ¿Qué me garantiza, a mí, que dormir en la calle es seguro?

Tanto lo deseaba, que me llegó a la hora y el día menos pensado. Hablo de llorar. Toda mi vida he sentido que lloro lágrimas que no se ven, pero desde que vi caer el metro no he dejado de llorar. Lágrimas que mojan. Las siento pesadas como lavándome los cachetes, bajan panzonas de tanta mugre, digo yo. Me despierto con los ojos llenos de lágrimas secas. Por un tiempo sentí que fue mi culpa que se cayera el metro. Ya sé que no es así. Ni que fuera yo tan importante. Fueron las autoridades que compran materiales sin calidad y luego que el último metro viene bien lleno. Pero sí sentía que fue poquito mi culpa. Bueno. Al escarabajo gallina ciega lo traía yo escondido en la ropa, y cuando lo sentí hacerme cosquillitas lo tiré en el piso y sin pensar mucho lo pisé. Y me arrepiento de haberlo matado aplastado pero es que yo estaba, no sé cómo decirlo, furioso. Qué culpa tenía él de que ese día me sintiera yo de nuevo niño. Y ya pasó. Ya pasó lo que tenía que pasar. La chica que me entrevistó me invitó un coctel de camarón y me regaló un libro que yo quería quedarme, pero que tuve que cambiar por unas monedas. Y pues al día siguiente que me meto a un internet, obviamente que con mis Cheetos y mi atolito. Y que me pongo a ver mi película. La película en la que salgo yo entrevistado. Me veo diciendo que se están desgarrando los cerros y que las autoridades no nos cuidan y que llevo diez años viviendo acá, aunque mentí porque son seis pero por un momento y frente a la cámara tan bonita me quise subir un ratito a mi kilo de tortillas. Hay muchísima gente que me vio en esa entrevista. Muchísima. No lo hice porque quisiera volverme famoso. No. Yo soy uno más, ando solito.

Cada que me sobran unas monedas me meto al internet y de nuevo me veo contando lo que pasó esa noche. Si le bajas a la pantalla salen los comentarios que la gente deja, las opiniones que la gente escribe sobre mi entrevista:

"Mis respetos para usted", dice uno de los primeros.

"Sus ojitos reflejan la tristeza y el desamor de quienes tenían que haberlo cobijado en su niñez, Dios lo bendiga."

"Pero con qué educación se expresa, mucho respeto demuestra, mucho más que gente preparada y con estudios, Dios los bendiga y cuide."

"Cómo quisiera que Miguel fuera mi amigo."

"Mis amigos me dicen Angie", le respondo. Ya vi que se puede. El encargado del café internet me explicó cómo contestarles a los que comentan mi entrevista.

"Todas las autoridades involucradas juntas no tienen ni un dedo meñique de la decencia que tiene Miguel en todo el cuerpo."

"En un alma noble! Tan hermoso que aun tan triste y con los ojos llenos de sufrimiento emana una gran energía de amor. Dios lo cuide y le dé una oportunidad."

"Este chico se merece todo mi respeto, qué manera de expresarse. Qué lindo ser humano."

¡Son más de doce mil comentarios!

Me gustaría decirle a cada uno que gracias por esas muestras de cariño, por hacerme sentir que todavía vivo en la sociedad y que soy parte de esta sociedad. Me gustaría decirle a cada uno: Échenle ganas y todo va a salir bien. Les deseo lo mejor a sus familias, a todos los que los rodean.

Y así, cada que me sobran unas monedas me meto al internet y de nuevo me veo en mi peliculita. Parezco adicto a estarme viendo y leyendo los comentarios. Siempre me sorprende verme tan chimuelo, yo pensé que no se me notaba tanto. En el video, abajo en un cuadrito, aparece una mujer embarazada traduciendo lo que yo digo para los sordomudos. De tantas veces que he visto el video ya hasta me aprendí cómo ella dice lo mismo que yo pero usando sus manos. Tanto lo he visto que me cambió la vida. Me llamo Miguel Ángel Córdova Córdova, pero todos me conocen como Angie.

Hablo español, chontal, maya, zoque, zapoteco y mazateco y un poquito de lenguaje de señas.

Luego otro día me salió otro reportaje donde aparece mi hermano diciendo: "En ese preciso lugar nosotros enterramos a nuestro supuesto hermano". ¡O sea que sí se acordaban de mí! Ausencio está muy enojado con la fiscalía porque no saben el cuerpo de quién enterraron. Parado en el camposanto exige ayuda legal. Siempre fue peleonero, lo veo panzón y viejo y me da gracia. Luego me emociono mucho porque en esa película también sale Juana María, una de mis hermanas, cargando una foto mía y ella dice que quisiera abrazarme aunque sea por una última vez. Luego dicen que mi mamá está delicada de salud y mejor cambio de video porque no quiero estar triste y aún tengo que ir a vender mis botellas antes de que se haga de noche otra vez. Pongo mi canción, la de "Con las alas rotas" de Prisma, y fantaseo que es la canción que saldrá al final de la película que harán de mi vida. Es una fantasía nada más.

Tengo todo lo que un hombre puede pedir: un hueco donde descansar en Olcuatitán en el municipio de Nacajuca en Tabasco, la tierra donde no tuve infancia. Mi tumba está muy bonita. Nunca tendré un cuarto con su llave y su tele y su silloncito pero ya tengo mi tumba de cemento con todo y cubeta y varias plantitas ya bien crecidas y verdes y con flores. A ellas…a ellas les voy a contar mi vida.

EL CORAZÓN DE NADIE
LATE POR MÍ ESTA NOCHE

Negra tierra, tú me cubrirás; pero
¿no te pisoteaba yo con mi caballo?

L. N. Tolstoi

Incluso los que duermen son colaboradores y operarios
de lo que pasa en el mundo.

Heráclito

La ciudad se llenó de bicicletas anaranjadas estacionadas con el culo. Vaya, siendo estrictos podría decirse que todas las bicis se estacionan usando literalmente el culo, pero estas además las deja la gente muy mal estacionadas. Hacinadas en el hocico donde se entra al metro o en una rampa de acceso para sillas de ruedas o carriolas. Los ciclistas las abandonan donde dios les da a entender. Es un caos, porque además los peatones las patean o recolocan en sitios aún más estorbosos. Mentadas bicicletas anaranjadas que se rentan y maltratan por hora o por mes. Bicicletas anaranjadas que se comportan como una peste en las calles.

Algún día Darío se subirá a una y pedaleará en ella rumbo al infierno.

Son dos hombres esperando a que les preparen sus tortas y se las envuelvan para llevar. Es cierto que en la Ciudad de México hay dónde comer prácticamente en cada esquina. Allá se ven las luces de un archipiélago de taquerías, acá una anciana les hace quesadillas a los melancólicos albañiles nocturnos, un puesto de jochos espera comensales afuera del peor de los antros. Lo malo es que conforme la noche avanza, se vuelven más extensos los tramos entre garnacha y garnacha. Y se encarece el antojito. Por eso los que trabajan de madrugada en las calles tienen que prever y comprar sus monchis de las seis de la mañana cuando van empezando el turno. Su maldición es bajarse la pacheca con alimentos ya fríos y quizá duros. Es el caso de estos dos hombres, nuestros héroes. Son las doce de la noche de un martes que parece no tener mes.

Ambos sujetos llevan un mono naranja tan fluorescente como sucio. Han ordenado sendas tortas cubanas con salchicha extra, una sin mayonesa ni rajas ni huevo ni pierna. Recargados en la pared esperan y dialogan.

—¿Y qué vas a hacer?

—Ni idea. ¿Esperar? No sé, carnalito.

—Azucena se pasó de lanza, mano.

—Se pasó de lanza.

—¿Y qué vas a hacer?

—Ya te dije que no sé.

—Pero no te me achicopales. Acuérdate de la historia de Buda cuando tiene hambre.

—Más bien el que tiene hambre eres tú.

—No te la sabes, ¿verdad?

—No empieces, todavía es muy temprano…

—Escucha esta mamada, te va a encantar. Buda tiene hambre y camina por el bosque. De repente se encuentra a un pinche oso, a un tigre y a un pinche conejo. Ellos luego luego se dan fijón de que ese hombre es un elegido. El Elegido.

—Qué mal huele hoy la ciudad. Huele a muerto, verdad de dios.

—El oso le lleva leña a Buda. El tigre hace un fuego chingón con esa leña. ¿Y el conejo? El conejo se arroja al fuego. ¿Me captas? El conejo se arroja al fuego.

—¿Cuál es tu punto, amigo León?

—¡Pus ese! Nunca seas el conejo, Darío.

Extraña conversación.

La historia le gustó a Darío. Él sabe que su amigo extrajo aquella fábula de una de sus caricaturas japonesas. Aquel trozo de sabiduría la oyó en *Los Caballeros del Zodiaco* o de los labios de Vegeta. Ambos crecieron en los años noventa, ambos son cuarentones, ambos vieron las mismas caricaturas cuando eran morritos; la diferencia es que uno de ellos las sepultó en el olvido y el otro las usa como brújula para sobrellevar la vida. Del puesto de tortas sale humo, un aroma, luz. Está triste Darío. Su papel es el del despechado. Su mujer lo dejó. Después de un rato sólo atina a cantar el tramo minúsculo de una cumbia que conoce desde que era chiquito:

—Cómo extraño mi terruño hermoso metido en la cordillera...

Darío trae pegada en la cabeza esa canción. Le molesta mucho tal circunstancia. "Lejanía", se llama. La escribió Lisandro Meza en 1983. Traer sólo una oración de una canción le es un suplicio. Él preferiría que fuera toda la canción la que retumbara en las paredes de su vida interior. Toda la canción y no sólo un pedacito. Agarrándolo desprevenido, por ejemplo ahora, que tanto le gustó la historia de Buda y el conejo suicida. Para él no hay prueba mayor de que sus pensamientos son plataformas frágiles que el hecho de que sólo evoca una frase de toda una rola hermosa y larga. Supone que hay seres humanos que pueden evocar, en un instante, el total de tal o cual canción que les es significativa o que incluso odian. Sí, esa noche la ciudad huele más feo de lo normal. Suenan ambulancias lejos y cerca, alejándose y acercándose.

Ese puesto de tortas se llamaba Tortas Jorge. Un día, alguien escribió con spray en la pared de lámina: "Jorge es un puto infiel y sus tortas son basura". La frase estaba toda chueca y mezclaba mayúsculas con minúsculas. Lo que hizo el dueño fue repintar el establecimiento y ahora se llaman Tortas El Infiel. A partir de este chusco detalle pulularon los negocios que se autoproclaman el verdadero y auténtico "Infiel". Darío lee aquella inscripción ahora mandada a hacer con letras color neón y de inmediato piensa en Azucena. Aunque él sería incapaz de llamarla *puta* o incluso *infiel*.

—¿Que qué voy a hacer con mi vieja? No sé. ¿Esperar? —repite melancólicamente, esta vez para sí mismo.

—Aunque la ames con locura, jamás de los jamases seas tú el conejo. Nunca de los nuncas.

—Salen dos cubanas —exclama Jorge, el infiel original.

Se ponen sus cubrebocas, se aproximan al establecimiento y, apenas les entregan sus tortas, se quitan los cubrebocas de nuevo.

Darío trabaja recogiendo bicicletas en la madrugada. Así se gana la vida. Es sorprendente dónde son capaces los ciclistas de dejarlas abandonadas a su suerte. Idealmente tienen que suscribirse a un cacho de ciudad o son penalizados. Esto les vale. Pagan los quinientos pesos de multa con tal de poder dejar una bicicleta al lado del asta bandera en el Zócalo o en medio del Bosque de Chapultepec o adentro de un cajero automático en la colonia más balaceada posible. Hasta pareciera que hay un concurso secreto que consiste en subirse a una bicicleta anaranjada rentada e ir a dejarla lo más lejos posible del alumbrado público. En fin. El trabajo de Darío consiste en recaudar esas bicicletas descarriadas y devolverlas al llamado Territorio Mobike para que durante el día los miembros que pagan su suscripción las usen y vuelvan a abandonar lejos. León es el compañero de trabajo de Darío.

La torta de Darío es la que sí tiene mayonesa, rajas, huevo y pierna.

El Territorio Mobike no es otra cosa que las cuatro colonias fresas de la Ciudad de México. Roma, Condesa, Juárez y Polanco.

Esa noche, el mapa electrónico lo indica, son pocas las bicicletas estacionadas donde no deben. Titilantes puntos rojos sobre una ciudad vista desde arriba. Ciudad acéfala pero con miles de nucas. Un par de unidades están muy muy lejos, las demás se hallan relativamente a la mano. Será una noche llevadera. Es día impar, eso significa que le toca manejar a León. El vehículo recolector de bicis es una camioneta de carga escandalosa y destartalada con claxon que emula el grito de Tarzán, el Rey de la Selva. El aparato traza una ruta que garantiza diligencia y les va indicando dónde dar vuelta, dónde meterse, a cuántos metros hay que hacer vuelta en u, cosas así. Las indicaciones las va dictando una robotizada voz de dama. Al inicio de la noche la odian, pero ya más cerca del amanecer, ambos la adoran. Les ofrece algo que ellos son incapaces de explicarse en palabras.

Compañía.

La presencia de una mujer, mejor dicho.

Ya pachecos la llaman Princesa Diana. Es gracioso porque las indicaciones arriba del coche se las da un aparato con nombre de persona que murió en un accidente automovilístico. Bueno, cada que alguien ajeno a su cofradía sube al auto le hacen y explican tal ocurrencia. Es su chiste, la picardía que los hermana. Juran que a ambos se les ocurrió a la vez, aunque esto naturalmente no es cierto. Llevan trabajando casi un año juntos.

Hay que encender el auto y dejarlo así unos minutos para que se caliente el motor. Suena el vehículo desperezándose, es el ronroneo de un gato que sueña con mejores amos. Cada una de las partes de esa camioneta odia a las demás partes a las que está acodada. Este desprecio segmentado se vuelve más que evidente al meter tercera. El vehículo es lentísimo. Tan lento que da la impresión de que quiere que lo dibujen.

—Préndete, cariño; cuándo tú digas. No tenemos prisa —le dice León al auto.

—No puedo creer que en pleno siglo veintiuno todavía existan autos que se tardan en calentar el motor —refunfuña Darío.

Del espejo retrovisor cuelga el zapatito de un bebé. Desde que les asignaron el vehículo número dos, ese calzado minúsculo está ahí, pendiendo. Es tejido a mano, feo, demasiado ridículo y chiquito. Asumen que perteneció a un ser nacido varón pues es azul. Brinca chistoso cuando el auto es encendido. Algún extraño dispositivo de cosas reiniciándose aunado a una serie de coincidencias mecánicas hacen que el zapatito baile a un ritmo que no es común en un ser apenas nacido. Esto Darío jamás lo ha externado en voz alta. Se queda viendo cómo baila aquel zapato y fantasea con lo que será hoy en día del ser a quien perteneció. Un adolescente ya. O tiene sus primeras erecciones o ya lo reclutó el narco. ¿Por qué no ambas?

Piensa, luego, en el niñito que él fue.

En algún momento Darío y su hermano tuvieron, máximo, diez años de edad. Las manos de su madre estaban rugosas porque había pasado todo el día lavando pisos ajenos. Rugosas como lijas, ásperas, secas pero cálidas manos de madre. A veces no tenía dónde dejarlos y se los llevaba a sus rondines de limpieza. Ellos permanecían sentados en sillones de diferentes colores mientras ella le hacía el quehacer a una bola de desconocidos y sus casas. Y entre hogar y hogar: la fayuca. La vida era caminar agarrando la mano de mamá entre puestos de ropa, de vino ilegal, de películas pirata, de juguetes, de antigüedades, de antojitos. Los puestos de la fayuca se sucedían como árboles. La Rinconada, la Lagunilla, el Mercado de Zapatos, pasillos de diferentes fayucas que comunican a más fayuca. Y la madre de Darío caminando a toda velocidad, como si atrás de ellos hubiera un abismo que los hostigara. La mano rugosa de su mamá sosteniéndolo fuerte para que no se le soltaran entre la muchedumbre. Las lonas colgando de puesto en puesto dándole a todo una quinceava y espesa capa de color. Nada devuelve brillo. Lonas unidas como una enorme sábana de parches. El lomo de las carpas en lugar del cielo. Calor de fayuca, los adultos son gigantescos y sudan. Puestos de electrodomésticos de dudosa procedencia, de vajillas, de estampas del mundial, de juguetes traídos del gabacho, de joyas robadas o falsas, de láser discs y videocaseteras que se autorebobinan. Una canción se corta a sí misma agresivamente porque el caset está cambiando de lado.

Y luego la otra vida: mamá aseando, a lo bastardo, al mundo. Trapeándolo y barriéndolo y sacudiéndolo, haciéndolo oler a árboles de la montaña.

—¿Quieres ver cómo te verías si fueras mujer? —dice León y apunta con su teléfono a Darío.

Él, evocando su infancia, es fotografiado en el presente. León juega en silencio unos minutos con su aparato. Mueve su pulgar en la pantalla con precisión de maquillista. Los vidrios del auto se empañan mansamente, con lento cariño. Darío recuerda, ahora, cuando era un bebé de cuna y su madre le colocaba un espejo bajo los orificios de la nariz para ver si seguía vivo. No recuerda esto aplicado a su persona, tiene la imagen de que es a su hermano a quien le revisan la respiración. Pero sabe que él ya fue examinado previamente. Lo sabe. Recuerdos que son como una mentira dicha mil veces. Anda muy evocativo, Darío. Se percata y retoma la rola.

—Cómo extraño mi terruño hermoso metido en la cordillera…

—Mira qué guapetona —le dice León.

Le muestra la pantalla de su teléfono. Una app te asigna en el rostro las características del sexo opuesto. Le puso cabello largo, le afinó los gestos, le suavizó la cara, le quitó rugosidades de la piel. Hasta los dientes se los blanqueó. Su nariz en el retrato es estrecha, la barbilla: afilada. Cejas tupidas y labios como uno de los corazones que flotan encima del zorrillo enamorado de las caricaturas. Darío hubiera sido una dama horripilante. Y sin embargo envidia aquella foto modificada, ya que luce recién aseado, lustroso; cuando la verdad es que no hay agua en su colonia desde el miércoles.

—Mándamela, porfa.

—Sí te daba, ¿eh?

—Mándamela.

—A la cuarta chela te pierdo el respeto.

—No seas corriente. Mándamela, León.

—Ya la tienes en tu cel.

Suena la vibración de su teléfono atrapado en las paredes de su bolsillo. La fotografía ha viajado de máquina a máquina. El vehículo también está listo para viajar. El zapatito urde su raro claqué. León le da vuelta a la llave y se persigna. La iluminación adentro del coche, conformada por dos luces pálidas y cenitales, hace que todo lo que ocurre ahí dentro luzca macabro y sereno, como pasa con el cine mudo.

—¡Estamos listos! Ponte el cinturón y conduce con precaución. Tiempo estimado para la primera parada: doce minutos —dice la robotizada voz de princesa muerta.

Darío se detiene. Sabe que su hermano acaba de pararse semidormido a orinar. Sencillamente lo sabe. Un escalofrío a kilómetros de distancia seguido del momentáneo cese de la consabida chis. Vasos comunicantes, etcétera.

Hay algo importante que no se ha mencionado aún: Darío y su hermano son gemelos.

—Tiempo estimado para tu destino. Doce minutos.

—Vámonos —grita León alargando la letra *a*.

—Aguanta...

Darío señala el semáforo en rojo allá arriba. Una peca colorada en medio de la noche, círculo deteniendo a una parcialidad del mundo por escasos o dramáticos instantes. Y de repente, el semáforo cambia a verde. Círculo deteniendo a la otra parcialidad del mundo por escasos o dramáticos instantes. Ahora sí, suena el chirrido del automóvil avanzando por la calle.

—Siga de frente dos kilómetros —dice la mujer. Y lo repite dos veces más sin modificación alguna en el tono, timbre e intención.

Mole de piezas oxidándose que devienen en movimiento. Las dos tortas están en la guantera. El claxon de Tarzán no será tocado en toda la noche, pero su presencia, su posibilidad, es ineludible. La enorme Calzada les da la bienvenida. Pasan afuera de una iglesia y León se persigna frenéticamente.

—A continuación, gire a la derecha en ochocientos metros.

No se ven las estrellas en la ciudad, brillan por su ausencia. Son las doce de la noche con minutos. La perfecta silueta de los edificios es como el dibujo que un niño haría de su dentadura mudando muelas. Paisaje a tres tintas. Negro, blanco y el amarillo de los cuartos encendidos. La noche sólo ofrece dos opciones: o duermes o no. Esta sencilla y milenaria circunstancia se vuelve muy evidente en las ciudades. Darío pasea la imaginación entre ventana encendida y ventana encendida. Pasan afuera de otra iglesia y León se persigna todavía con más frenesí.

—A continuación, gire a la derecha dentro de dos kilómetros. Luego permanezca a la derecha ochocientos metros.

Detrás de esa ventana alguien trabaja, todo ese piso diez está encendido por un solo empleado necio que necesita un aumento, en esta calle todos descansan ya, detrás de esa fachada siguen despiertos y buscándose las bocas.

Una vez Darío se encontró un libro recargado en el parabrisas de la unidad. ¿Cómo llegó ahí? ¿Alguien lo abandonó irreflexivamente? Quizá cayó de una ventana. Una persona descuidada y olvidadiza lo colocó en el vidrio en lo que se hincaba para atarse las agujetas. Quizá se lo dejó un ángel. ¡Esa opción entre todas! Él está convencido de que una fuerza superior lo puso en su vidrio, para él.

Recuerda perfectamente lo primero que hizo cuando lo tuvo en las manos. Le buscó una etiqueta con el precio. Después se arrepintió mucho de ese acto mínimo de avaricia. Pensó en ir a venderlo, pero en cambio lo puso en el tablero del auto. Ahí permaneció semanas, asoleándose, el viento que entraba por la ventana abanicando sus mil millones de páginas. Un día notó que seguía ahí y decidió olerlo. Lo hojeó frente a él buscando sabrá dios qué aroma. Un separador se cayó. También se arrepintió muchísimo de haber perdido la página que aquel boleto del metro separaba de entre el resto. Al ticket sí lo atesora. También se dio cuenta que no eran mil millones de páginas sino poco más de doscientas. Varias estaban con la esquina superior doblada.

No esperamos volver vivos, era el nombre del libro. El título le encantó. El título valía más que cualquier cantidad de pesos. Por el título conservó el ejemplar en el tablero.

Darío siempre quiso escribir un diario. Una bitácora en la que contara cómo se veía la luna ese día o por qué a cada rato le sobrevienen unas ganas de llorar impertinentes. Más de una ocasión escribió mentalmente: *Querido Diario*. Pero el cerebro le provocaba tropezones y entonces meditaba: *Querido Darío*. Esta mensa dislexia lo alejó de cualquier intento de escribir dichas memorias. Él, que tantas ganas tenía de decir que hay veces en las que la luna parece una uñita o que hay noches en las que siente claramente cómo el corazón de nadie late por él.

Lo cual es una mentira.

Su hermano gemelo está en algún lugar de esa misma ciudad tropezando por el cuarto para ir a mear o teniendo sueños sin imágenes que a él le ponen la piel de gallina. Es cierto que a los hermanos gemelos los unen invisibles puentes emocionales. Puentes de piedras sobre un río.

Al trabajar Darío estrictamente de noche, sus pesares y alegrías dependen de una contraparte dormida e inconsciente. Y viceversa. Son dos mellizos muy irresponsables el uno con el otro. Puentes de piedras inestables sobre un río turbulento y colérico. A veces hasta tienen antojos paralelos de pan de muerto en pleno abril.

No esperamos volver vivos, era el nombre del tomo.

Es el nombre del libro. Él lo conserva, besa y protege. En una palabra: lo ama. Son testimonios de kamikazes y otros soldados japoneses. Ese es, además, el subtítulo del libro. La relación que Darío tiene con el ejemplar es la de un imán con su frigorífico. El libro ya estaba deshojándose y él lo volvió a reunir con cinta canela y cariño. En la página cuarenta, al calce, escribió su nombre completo. No le fue suficiente y también ensayó ahí su firma. Eligió esa página de entre todas porque tiene cuarenta años de edad. No se cuece al primer hervor. Figuran las primeras canas. Cuando se echa sus bacardís, en vez de cruda anda todo el día con miedo. Escasas cosas ha aprendido de la vida. Una de ellas es que cada quién elige su infierno. Otra, que de momento las circunstancias no están para aspirar a la posteridad.

Entre algodones se va aproximando un recuerdo. La única vez que Darío salió con una mujer rubia en toda su vida. Rubia natural, se entiende. Él estuvo como chofer emergente en un hostal de la calle Moneda que también era meadero de a cinco pesos. Le tocaba recoger extranjeros en el aeropuerto, los que más de madrugada aterrizaban en la Ciudad de México.

Se empezó a llevar bien con una sudamericana que vestía overoles sin nada abajo. Desde el servicio de taxi les dieron risa las mismas cosas. Fueron, apenas se pudo, por caguamas a un bar que no era sino las escaleras de una vecindad. Él le enseño a decir un par de groserías y la previno de los albures, también le habló de las playas mexicanas. La rubia del Cono Sur le contó a Darío un método peculiar para saber qué te depara el destino:

—Tomás el libro que sea y lo abrís en la página que sea, luego elegís una línea al azar y la leés —le dijo, masticando cacahuates con la boca abierta— ese es tu futuro.

Andaban bastante pedos, es probable que las cheves estuvieran rebajadas con agua de la llave. Fumaron de la hierba que traía ella.

—¿Te puedo preguntar algo? —le dijo Darío.

—Decime, mexicano.

—¿Por qué los libros traen la foto del que los escribió y no la del que lo está leyendo?

—Es una buena pregunta, jaino; ya estás colocado se me figura.

También a los chicharrones los devoraba de fea manera. Sus cejas también eran amarillas. Los pelos de su sexo, también. Esto a Darío, él pensaba, nadie se lo iba a creer nunca.

Una mujer acaba de hacer el amor sin conseguir orgasmo. El varón tampoco eyaculó. Es porque sus cuerpos apenas se están acostumbrando uno al otro. Sus centros no embonan aún con la diligencia que requiere el placer milenario, colorido y tembloroso. Dormir luego de los devaneos no fue un inconveniente para ella. Ronca a placer. Él en cambio no consigue adormilarse a pesar de que su alma está contaminada de cansancio. Las sábanas se le pegan en la piel y aunque ella ya vive con él desde hace un par de semanas, su presencia en la cama es la de un bóiler. Qué caluroso se volvió el aposento ahora. La pecera en la sala hace más escándalo del normal. Y la cocina se ha llenado de cucarachas, lo que nunca. También hay vasos con restos de licuados abandonados por todos lados, revistas de moda debajo la cama, artículos de belleza que parecen instrumentos de tortura y pena capital.

Sin hacer ruido, este hombre huye del cuarto no sin antes llevarse consigo su teléfono. Se encierra en el baño. Todo vibra como si estuviera compuesto de obscuros insectitos. Enciende la luz tirando de una cadena y nada cobra sentido aún. Abre una ventana y respira. Ya sus ojos van agarrando la onda. El espejo le devuelve un rostro abotagado, turbio, con sendas ojeras debajo de cada ojo, uno de ellos —el izquierdo— derritiéndose sobre la mejilla. Abundancias de pelos por todo el rostro sin formar barba, labios siempre con el gesto de quien se mordisquea la parte interior de la boca, orejas demasiado presentes, su nariz siempre le ha parecido que luciría mejor en un juguete de madera. ¡Y la calva aún más dramatizada por culpa de la luz del foco! Haber perdido esa batalla es lo que más le duele. Es su calvicie similar a la del cura Hidalgo. Hasta esta noche estaba en negación. Ahora la verdad le devuelve brillos y contornos. Está seguro de que, si toma la decisión de raparse completamente, su coco estará lleno de barros grotescos. Jala los párpados hacia arriba con dos dedos. Si no le pareciera demasiado teatral, se abofetearía repitiendo su nombre. Una mosca de baño, minúscula, capitalina y frágil, se ha posado todo este tiempo en el reflejo de su amplia frente.

Él se llama Javier. Se sienta en el excusado. Busca tranquilizar el cerebro viendo la pantalla de su celular, pero el pergamino luminoso sólo lo apendeja más. Sabe que estornudará en breve. Algo en su cerebro se enciende. Una canción allende no cantada se vuelve prioridad. En vez de estornudar la tararea en voz muy muy bajita con todo e imprecisiones en la letra.

—Cómo extraño mi terruño hermoso metido en la cordillera… Esperando que llegue la hora de regresar a mi tierra. En el valle de las penas estoy metido. Lejanía que me tiene entristecido...

La canta entera.

La primera bicicleta de la noche está abandonada al lado del Panteón Francés.

León se está tardando en regresar con ella porque aprovechó para cazar pokemones de los que son semitransparentes o calacas. Darío baja del auto para estirar las piernas, aunque estas realmente siguen ágiles y diligentes. Recargado en el vehículo se coloca en la boca el cigarro que todo este tiempo escondió arriba de su oreja y entre las greñas que ya sólo crecen a los lados. Mete medio cuerpo por la ventana de copiloto y esculca en la mochilita de León. Él siempre lleva consigo una bolsa de plástico llena de cajitas de cerillos de la época del caldo. De esos estuches que se abren y muestran a los cerillitos formados como asientos en el cine o escuincles de 5°A en la foto para el anuario. El mecanismo de chispa es una perfecta línea rasposa, gruesa y café. Toma una de esas camisetitas al azar y lee: "Hotel Bamer". Los fósforos están un poco guangos, pero aun así encienden con breve diligencia. Fuego, humo, toser hasta que duela ligeramente en los testículos, recuperarse, una fresita de fuego en medio de la noche. Darío respira hondo. Leda, su mandíbula tirita. Tose y tose.

El muro del panteón está pintado con grafitis tan inflamados como inconclusos y encima de rótulos de conciertos musicales que ocurrirán en el futuro. Hay incluso uno, enorme y lleno de truenos chuecos, de un jaripeo que ocurrió ya. Vida y muerte dándose la mano o la espalda. Esto pasa también en el suelo: pétalos pisoteados. Los árboles en esa cuadra están secos y con chispeantes ramas tristes. De día esa cuadra estaría llena de marchantas vendiendo arreglos para las tumbas. De noche, pedazos de flores aplanadas por tanta suela avanzando.

Darío toma la cajetilla y empieza a arrancar cada uno de los cerillos.

—Me quiere —desprende uno—. No me quiere —desprende otro—. Me quiere. No me quiere. Me quiere. No me quiere —y así hasta quedarse sin participantes.

Piensa en Azucena. Si mal no recuerda en ese cementerio está enterrado un pariente suyo o un famoso que le gustaba de niña.

Al ser una pared insuficiente, arriba del muro se asoman las espaldas de las tumbas más altas o sofisticadas. De repente el brazo de un ángel, el final de una cruz tosca, la luna tan a la mano, un artrítico alambre de púas que quizá más bien es la corona de espinas de un Cristo oxidado. Todo ese cementerio, construido durante el imperio de Maximiliano, está encima de donde pasa el río entubado. A la izquierda el inmenso hospital con el nombre de este siglo, a la derecha el feo centro comercial otrora estadio de beis. La ciudad para la que nos alcanza. Abajo, los autos avanzan en friega; pareciera que sólo son veloces autógrafos de luz. Darío saca su teléfono celular y le manda un mensaje de audio a Azucena.

—Cámara, Azucena. Estoy en el panteón que está por casa de tus tías. ¿Quién me habías dicho que está enterrado aquí? A tiro de piedra me queda la taquería El Infiel 2, ¿te acuerdas que cuando empezamos a echar pata, saliendo del hotel sobre Lázaro Cárdenas íbamos a cenar ahí? Nunca pude comer tantas gringas como tú. ¿Quién era el muertito enterrado acá? ¿Me lo recuerdas? Ese pinche hotel de paso ahora es una pozolería de esas de cadena. Qué poca madre, Azucena.

Suelta el botón y manda el mensaje de audio. Su voz viaja en un pestañeo por calles y cañerías, azoteas pelonas, banquetas llenas de charcos. León aparece cargando la primera bicicleta, la manipula con envidiable habilidad.

—Apúrate, León, no mames.

—Voy, chingá. Casi agarro un Ónix.

Darío sabe que ese es el pokemón que es como una serpiente de piedras. También sabe que su compañero ya tiene tres Ónixes. ¿Por qué sabe eso? Lo sabe y ya. Ojalá pudiera elegir qué cosas recordar, cuáles mandar al carajo y cuáles serán material de sueños. Apura el cigarro y lo arroja al suelo, la colilla hace cabriolas chispeantes y termina perdiéndose entre las rendijas de una coladera.

Cuando la rubia sudamericana le dijo a Darío que un libro puede leerse abriendo cualquier página y leyendo cualquier línea al azar, el tomo de los kamikazes aún no entraba en su vida. Es decir que los libros le parecían aves que vuelan demasiado fuera de su vista, canales en la tele que la antena no agarra, autos estacionados en islas lejanas. Mientras León coloca la bicicleta abandonada en el cementerio en la parte de atrás de la unidad, Darío toma el libro y abre una página al azar.

—Mira este japonés suicida, León. Nacido el 21 de febrero de 1923 en Tokio. Muerto en combate el 19 de Marzo de 1945. Es decir que murió a los….

—¡A los veinte!

—A los veintidós. O ya no sabes sumar o me estás dando el avión.

—Pues los Caballeros del Zodiaco tenían dieciséis años cuando empezó el Torneo Galáctico. Luffy tiene diecisiete cuando decide convertirse en el Rey de los Piratas.

—Pero no es competencia. Además tus Caballeros del Zodiaco ni existieron. Estás bien meco, me cae.

—Tus kamikazes no me sorprenden ni lamparean, al chile. Los Power Rangers tienen entre dieciséis y diecisiete años. Es más, hay un Power Ranger de doce años, ¿sabías? Sailor Moon era una quinceañera…

Prefiere ignorar a León. La noche empezó tiesa. Se queda pensando que ese libro en sus manos, que ama y atesora, es un camposanto a su manera; pequeño cementerio de bolsillo.

Azucena es muda y vive de traducir el mundanal ruido en lenguaje de señas. A sus treinta conoció a Darío. En aquel entonces ella aparecía en un recuadro chiquito moviendo las manos frenéticamente mientras tal o cual político hablaba mierda o paja en el Canal del Congreso de Hidalgo. A Darío le gustaba poner esa cosa horrible en las madrugadas, el día a día de la nación lo adormecía tanto como a los diputados participantes. Un día, en la tienda de una gasolinera, él se la encontró y le preguntó si ella era la mujer de la jaulita en la tele. Ella dijo que sí con una pantomima concreta. Él le dijo que siempre le había parecido que ella era como el cuadro pequeño y de cabeza que viene en el periódico con las respuestas del crucigrama de ayer. Esto a ella le pareció, aunque carente de sentido, lindo. Ella le dio su teléfono, número a número con los dedos de su mano. Su manicura era impecable. Darío vio en esas manos un idioma de caricias que anhelar. Quedaron de verse un día a una hora. Así un par de veces más. Primero esquites y caminatas circulares. Ya luego besos y condones puestos ágilmente sólo en la parte final del coito.

Duraron seis años como pareja. Cero hijos, un aborto chusco, un par de modificaciones en los héroes de los billetes y la plena popularización del internet. Azucena, es importante decirlo, es hermosa. Creció en ello mismo, sabiéndolo e ignorándolo. Florecita del pantano, empezó modelando en los catálogos de colchas de las comadres. Luego brincó a los de calzado. Luego a los de lencería. Mamá moderna, sin diálogos, en un comercial de Paketaxo. Le empezó a ir cada vez mejor. Pero ella sabía que jamás podría ser una cantante famosa ni decir los memorizados parlamentos de una obra de teatro. Este pesar fue la semilla de la destrucción, el villano de su relación. Sin voz, ella siempre se ha visto a sí misma como un maniquí embodegado. Luego le cayó la chamba de traducir lo que se dice en el Canal del Congreso y de ahí se pasó a noticieros más serios. El hombre por el que dejó a Darío es quien le consiguió esas chambas.

Cuando, apenas la semana antepasada, ella le dijo que su relación no podía seguir, se lo comunicó con las manos. Fue así: Azucena acercó su mano hacia el pecho de Darío, arrancó sin cariño un corazón invisible y luego lo arrojó hacia atrás por encima de su hombro, como se hace con los innumerables granos de sal para evitar mil años de mala suerte. Luego ella acercó la misma mano a su cuerpo y en un puño sostuvo, afuera y por unos segundos, su propio corazón invisible; sólo para volver a metérselo en el pecho pero ahora protegido por un muro de dedos entrelazados firmemente, como esas sillas de bejuco que venden en los pueblitos. Ella dijo aún más cosas: índice golpeando diferentes alturas del antebrazo, índice señalando la punta de la nariz, pulgar entre ambos ojos. Darío frunció la frente y se hizo el que no entendía nada. Azucena, un poco desesperada, tomó una servilleta y escribió: *amo a otro*. Eso decía la misiva. A Darío le hubiera gustado pintarle dedo con ambas manos, en cambio estrelló la puerta y se fue a recoger las bicis abandonadas de esa noche. A su regreso a casa la mitad de los cajones estaba vacía, la mitad del armario también.

Todas las noches, desde entonces, le manda mensajes de voz por WhatsApp. Audios para la muda. Recrea en ellos lo que fue su relación, evoca cosas que pasaron muy diferente a como él va diciendo.

La segunda bicicleta de la noche fue abandonada en medio de un puente peatonal sobre el Viaducto. No se lo explica Darío. ¿Quién carga una bici por trabajosas escaleras, la deja en medio de una superficie a lo alto y se va?

—Qué le pasa a la banda, me cae —dice y baja del vehículo.

Llega hasta el primer escalón. Sube sin prisa, como si emergiera de una alberca sin agua. Incluso infla juguetonamente los cachetes. Pero llega cansado hasta arriba. Se da un segundo para recuperar el aliento. Lo invade esta sensación sin sustento de que en las alturas uno está más en contacto con la contaminación y el aire descompuesto. Gotas de sudor le recorren la cara interesadas en meterse al ojo. Se limpia con la manga del mono fluorescente. Paisaje de perros jetones en sus azoteas, un zoológico de jaulas torcidas donde, de día, la ropa se seca aferrada a mecates. Darío no quiere pisar alguna inmundicia. La superficie tiembla considerablemente conforme él la avanza esquivando pañales, bolsas de la basura en plena autopsia, hojas que cayeron desde árboles enfermos. Todo mundo nace sabiendo que debajo de los puentes ponen sus terrazas los demonios. La larga sombra de Darío lo precede fundiéndose con los demás ajuares oscuros de la noche. Enciende la lámpara contenida en su teléfono. ¡Inhumano trancazo de luz! A la mitad de la superficie resaltan los contornos brillosos de una bicicleta anaranjada.

Darío baja del puente sin traer consigo la segunda bicicleta. Escupe en el suelo, abre la puerta desde afuera y se sube a la unidad.

—¿Desmantelada? —pregunta León instintivamente.

—Sin cadena ni asiento. Ya la reporté. Te va a llegar la notificación. Nomás pícale que "sí" y vámonos.

La verdad es que casi siempre esas bicis, cuya locación es inverosímil, ya están incompletas y en desuso. A Mobike le sale más caro arreglar una bici desmantelada que darla por perdida. Entonces la ciudad se ha ido llenando de bicicletas estorbosas y buenas para nada. Los vecinos, hartos de ellas, las van relegando a rincones infames.

—Me emperra, carnalito. Qué quitadera de tiempo.

—La vida es por definición una pérdida de tiempo —responde León.

—Ay, pinche Son Gokú, a veces me caes como patada de mula. Qué va a pasar cuando todas las unidades estén así, sin llantas ni frenos, ni forma de que sirvan para algo. ¿Lo has pensado? A lo mejor nos quedamos sin trabajo.

—No importa´mbre. No te claves.

—Yo más bien creo que sí importa. A qué vinimos al mundo, León. ¿A recoger bicicletas por las noches? Va. Te lo firmo. Haciendo esa chamba, aunque sea ganando una bicoca, estoy en paz. Lo que me enoja es que en cualquier momento nos convertiremos en recolectores de chatarra. Yo eso no soy. Pero si a la empresa ya le vale madres recoger su producto jodido, ¿qué? ¿Has visto cómo la gente usa las canastas de las bicicletas como botes de la basura?

—¿Supiste lo que le pasó a Roque?

—Si al menos nuestros empleos fueran algo realmente importante. No sé. Imagínate ser el encargado de modificar la forma de las nubes o el pescador que diario tiene que atrapar al sol para que se haga de noche. Que ya no se vean las estrellas en el cielo nos ha hecho una bola de... ¡no quiero decir una palabrota! Pero nada nos une a las cosas importantes e infinitas. No tenemos propósito. Cuando haya departamentos en la luna contratarán a nuestros bisnietos para recoger la caca de los perros en los cráteres.

Hasta aquí, León está siguiendo su parte en el libreto: darle el avión al compa. Este repentino estallido filosófico lo tiene Darío todas las noches del mundo. Justo a la hora en que recogen la segunda o tercera bici de la noche, estalla. Ya sabe León que su dupla está harto de todo, que debería estar haciendo otra cosa mucho más relevante, aunque nunca se sabe qué. Lo mismo de todas las noches. Inventa chambas irrealizables o más bien fantásticas. El ejemplo del planeta donde recoger caca de perro cambia. A veces sus inexistentes familiares del futuro recogen inmundicia en planetas aún no descubiertos.

—Hablando de mierda. Huele de la rechingada.

—Cierto.

Darío baja y hace un cuatro revisándose los zapatos. Pisó caca. Pastosa mierda posiblemente humana encontró cubil en las finas ranuras de su suela. Suela estilizada, llena de detalles y surcos. Exclama una majadería y restriega el calzado en el cuadrado de pasto que enmarca a un árbol. Mete el zapato en un charco que quién sabe cuánto lleva ahí y retoma el aseo friccionándolo contra lo verde. La peste necea.

León aprovecha y saca su teléfono, abre su videojuego de construir ciudades. Todo está en orden. Juega a ser dios. Recorre su gobierno a detalle con el dedo índice. Programa las lluvias de la semana, inaugura un tercer segundo piso, reacomoda los horarios de los trenes que vienen del extranjero y vigila la construcción del nuevo complejo residencial cerca de un lago. Los periódicos internacionales lo adoran. Deja todo listo para poder desatender Nuevo New León por las siguientes tres horas.

La Princesa Diana les da las indicaciones para llegar a la tercera bici. El zapatito tejido da brinquitos tembeleques, es como si estuviera eternamente suspendido en el momento en que un bebé aprende a caminar. Ya se dijo: adentro del vehículo dos persiste un peculiar ambiente de cine mudo, y por lo mismo pareciera que la cabina es una caja de trucos. El claxon que emula el grito de Tarzán, las tortas enfriándose en la guantera, las camisetitas de cerillos antiguos del Bamer en una bolsa de plástico, el libro de los kamikazes resguardado al lado del freno de mano. Él tararea la melodía de "Lejanía". Este cantar se entremezcla con la rola que sí suena desde la radio a un volumen muy bajo. La del Microbito.

Darío le cambia de estación. En el fragmento de noticiero que escuchan, antes de que le cambie de nuevo de frecuencia, hablan de Dinorah, la mujer desaparecida de la Portales. Se cumple un mes sin que se sepa su paradero. Sus padres están desesperados. Sus amigos organizarán una marcha exigiéndoles a las autoridades que la busquen inagotablemente. Hay una descripción sucinta de sus señas particulares. León escucha mientras con la mente va imaginando aquel rostro.

—Aguanta, aguanta… ¿sí supiste lo que le pasó a Roque?

—Es falso. Roque ya está chocheando —responde Darío.

—No, wei; sí le pasó. Salió en el periódico. Pegó el recorte enmicado en el vidrio de su oficina.

La gente utiliza las canastas de las bicicletas estacionadas en las calles como botes de basura. El patrón encontró entre cáscaras de plátano y hojas de tamal un diamante.

—No mames. Pinche historia jalada de los pelos.

—Pues te estoy diciendo que salió en las noticias, carnal.

Hábil para atormentarse, la mente de Darío está más bien pensando en la modelo de un anuncio de yogurt en un anuncio espectacular. Por un segundo, de reojo, le pareció que aquella dama gigantesca era Azucena. Esto le ocurre con frecuencia malsana. Pasa una chica caminando con una altura y una espalda completamente distintas a las de Azucena y él cree que es ella, jura que es ella. Se asoma por una ventana una mujer con los pelos azules y él jura que Azucena se tiñó las greñas, cosa inverosímil si uno la conoce. Lo mismo le pasa con las cinco damas que bajan del metrobús o las cuatro que hacen cola para abordarlo. Ha visto a Azucena en programas matutinos vendiendo brasieres y la ha visto preparando vasos con verdura rayada en el Bosque de Chapultepec. Cuando se amaban, él eliminó de golpe a todas las mujeres del mundo. No existía nadie además de Azucena y él era un fiel caballo con anteojera. Ahora que ella se ha deshecho de él, todas han reaparecido de golpe, pero siendo ella, sin serlo. ¡Qué maldición es esta! Se siente como a una mesa a la que le quitaron el mantel.

—Se lo hizo su primo en Photoshop, puras mafufadas. ¡Un diamante! Los diamantes no son como en las caricaturas. Ese beodo de Roque ya debería más bien regresarse a su pueblito meado.

—Ha llegado a su destino —dice la robotizada voz de dama.

Pero enfrente de ellos no hay bici alguna.

—Hoy es una de esas noches —concluye Darío.

Bajan los dos al Parque Hundido. O como le decía Darío cuando era niño: el Parque Ahogado. Estas modificaciones inexplicables que impone el intelecto infantil y permanecen en la memoria, modificando la realidad, toda una vida. El Parque Ahogado, pues.

—¿Y la bici?

—Un necio, sospecho.

—Uno de esos pinches necios de cada noche.

Se sientan en un montículo. Ya se la saben. Un usuario Mobike no ha estacionado aún la bicicleta. Aunque ya es imposible desbloquear una después de la media noche, si la activaste antes de tal hora puedes montarla *ad infinitum*. En el peor de los casos tendrán que seguirlo hasta que la abandone afuera de su casa, pero lo más probable es que la deje ahí en el parque, quizá dentro de poco, quizá en una hora o más. Realmente no hay prisa.

Si tan sólo el césped hablara. Hace no tanto fue catre para miles de ciudadanos que cada noche se hacían de los servicios de las trabajadoras sexuales que ahí sacaban para la renta, la fórmula y el rímel. Ahora pusieron alumbrado público y policías dando constantes rondines. El enorme pulmón verde se ha llenado de gente paseando a sus perros o corriendo para ejercitarse, novios trasnochados de manita sudada. El sitio está lleno de vida. Podrían ser las cuatro de la tarde de no ser porque cunde el grillerío y en algún lugar del cielo la luna se esconde tras momentáneos velos. Chingos de gentes que podrían estar en su cama, pero en cambio estiran la liga de seguir viviendo.

Darío y León evocan sus respectivos aposentos. Hace años que no se desvelan. Es decir: se desvelan diario, pero...

—Te envidio mucho, amigo León.

—Qué pasó, profe, no desvaríe.

—No me digas así. No soy más que un alumno y lo sabes.

—¿Me rolas un tabiro? ¿Traes? —pregunta León.

—Desde la otra vez quería decírtelo. Te envidio a madres. Todas las noches, cuando pasamos afuera de una iglesia, te persignas. Tú sí vives en el mismo mundo que pisó el Hijo de Dios.

Darío descuelga el cigarro de entre su oreja y el cabello que le crece, ya se dijo, como al Padre de la Patria. Del teléfono de León sale música a un volumen muy íntimo. Además, es como si el aparato se hubiera encendido por sí mismo. Le pasa también una camisetita de cerillos nueva. León prende el Marlboro. Fuego, humo, saborearlo entrando y saliendo del organismo, una fresita de fuego en medio de la noche.

—No me lo tomes a mal pero... ¿no te parece que se quedó corto tu Mesías? Multiplicó los peces, caminó sobre el agua... qué más. Le puso otra vez su oreja al que se la arrancaron con una espada.

—Transformó el agua en vino. Eso estuvo recio.

—Claro. Claro. Ah, sí, y revivió al tercer día.

—También caminó sobre el agua... ah, no; esa ya la dijiste.

—Siento que se vio muy poquitero, mano. Estamos de acuerdo en que su divina presencia marca un antes y un después en la historia del ser humano, ¿no? Yo eso no te lo discuto. Antes de Cristo y después de Cristo. Pero eso me hace preguntarme y preguntarte a ti también. ¿A qué vino? ¿Tú sabes?

—A salvarnos —responde Darío con contundencia mientras en su celular hace una curaduría de memes interpretados por, como les dicen los que no le saben, monas chinas.

Darío fuma como los hombres del siglo pasado, retiene el humo en sus pulmones innecesariamente. Lo hace con recelo, como con miedo de que lo cache la maestra. La dureza con que sostiene el cigarro humedece la base. Y además siempre siente que no está fumando del todo, no se la cree. León lo hace de manera más mecánica, domeña el fuego, hace que el humo se comporte como una nueva lengua que sale de su boca, exhala volutas juguetonas y definidas, parecen salidas de un códice maya. El cigarro hace malabares en sus dedos, diestros malabares mientras con los dedos de la otra mano se espulga su lengua quitándose alegremente los residuos polizones.

—¿A salvarnos de qué?

—Pues de qué va a ser, jefe Darío… a salvarnos de nuestros pecados.

Pasa, encima de una bicicleta anaranjada, un sujeto joven y a toda velocidad. Le está dando vueltas al circuito. León y Darío lo miran avanzar, ambos desean al mismo tiempo que se caiga. Tienen enfrentito el reloj floral que aparece si googleas el parque. Un reloj hecho con plantas. La eternidad marchitándose sólo para ser renovada. Tiene su encanto la cursilería esa. Las manecillas no son verdura, se mueven con desesperante ímpetu mecánico. El Parque Ahogado y sus reproducciones de piezas arqueológicas de pueblos prehispánicos. Una vez, atrás de la cabeza olmeca, un varón con tetas se la mamó a Darío.

—¿Nos salvó del narco? ¿Nos salvó de que nos lideren ineptos? ¿Nos salvó de que cada año esté más cara la vida? ¿Nos salvó de la pandemia? ¿Nos salvó de las faltas de ortografía? De nada, León; no nos salvó de nada.

—Ahí va ese culero.

La felación acontecida ahí a unos pasos ocurrió cuando ya estaba con Azucena. Jamás se lo dijo. No es que acudiera seguido en busca de dichos devaneos. Esa vez se le antojó y ya está. Luego Azucena tuvo una infección vergonzosa. Hace mucho de eso. Apenas empezaban a andar formalmente. A veces es como si las cosas que ocurrieron en el pasado fueran parte de un sueño.

—Ah, chingá; ¿qué te estaba diciendo?

—Ahí va ese culero —repite León.

Pasa de nuevo el ciclista necio encima de la Mobike rentada. ¿Ha bajado la velocidad o eso es lo que nuestra dupla desea? El reloj floral no frena ni un segundo su apesadumbrado recorrido.

—Perdóname, León. Han sido días bien difíciles.

—No. Te entiendo más de lo que crees. Es como cuando los caballeros llegan a la casa de Géminis y ahí el Gran Patriarca los derrota casi casi con la mirada. Y les dice: Jamás podrán vencerme, así como los cerdos no pueden encontrar a Dios.

—Tiene que ver, aunque no lo creas. Lo que quiero decir es que, a diferencia de ti, yo no creo que el hijo de Dios haya pisado este planeta. Esta tierra hermosa y canija. No siento que avanzo en el mismo planeta en el que alguna vez caminó el hijo de Dios todopoderoso. Y eso me da una enorme envidia. Ese es mi pecado, cawn. La envidia.

Darío se pone de pie. Camina dándole la espalda a su amigo. No se aleja tanto realmente. Más bien emerge de nuevo a la ciudad. Está sudando raro. Le duele muchísimo haber perdido a Azucena. No lo controla. Ha vomitado de tristeza varias veces las últimas semanas. Bendita seas, Azucena, entre todas todas todas las mujeres. Respira hondo, lento, exagerándose. Luego está tan consciente de su respiración, que esta le da miedo. ¡Lo aterroriza su propia respiración! Es como si de golpe pudiera olvidar cómo es que se respira. No se vino en aquella ocasión detrás de la cabeza olmeca. La trans le pedía más dinero con la mano al mismo tiempo que lo libaba en frenético vaivén. Sus senos estaban a destiempo en todo sentido: no se movían y a la par contrastaban con tanta arruga. Darío toma el teléfono y ubica el número de Azucena y le envía un audio.

Su voz pastosa y viajando por satélites y colonias y estrellas, dice:

—Cámara, Azucena. Estoy en el Parque Hundido. ¿Te acuerdas que fue aquí donde me dijiste que no te había bajado en dos semanas? Aquí. Justo estoy enfrente del reloj este que tanto te gusta. ¿Te acuerdas que te esperaste a que sonara la rolita que toca cada hora para decirme que íbamos a ser papás? Yo sí me acuerdo. Digo, ya sabemos lo que pasó. El aborto chusco, como siempre le llamabas tú. Es chistoso. Sólo tú sabes que yo a este parque le digo como le digo. Perdóname por haber leído tu diario, mi vida. No sé qué estoy diciendo. Te extraño. En toda la ciudad te extraño. Ya no quiero seguir recorriendo las calles cada noche. ¿Te acuerdas de las Tortas Polo? Están aquí al lado. Aún existen. Sobreviven a tanta y tanta mamada. Es que son deliciosas. Falta mucho para que haya otra vez de romeritos.

León aparece cargando una bicicleta anaranjada. Sabe que conforme la noche avanza su compañero deja de hablar tanto. Esto le encanta, pero no porque se alivie de un pesar, sino porque por fin tiene tiempo de reflexionar acerca de lo que el otro dijo y responderle. Aunque casi siempre es responderle imaginariamente, un diálogo que ocurre adentro de su cabeza, ahí, donde todos somos sabios. Se pone más interesante la dinámica de ese par: Darío hurta las ideas del otro. Todo aquello que será dicho durante la noche presente, le regresa masticado y pasado por el colador cerebral de su querido compañero recogebicis. Es así: todo lo que Darío opine esta noche, León lo dijo ayer o antier. Una amistad.

—Ya estufas, profe.

Acomodan la bici en la unidad, se suben al coche. Hay que esperar a que se caliente el motor. Pasa un convoy de ambulancias hechas la madre. En el radio quedó sintonizada una señal. Alguien está narrando una historia de fantasmas. El zapatito de bebé baila una quebradita.

—León querido… ¿puedo pedirte un favor de broders y no te sacas de onda?

—Dígalo, patrón.

—… ¿Me persignas, we?

A los mosquitos se les habla golpeado. Hay uno adentro de la unidad. Se metió con toda su cohorte de zumbidos y ulteriores molestias. Bullicioso, se comporta como si fuera su cumpleaños. Grande, todo él, ideado por un arquitecto maligno; se está cenando a nuestros héroes. Picó acá y acá. Con sagacidad y decoro. Hace momentáneo mutis, pero no es un indicio de tregua, el animalito es paciente y lo que probó le encantó. Menú a tres tiempos: cerumen de mexicano desaseado, sangre deprimida y sabores intraducibles en palabras humanas.

Dos piquetes por piocha.

El primero en Darío fue justo en su piocha. El otro hace las veces de un punto y aparte en su tatuaje en el antebrazo. Tatuaje feúcho: letras derramándose en la piel como raíces o un sistema nervioso a detalle y fantástico. Un enramado de tinta que, con mucho esfuerzo imaginativo, dice: AZUCENA. Patines más grandes que la letra que engalanan. Letras anómalas hasta el hartazgo. Tiene Darío otros dos tatuajes, esos también son el nombre de Azucena, pero con otras tipografías.

Todo el vehículo vibra al avanzar. Parece que viene haciendo tortillas.

Los inflamados piquetes en León se expanden en una misma pantorrilla. De hecho, casi se unen ya formando islote. Ya mero. Falta muy poco. Ya se unieron. León se rasca con plenitud usando sus uñas de guitarrista amateur. Se rasca hasta lastimarse.

—¡Ah, qué la pinche verga con este mosco ojete! —reseña.

—Chécate a este, León; se murió a los veintiséis. Así acaba la última carta que le escribió a su mamá —y, apretando los párpados, Darío lee un fragmento—: "He aceptado que pronto finalizará esta vida vacía y que renaceré en una existencia mejor. Madre, cuídese mucho". Wow, qué maravillosos son los orientales.

—¿Orientales? Ni que fueran tapetes, profe. Se les dice asiáticos.

—De acuerdo, bendita raza amarilla. Esos eran hombres de verdad. Y a los veintiséis años.

—Oliver Atom fue campeón del mundo mucho antes que eso. Los y las pilotos de *Evangelion* tienen catorce años cuando salvan a la humanidad de los ángeles. ¡Catorce años! Hanamichi Sakuragi tiene dieciséis años… y me puedo seguir toda la noche.

—De nuevo… mis kamikazes sí existieron y tus personajes no. Hasta un mono descerebrado puede entender eso. Y deja de decirme *profe*, con una…

Darío se permite decir una palabrota.

Pasan afuera de El Hijastro, nueva sucursal de los Tacos El Infiel. Hay mucha gente aún cenando en las calles. Es como si el hambre jamás cesara. Estará cayendo la lluvia de fuego bíblica y la gente seguirá comiendo gringas, tamales, sopes, pollos rostizados, chamoy. El mosco se esconde entre los estambres del zapatito. Se saborea la sangre de los dos recogebicis, asimilándolas por separado. Ñom, ñom, ñom.

En un alto, León observa cómo una figura encapuchada raya con pintura en un muro: "Te estamos buscando, Dinorah". Cuando el auto avanza se da cuenta de que todos los muros en esa calle tienen la misma inscripción.

La cuarta bicicleta. Alguien la amarró fuerte a lo alto de un poste de luz, no sin antes pintarla toda de color plata con un aerosol. También le colgaron una enorme mochilota de esas que traen los repartidores de comida vía aplicación. Curioso que León no haga mención de que esas cajas sean similares a las que sus Caballeros del Zodiaco emplean para cargar sus armaduras. Darío más bien piensa en el Pípila cada que ve a un repartidor recorriendo en friega las calles de la ciudad. Cada día hay más repartidores y más apps. Pípilas y más Pípilas. Rodeando la base del poste hay flores. León se lleva una cachucha imaginaria al pecho mientras mira al suelo con su mejor cara de congoja. Qué gastado está su calzado. Darío se acerca al improvisado cenotafio. Las flores son artificiales y también fueron pasadas por spray color plata. Sienten el acre olor de la pintura en todo el cuerpo.

—Esto pasó hoy —dice León—, lo atropellaron hoy. La pintura está fresca.

No se persigna. Está rojo del coraje.

—Lo voy a reportar a la base y vámonos. Es lo que es —dice Darío.

Pegadas al poste de luz hay fotocopias con fotografías del atropellado. La misma foto multirrepetida pero cada vez usando menos tinta. Cruel disolvencia rumbo a la nada. El viento, trivial esa noche, se las llevaría volando de no estar amarradas con nudos malhechos de *masking tape*. León observa la borrosa imagen del difunto. Le calcula, a lo mucho, veintitantos años. Un escuincle. Un escuincle dándole la espalda al Museo Soumaya. De pie sobre las vías del tren. Predisponiéndonos, con cierta comedia involuntaria, sobre su trágico destino. Sonriendo hermoso, sus brackets como bandera de que existe un mundo mejor.

—… En cambio sus dientes jamás estarán derechos —dice León en voz baja.

Darío se aleja un par de pasos. Marca a la Central. Vuelve.

—Hay que bajarla.

Están en una de las desoladas calles que rodean a la Plaza de Toros México, Ciudad de los Deportes.

—Qué chingados.

—Que hay que bajarla. Son las instrucciones de tu héroe Roque.

—Que no chingue. Una mamá le lloró aquí hace rato a su hijo. Además ya la pintaron. Nadie querrá rentarla. Se apestó.

—Se lo dije. Se lo dije. Pero, ya sabes cómo es.

—Se la está requetemamando. Además, dudo que la bici haya quedado útil.

—Dice también que te diga que no seas necio.

Les dan comezón sus respectivos piquetes de mosco. Alzan ambos la mirada. Atrás de la bicicleta plateada está la escultura de una manada de toros jóvenes en fila. Más allá se distingue la silueta de un matador dándoles la espalda, como esperando el embate de algo que sólo amenaza a los seres inmortalizados. Y aún más allá: la luna defeña aparece anhelando tener párpados. Por fin se dignó en hacer acto de presencia. Es una noche cerrada. Todo tiene aspecto de maldición ante la muerte de un jovencito.

—Ayúdame, pues.

Darío saca su navaja. León se acuclilla apoyado al poste. Junta las palmas de ambas manos, tensándolas por encima de una de sus rodillas. Darío pone un pie ahí, suelta todo su peso y escala rumbo al poste de luz. La técnica del ladrón, se le llama a eso, aunque se concrete con los fines más nobles. Darío alza ambas manos y se sostiene de las cuerdas con que ataron a la bicicleta. Se viene abajo sin zafar un centímetro la bici. León lo suelta con ligereza de bailarín.

—Va a ser un pedo. Hay que deshacer los nudos, imposible cortarlos.

—Traigo la escalera y nos quitamos de broncas.

—Para ganarse el pan ahora uno tiene hasta que profanar tumbas —dice León, nefasteado—, ¡chingo a mi madre!

Esto es peor que tu miedo de acabar recogiendo chatarra, ¡caraja cola verga!

Son macabros los tronidos que hace la escalera de aluminio al afianzarse abriendo sus piernas en el suelo. Darío se trepa. La procesión de toros pétreos lo malvibra, también. Consigue soltar la bicicleta. Consigue bajarla.

—¿No te parece, amigo León, que esas cajas de los repartidores del Uber son como los porta armaduras de tus Caballeros Dorados? —dice Darío, sonriendo, tratando de eliminar la tensión de tajo. Chamba es chamba.

El otro guarda silencio. Termina el trabajo y la lleva hasta la cajuela del vehículo, donde la reúne con el resto de bicis de la noche.

Una vez arriba del vehículo y esperando a que el motor se caliente, León se arranca con uno de sus monólogos, que más bien parecen la introducción a una caricatura japonesa, incluso modula su voz en busca de un tono épico propio de dibujitos:

—Es cierto que no hay mayor invento humano que un animal muerto, pasado por fuego y sazonado con deliciosas especias. Al principio de los tiempos el hombre salía de su agujero y cazaba lo que iba a zamparse ese día. Luego vino la agricultura. Paciencia, lluvias y orar. Civilizaciones enteras aprendieron los secretos de la cocina. Nacieron los antojos. Después, en un salto abrupto, hubo que formarse en una fila larga o corta en los pollos fritos. O bien esperar a que se desocupara un asiento en el mercado para ordenar un par de tacos dorados de barbacoa. Hasta ahí todo bien. Pero de un tiempo para acá, la gente que vive en los edificios con más de cinco pisos pide su comida desde el teléfono. Literalmente sólo mueven un dedo para hacerse de los alimentos diarios. No sólo son incapaces de salir a matar a la bestia que cenarán sus hijos, ya incluso están incapacitados de ponerse los pantalones y bajar las escaleras o picarle al pinche elevador para después caminar por la calle cuantas cuadras sean necesarias para llegar a una pozolería que atiende por turnos. Tienen hueva de mantenerse con vida. Y están los otros, los que llevan la comida de casa en casa. Como tú les llamas, Darío: Pípilas. Pípilas son. Héroes que cargan en su lomo apiladas cajas de picosas alitas sin hueso. Cada vez más gente se metió al negocio de llevarles comida a los que viven en pantuflas, de los que viven en un domingo sin fin. Cada vez son más los que se ganan el pan repartiéndolo. Repartiendo bolsas de estraza o cubiles de unicel manteniendo tibios alimentos fríos; comida tiesa, abollada y que no huele delicioso, que no hicieron con amor las manos de un clan de mamás. Hay repartidores en auto, en moto, en bici, algunos hasta entregan a pie, ¡o en metro! Los que necesitan y contratan sus servicios, además, los atropellan. Los matan como a una mosca. Los pasan de largo como a la mierda. Esto es injusto. Y es momento de decir: basta, es momento de vengarse.

Todas, ideas tan exaltadas como inermes; mismas que mañana Darío utilizará pero empleando sus propias palabras, las dirá en su lenguaje semi formal y sin groserías, más bien enfocándose en alimentar su perpetua insatisfacción, su disgusto de que el mundo sea tan hostil y poco fantástico.

—Nunca seas el conejo, hermano; nunca —concluye León.

Jamás de los jamases, piensan los dos al mismo tiempo.

—A continuación, gira a la derecha en ochocientos metros.

—¿Has oído, Darío, esa expresión de abuelitas que dice: Ya le cayó caca al pastel?

—Me encanta. Muy concreta.

—Se la imagina uno. Pero tengo una duda. Si le cayera caca al pastel… ¿lo tirarías todo a la basura o le recortarías las partes con mierda y te comerías el resto?

—No, pus qué pasó.

—Dime.

—A continuación, gire a la derecha en ochocientos metros.

—No lo había pensado. No sé. ¿De qué es el pastel?

—De lo que quieras. Un pinche pastel chingón. Con tu nombre escrito con chocolate.

—Tiene años que no como pastel —dice Darío, reflexivo.

—Yo le quitaría las partes con caca y me comería las que quedaron intactas.

—Ha llegado a su destino.

La calle Bayoneta en San Pedro de los Pinos no tiene sentido. Esto en el sentido más estricto de no tener sentido. No es como las demás calles de la ciudad o de las ciudades. Esa calle se tuerce, dando la vuelta en otra calle, y sigue llamándose Bayoneta. Pero luego se tuerce aún más y sigue llamándose así. Una calle que insiste en ser ella misma conforme uno la avanza. Y lo mejor: va a dar a un callejón sin salida. Un callejón sin salida en el sentido horizontal, porque sobre Bayoneta y sus dobleces están construyendo mucho edificio alto y nuevo. La quinta bicicleta seguramente la usó para llegar al turno de la noche un albañil. Ahí está, estacionada sin peculiaridades ni complicaciones. Casi se le puede oír roncar. Una bici que trepan a la unidad sin ningún inconveniente.

—Cambié de opinión —dice León—. A un pastel al que le cayó popó no lo tiraría completito, tampoco me comería los pedazos sin mierda. Más bien se lo daría a los perros de la calle. Total, a esos compas les gusta comerse hasta sus guácaras.

—Bien dicho, hermanito.

—¿Nunca te conté del perro al que manteníamos pedo allá en el barrio?

—Ahorita me cuentas. Unas Coca de piña, ¿no? ¿O qué?

—Va. Aprovechando que el Peri está a tiro de piedra.

—Hay que comprar los envases.

La calle Bayoneta, en sentido contrario, reitera su sin-sentido. Justo donde inicia o termina hay una miscelánea que atienden cuatro viejitas trasnochadas. León deja el auto encendido y se baja.

—Voy vengo.

Darío lo mira colocándose el cubrebocas. El zapatito de bebé brincotea bonito. Se alela observándolo. Hipnotizándose con su inocencia imposible de acariciar. Saca su teléfono y le manda otro mensaje de audio a Azucena. Ella no ha respondido ninguno en semanas.

La tiendita huele a cosas imprecisas. Y a gato. León saluda con una V en cada mano. En una televisión ahí, en un rincón del techo, están pasando a Cantinflas haciendo sus geniales babosadas. Hay una magia en esta transmisión ya que la película y el aparato son, los dos, en blanco y negro. Es como si un segmento rectangular del pasado siguiera vivo hoy en día. Los refrigeradores ronronean. Hay mininos atigrados entre las fritangas. Toma dos Cocas de seiscientos. Paga. El vuelto se lo dan en cuantas monedas puede fragmentarse el cambio. Cuando sale, mira a su colega hablándole con apasionamiento a la diminuta bocina del teléfono. El recuadro en su mano permanece iluminado varios segundos y después se apaga. La oscuridad impera de nuevo.

Estacionan la unidad en un tramo del segundo piso del Anillo Periférico. Hasta colocan conitos a cierta distancia para que los de tránsito no lleguen a chingar. Abren el cofre. Ya se la saben. A nadie estorban ahí. Hay un barandal donde estar tranquilos allá arriba. Un tramo del mundo sin bicis perdidas ni señal en los teléfonos celulares ni en el GPS de la empresa. Un punto ciego desde donde se aprecia a la ciudad antes llamada Distrito, la gigantesca laguna desaparecida, ciudad monstruo, ombligo de la luna. El segundo piso del Periférico desnuda a la capital. Paisaje de innumerables tinacos, como si fueran chipotes que les salieron a los edificios porque se golpearon el coco contra el cielo estirándose de más en su construcción. Los anuncios espectaculares están muy a la mano y es posible ver que la modelo no está tan guapa y que aquel emparedado no es tan delicioso. La publicidad ofrece una realidad esencialmente pixelada, difusa.

—¿Hace cuánto no vas al mar? —pregunta Darío.

—Ya llovió, carnal.

A los enormes cachos de puente, antes de que los ensamblen, se les llama ballenas. Darío lo sabe. Y viendo de frente a una de las ciudades más populosas de mundo piensa en los océanos. Se siente arriba de un inmenso cachalote. Él lo diría con otras palabras.

—No mames, está tibia esta chingadera —dice luego de darle un trago a su Coca-Cola.

—Esa tiendita es un túnel del tiempo. Creo que todavía tienen Raleigh y Soldaditos de Chocolate.

—¿Qué tiene que ver, mano?

—Pus que sus refris ya no sirven.

Darío bebe de forma muy peculiar. Se mete a la boca más líquido del que es capaz de tolerar y deja que el buche permanezca en su boca para ir administrando pequeños sorbos que le desinflan caricaturescamente las mejillas. A veces juega por varios segundos con el refresco o la chela o el agua corriente adentro de su boca. Eso lo hace desde que tiene uso de memoria.

—Fíjate que he estado soñando que despierto en mi cama y está completamente mojada. No puedo quitarme las sábanas de lo empapadas que están. Ya van cuatro veces en, no sé, dos meses que sueño eso. Quizá necesito irme un fin al mar. Un Vuelve a la Vida te resetea la vida.

—Yo sueño con encontrarme un diamante en una bici mal estacionada. O en medio de la calle, donde sea.

—De perdida a Tecolutla.

Esta vez fuman del porro que León guarda arriba de su oreja, entre saludables matas de cabello pintadas de un color amarillo horrible. Fuego, humo, saborearlo entrando y saliendo del organismo, una fresita de fuego en medio de la noche. En unos minutos todo se acomodará en el sitio que le pertenece. Así deben sentir los futbolistas antes de cobrar el penal. Fuman sabroso. Si un niño no puede conciliar el sueño detrás de alguna de esas ventanas, sin duda confundirá los tosidos de nuestro par con amenazantes gruñidos de monstruo. Regañona, la hierba sabe culerísimo. Panteon kush, le llama León a esa madre hecha de rescoldos que le regalan aquí y allá. Pasa volando un avión muy abajo. Suena como si estuvieran lloviendo dvds vírgenes. Humo copioso. Frío soportable. Los discos compactos se quiebran apenas tocan el suelo.

—Me gusta imaginarme que los tinacos en las casas son como chipotes en los edificios —dice Darío.

—Por andarse estirando se pegaron con el cielo —completa León. Riéndose de la ocurrencia. O más bien imaginándosela.

León bebe refresco como lo hacían nuestros padres: dándole un bajón de media botella al frasco de un solo sorbo, quemándose la garganta en busca de la sensación revitalizadora de los anuncios televisivos. Hablando de anuncios, en los dos que tienen enfrente, el de pan de caja multigrano y el de ropa interior de dama, en ambos Darío imagina que es Azucena la modelo. Tanto la ama de casa como la chamacona con el texto alburero.

Ya, abiertamente, la verá en todos lados, como una maldición.

—No soy mucho de ir al mar —dice León—, me quemo raro. Disparejo. Mi papá jamás me enseñó a nadar. Nos dejaba a mí y a mis hermanas agarrados de una dona entre las olas y se iba a beber a escondidas de mi madrecita. Quizá sólo lo hizo una vez, pero fue muy traumatizante. Mis hermanas y yo llorando en medio del océano agarrados a un flotador.

—Ah, sí, te decía. Sueño que la cama está empapada. Pero nada más la cama. Todo lo demás en mi cuarto sigue seco. Es muy desesperante. Me levanto bañado en sudor. También he estado soñando con Azucena un chingo. En mis sueños sí habla. Pero habla un idioma que no entiendo.

—No son horas de acordarse de la dama perdida, jefe.

—No es inglés ni francés. Pinche cerebro, me mete el pie. Mi propio cerebro me pone el pie.

—Un día vamos por unas micheladas, a ver qué se arma; le presento a las de mi cuadra. Yo, al chile pelón, es raro que sueñe.

—Sí sueñas, pero no te acuerdas. Todos soñamos.

—Yo nel.

—Sí, cabrón. Sueñas.

—Cero. ¿Te gustan darketas? Una nalgótica satanicona y jamás volverás a pensar en Azucena en tu vida. Eso es lo que necesitas.

—Pérame. Te estoy contando que sueño que despierto en una cama toda pinche mojada. Empapada como si la hubieran metido al mar y luego la hubieran metido a mi cuarto.

León se acaba la Coca-Cola. Eructa sonoramente. Darío vierte en el suelo lo que le quedaba de aquel líquido de opacos reflejos. Media botella, prácticamente. Se bajan el cierre, toman sendos envases vacíos y colocan la punta ahuecada de sus ñongas en el pico de la botella de plástico. Mean haciendo ruidos de satisfacción. León trae el porrito entre los labios, exhala mientras le calcula, para no salpicarse.

—Ah, claro; te iba a contar de la perrita a la que poníamos bien peda. Wei, estaba hermosa. Nadie le puso nombre pero a todos nos trataba distinto. Era de esas que son de la misma raza que el Scooby Doo.

—Grande.

—Enorme, parecía la armadura de Pegaso. Y en la vecindad a todos nos daba risa darle lo que había quedado del pomo de la noche anterior. El animalote estaba hasta sus huevos diario. Se murió de eso.

—¿Cómo que tu papá los dejaba en medio del mar? Qué pedo con eso.

—Sí, wei; pinche loco. Mezclaba brandy con peyote. Se ponía bien puesto, el culerillo. Me acuerdo perfecto de estar agarrado fuerte del flotador viendo a mis hermanas llorar mientras el mar nos mecía. ¿Ubicas esas donas negras que rentabas por hora? No sé si aún existan. Al chile, no pasó nada pero de todas formas mi jefita le armó un broncón. Vomité las diez horas de regreso desde Guerrero.

—Mi papá atendía un carrito de botanas a granel sobre Paseo de la Reforma. Le iba bien porque esa calle siempre está llena de oficineros. Total que llegó a tener tres carritos, uno por glorieta. En el Ángel estaba yo, en La Diana mi hermano gemelo y él en la palmera. Yo me pasaba todo el día, sin ningún tipo de supervisión adulta, vendiendo chetines y cacahuates enchilados o habas enchiladas. Si llovía o hacía frío o el viento se ponía perrón, estaba yo solo. Una vez hubo un simulacro de sismo y yo hice mi agosto vendiéndoles botana a los oficinistas que abandonaban los edificios como hormigas a las que les mearon el agujero. Pon tú que de mis ocho años hasta los once fue así.

—Mi padre vendía gas de cuadra en cuadra. Gritaba *gas* de cuadra en cuadra. Me llevaba consigo desde morrito para enseñarme. Alargaba tanto la letra *a* que acababa siendo una prolongada *e*. Su voz era la de un ángel de esos que sólo son cabeza y alas, nada de cuerpo ni ombligo ni patas.

De pronto ambos se sienten como escuincles que oyen ruidos raros a la mitad de la noche y se esconden debajo de sus cobijas. No es necesario decirlo cada noche, ambos lo saben, sus padres no están vivos ya.

—El trabajo de los papás es cagarla.

—Sí, wei. El trabajo de los papás es cagarla. Nunca mejor dicho.

Darío recarga, perfectamente cerrado, su envase de Coca-Cola con meados en el segundo piso del Periférico. León en cambio saca su teléfono, prende la cámara, activa el flash y le pide a su amigo que le tome una foto. En el retrato sale muy feliz señalando con una mano el envase mientras con la otra lo sostiene orgulloso. El putazo de luz le da a la orina una tonalidad más que áurea, con detallados collares de espuma. Sube la imagen a todas sus redes sociales picando un solo botón. Acompaña la imagen con un pie de foto: "Sí existen!!!! Las legendarias coquitas de piña existen. Cálenle. ¿Quién quiere hacer buches?".

Debido a la hora, nadie le dará like sino hasta que se haga de día.

—A chingarle, amigo.

Regresan al auto. Impera el ambiente de cine mudo pero, mientras el motor se calienta, León canta muy alegre:

—Cómo extraño mi terruño hermoso metido en la cordillera… esperando que llegué la hora de regresar a mi tierra.

—¿Y ora?

—¡Ah, cabrón! ¡Me la pegaste!

A más de un peatón sobre Paseo de la Reforma le provocaba un falso *déjà vu* la presencia de dos niñitos idénticos atendiendo carritos de botana a granel a sólo un monumento patrio de distancia. Las mocedades de Darío son eso: abandono. Abandono en las calles de un mundo en el que se hace de noche con aplastante y lenta prisa. Prefiere no clavarse tanto. Si hoy viviera su padre, tampoco le reclamaría gran cosa. Diez pesos de gomitas. Diez pesos de lunetas. Diez de chocolates con chochitos. La infancia se le fue en eso. Si descuidaba el changarro un segundo aparecían mañosas ardillas interesadas en robarse una fritura. El miedo a las ardillas también sigue vigente.

—Roedores, a fin de cuentas —dice en voz baja.

—¿Mande?

—Que qué pedo con tus gustos musicales.

—Esta rola es cabrona. Safaera, patrón. Es la nueva *Carmina burana.*

—Está muy culera, carnalito. Tiene partes que ni parecen la letra de una canción. Qué chingados, ya no le echan ganas.

—Pero es el gran himno del covid. Salió justo el 2020, cuando todo mundo estaba encerrado en sus casas, ¿te acuerdas? No había ni perreos clandestinos en ese momento. La culósfera no la bailó sucio. Piénsalo así: nadie la bailó rodeado de mil personas sudadas. Las morras la bailaron frente a sus espejos. Es un himno.

—¿Bailas frente al espejo de tu casa?

—Todo mundo cree que debieron esperarse a sacarla cuando ya no hubiera pandemia. Pero pues no. Los tiempos de dios son exactos.

—Si tu novio no te mama el culo… ¿Ese es tu himno?

—En dos kilómetros, gire a la derecha.

—Historia pura. Además, con todo respeto, tú te prendes cuando ponen "La chispa adecuada".

Aunque la siguiente bicicleta está dentro del territorio permitido, fue colocada en un sitio que no. Cerca del Tláloc sobre Paseo de la Reforma afuera del Museo de Antropología e Historia. Los grillos, presentes, ubicuos e incapaces de sincronizar su escándalo, le recuerdan a Darío que está muy intoxicado. Baja, para recaudar la unidad, él solo. Silba y camina sin prisa. Mira el palo de los voladores de Papantla, de noche sólo es un alto tronco clavado tontamente en el suelo.

Pocas cosas tienen sentido para nuestro Darío en ese preciso instante. Se queda pensando, por ejemplo, en la voz de la Princesa Diana. A pesar de que siempre está llevándolos por diferentes calles, suena idéntica todo el tiempo. Diana dice las indicaciones viales sin modificación alguna en el tono, timbre e intención. Es como escuchar a un muerto. Sólo las máquinas son capaces de repetir igualita una palabra. Piensa también que eso es muy fantasmagórico porque las palabras están vivas. Pero evolucionan como los pokemones que León "caza" a todas horas. A los orientales hay que decirles asiáticos, el Parque Ahogado siempre ha sido el Parque Hundido para el resto de seres humanos. El papá de León gritaba *gues* veniendo el *gas*. Es muy extraño todo esto. Ya de cerca, el tronco de los voladores de Papantla sí tiene sentido. Erguido en medio de la noche expresa un peculiar respeto hacia la naturaleza y el universo. Darío fue tentempié del mosquito en la cabina. Las ronchas en su cuerpo le dan comezón, pero es una comezón linda, pues confirma su existencia en el mundo. Posee un cuerpo rodeado de vida. Darío imagina que, si se pudiera dibujar con una pluma el trayecto del mosquito en el aire, el resultado sería muy parecido a la letra con bolígrafo de Azucena. Los mosquitos vuelan escribiendo. Y en este multitudinario idioma seguramente, por puro azar, aparecen partes del libro de los kamikazes o por qué no, del diario de su ex, el diario de la mujer que lo abandonó. Ni siquiera es que haya leído todo el diario de Azucena. Ella lo dejó fuera de su cajón y a él se le hizo fácil, desvelado y regresando de recoger bicis una noche como esta, abrirlo al azar y leer una línea. Tal como la sudamericana le sugirió. Abres el libro que sea en la página que sea y lees una línea al azar. Lo que leas es tu destino. La línea que leyó Darío en el diario de Azucena también se le aparece en todo lo escrito. Al lado de la modelo de lencería y al lado del anuncio de pan. En los letreros que señalan el nombre de las calles, en las primeras planas de la prensa alburera y sádica, en el vuelo invisible de los mosquitos enamorados. Todas las palabras escritas en el mundo dicen una y otra vez esa frase viva y secreta que sus ojos leyeron y entendieron el día que la vida se le vino abajo. Es lo malo de la mariguana. Te pone introspectivo, pero con todo en contra. Es momentáneo. Un umbral que se atraviesa respirando. Caminar hacia la bicicleta. Respirar. Llevársela leve. Siempre es leve. A lo lejos Tláloc tampoco tiene mucho sentido. Pinche giba en medio de la noche. Ya de cerca el dios de la lluvia, el relámpago y los terremotos sí luce espectacular. Enorme piedrota de agua celeste iluminada desde abajo.

El cabrón que plantó la bici ahí, la dejó adentro de la fuente de agua. Literalmente: a los pies del protector del museo. Darío va a tener que meterse en la fuente para ir por ella. Gajes del oficio. Se descalza y arremanga los pantalones del uniforme. Trepa por la superficie afortunadamente chaparra. Le sorprende lo tibio del agua. Apenas si le llega al tobillo, pero él siente que de repente caerá en un profundo cenote oculto. Siente que despertará en una cama cruelmente empapada.

Me arrepiento de todas las veces que cogí con Darío.

Esa es la única línea que leyó en el diario de Azucena.

¡Está escrita en todos lados!

De sus ojos salen lágrimas. La barbilla le tiembla. Arde el nombre de Azucena cicatrizado en tinta en cachos distintos de su piel. ¡En qué cabeza cabe tatuarse lo mismo tres veces! Los zapatitos de bebé en el auto son los del hijo que jamás tendrán juntos. El crío que jamás aprenderá a caminar debido a que lo abortaron chuscamente. Quisiera ser devorado por aquella fuente de agua pero no. Plano y cálido es el camino que lo lleva a la bici. Siempre le ha parecido que su cerebro le salió malito. Su hermano mellizo acaparó las grandes ideas. El GPS les va dando instrucciones para llegar a diferentes lugares sin modificación alguna en el tono, timbre e intención. Así hablan los aparatos. Los aparatos y los muertos.

Así pasa con las frases célebres, también. Hay palabras que están escritas en piedra y otras en la arena. La frase celebre de su relación con Azucena, la línea con que será recordada esa historia de amor que le fue y es tan significativa, es esa monstruosidad que leyó, aunque no debió haber leído. Azucena, eternamente muda, mandó toda la vida de Darío al carajo con una línea que jamás dirá en voz alta. ¿Qué hacer ahora?

¿Esperar?

Él sería el conejo con tal de volver con ella. Se arrojaría al fuego, ofreciéndose como alimento, sin dudarlo un solo segundo.

Siente que, en la campana que cuelga donde inicia su garganta, hay una fresa incandescente; algo que quedó encendido y que, con sólo respirar, se aviva. Siente el sabor acre de la mota de León entre el paladar y el cerebro. El agua de la fuente trepa por sus pies, su sangre hace lo que se espera de ella. Tibias, ambas. Las lágrimas que salen de los ojos de Darío arden rico y son paulatinas. Reírse por nada o prestar profunda atención a algo, se vuelven importantes opciones que él descarta en un segundo. Su madre lo conduce por los pasillos de una fayuca laberíntica. Sirve diez pesos de pepitas, diez pesos de gomas con chile. Él respira y respira. Darío quiere respirar aún mejor, nadar, correr, aprender a manejar una bici, tener súbitas alas invisibles o majestuosas, en los tobillos o en el lomo. Quiere sustentarse con gruesas raíces que pacientemente devastarán el concreto de una calle. Quiere echar humo, ser nube, desenfocarse. Rasguñar algo. Dividirse en muchas partes aquí y allá. Ser el frío en la piel. Quiere sorprenderse ante la belleza de la vida en auge, maravillarse por los cambios tan milimétricos y kilométricos de una nube. Estar en todo pero sobre todo en los colores, ¡eso!; anhela emanar su esencia junto con los colores. Los colores de un moretón o los colores de un charco o los de un amanecer. Confirmarse de golpe, como la película en blanco y negro que ven en una arcaica tele en blanco y negro. La sangre y las lágrimas intercambian funciones en todo el cuerpo de Darío y él respira como por primera vez. Sonríe. Pisa por accidente una piedra con cierto filo. Esta maldición que es caminar en un mundo donde jamás residió el hijo de dios. En este piso tan terriblemente terrestre sólo hay frescas cacas de perro y piedras que exhiben sus ángulos más incisivos. Grita una peladez en medio de la noche. Su pie descalzo pisó una piedra filosa y el viejo Tláloc vuelve a probar con devoción la sangre. Aquí todo es flashback. La noche se vuelve tremendamente madura. Al Dios del siniestro, el aguacero y los cohetes se le pone la piel de gallina planeando imponentes lluvias asustapendejos.

La bicicleta está a un paso. Darío jala el manubrio hacia sí y el claxon ahí enquistado suena. Los grillos se han sincronizado. Hay un brindis planetario entre las cosas y el viento. Cae una gota. Sólo una gota en todo este tramo de eternidad cae desde el cielo y aterriza en la frente de Darío. Plup. Es una caricia tan majestuosa como poco pasajera. El ruido del claxon asusta a las aves del rumbo. Vuelan, camufladas de noche, confiando en sus alas como si aquello fuera poca cosa.

Tláloc, el Pulque de la Tierra, trae puesta una lona azul a manera de cubrebocas. Esto aterriza a Darío a su realidad de recogebicis. Se abofetea un par de veces, deseando así interrumpir el reposo de su hermano gemelo. Todas las noches se droga hasta el hartazgo para que el otro no descanse ni un solo segundo de la noche, para que tenga sueños bien raros, ramilletes de pesadillas, hipos que no hay susto que quite. Vasos comunicantes, etcétera. Regresa al auto, coloca la bici en la cajuela. Respira. Ha estado lloviendo en toda la ciudad, pero casualmente no donde están ellos, es como si le pisaran los talones al aguacero. Avancemos, se dice. Llévame lejos de esta noche, Princesa Diana.

Sube a la cabina.

Javier tose. Dormido, tose hasta despertarse. Tiene que incorporarse, caminar hasta la cocina sin hacer ruido y, de nuevo, pasar agua del pesado garrafón al tembloroso vaso. Ya de vuelta en cama, en su cerebro estalla una inoportuna tentativa de jaqueca. Seguida del, también inoportuno, antojo de una torta cubana. Hasta mal del puerco prevé, bostezando. Tose sin fin.

A los mosquitos se les habla golpeado.

—Ya valiste verga, compa —exclama León y suelta un golpe con la palma abierta en el tablero.

Esto provoca que suelte el volante un par de segundos y que la unidad haga un extraño abrupto que regresa a Darío a la realidad. También los zapatos de bebé brincan del espejo y se pierden entre las cosas inciertas que hay abajo del asiento de copiloto. Hubo evento en el Auditorio Nacional y justo en ese momento van saliendo las muchedumbres con el corazón exaltado.

—No le di.

—No lo mates, León; que nos pique. Tan fácil que sería que abras la ventana, si no.

El insecto ha esquivado con agresiva naturalidad los constantes amagos de asesinato. El vehículo se detiene ante la verbena. De pronto los rodea un mar de cabezas. Todas haciendo gestos que duran apenas si un segundo. Gestos contradictorios, indómitos, inestables como olas del mar. Cada ser humano, una ola. Incluso agitan a la unidad. Avanzan a vuelta de rueda. El vehículo tembeleque, el insecto sobrevolando cerca de las orejas. Los puestos de *souvenirs* son embudos que se estorban entre sí. Darío mira por la ventana y alguien le ofrece una camiseta pirata pegándola a la ventana. Todos en aquel muégano traen puesto un cubrebocas. Es una visión muy profiláctica del *Jardín de las delicias*. Alrededor del auto la gente baila y canta, al unísono, un coro infrecuente. Corren, avanzan. Irán a beber por ahí. La vendimia es lo único que va quedando. Lo que costaba trescientos hace siete horas ahora está en cien. Así como afuera del cementerio hay pétalos muertos, aquí hay cubrebocas pisoteados. Grupos de amigos se toman fotos. Una mujer vomita en las escaleras de piedra. Darío y León avanzan a vuelta de rueda.

—Aquí hay un buen gimnasio pokemón —dice León y saca su aparato, aprovechando que la unidad no avanza un palmo.

Darío ve unas manchas plateadas en sus brazos y manos.

Es como un moho en la piel.

Se le sube la sangre. Ya le dio.

No entiende en ese momento que se trata de la pintura fresca en la bici del repartidor difunto que tuvieron que bajar del poste. Más bien piensa eso, que ya le dio. Una enfermedad nueva y compleja le acortará la vida. Todos los días a los sobrevivientes del 2020 les dan al menos tres enfermedades nuevas y asesinas. Generación ciscada.

Se ondea. En silencio se ondea.

Ya repuesta, la chica que vomitaba en la vía pública se parece mucho a Azucena. La muchedumbre exaltada saliendo del concierto se conforma de Azucenas de todas las razas, alturas y características físicas.

—Ya me dio, León. Ya me dio. Es el fin.

—¡Ya te cargó la verga! —grita el otro.

Con agilidad, toma el libro y lo asesta contra el parabrisas. El mosquito muere aplastado por un mocerío de honorables kamikazes. Entra el frío, no se sabe por dónde. En el techo queda el fiambre del insecto. León aplasta el dedo contra el cadáver del mosco y observa la manchita de color rojo en su pulgar entre el desorden de alas o antenas, centímetros ambiguos y un tórax.

—Mira, Darío. Nuestra sangre junta. ¿Puedes creerlo? Nuestra sangre estaba junta adentro del mosquito.

Hablando de insectos, hace rato, cuando estaban en el segundo piso del Periférico, pasó, además de lo ya narrado, lo siguiente. En el porro estaba caminando una displicente catarina justo cuando León iba a acercarle la flama. Esto les encantó. Hablaron de cómo antes, en la ciudad, había más de esos animalitos. Los adultos decían que era de buena suerte que de pronto apareciera una encima de la tarea, el balón de futbol o la mica en los lentes. Pequeños puntos rojos con aún más pequeños puntos negros. Evocando apariciones, León le pasó el inquieto animalito a su amigo juntando las yemas de sus dedos puercos. Ahí, donde unas horas después se reunirían sus sangres. Y la catarina avanzó de un ser vivo a otro. Una peca con voluntad, diligencia y caótica prisa. Darío movía la mano al ritmo que el animalillo le iba imponiendo. Torció su antebrazo, tomándose muy en serio el súbito papel de planeta.

Esto pasó y no lo recordarán en días posteriores.

La minucia aquella abrió uno de sus compartimentos, dejando ver un acordeón de alas, y con ello, la posibilidad de salir de las vidas de nuestros héroes. Ante este pavor, Darío le devolvió a León la mariquita. Él la cautivó amorosamente en la concavidad de su mano, entre toses y viendo a la ciudad jamás alcanzar un punto de paz.

El vehículo se mete a diferentes fragmentos de noche. Innumerables ambulancias los rebasan y a veces hasta desvían. De repente un camión de bomberos los obliga a orillarse.

Darío piensa que, a diferencia de las frases de la Princesa Diana llevándolos a la siguiente bici, el fuego con que se enciende un cigarro, todo el tiempo es irrepetible. Ninguna de sus formas o danzas o siluetas se repite. Jamás en toda la Historia Universal I y II se ha repetido una flamita. Son como vidas, le dice algo al fondo de su cráneo.

En un alto, León saca su teléfono celular y googlea el nombre de la chica desaparecida. Dinorah. Le salen fotos, ilustraciones, carteles, más fotos. Memoriza el rostro de la desaparecida. Lo memoriza para, a lo largo de la noche, buscarla con la misma asiduidad con que están buscando las bicicletas.

Plaza de los Compositores. Apenas llegan se dan cuenta de que hay una pachanga en plena vía pública. Chingo de chavitos echando cuba en vasos rojos. No son un puñado de escuincles peligrosos, todos tienen peinados raros y tatuajes que parecen recién hechos. Las mujeres usan gabardinas con estampados de animales que no existen. Leopardo rosa y jirafa fluorescente. Cosas así. Darío se va metiendo entre la muchedumbre de *skaters* y *rollers* ya entonados, busca la bicicleta anaranjada. Se da cuenta de que su presencia desentona enteramente con la de aquel grupo de jóvenes enfiestándose. Y sin embargo es como si él fuera el núcleo de la reunión. Le abren el paso, lo rodea el murmullo. Esto ocurre muy cerca de la Condesa, prácticamente es territorio permitido. Si la hubieran dejado estacionada dos cuadras más en cualquier dirección no hubiera sido necesario ir por ella. Bicicletas que duermen donde serán utilizadas mañana.

—Esto está raro —dice en voz baja detrás de su cubrebocas.

Alza la mirada y ahí está la bicicleta, arriba de un pedestal. Boca abajo. Es decir: los manubrios como base y las ruedas panza para arriba. En ese pedestal estaba el busto de un compositor, esto lo asume porque la placa conmemorativa sigue empotrada en el bloque de piedra. No entiende bien qué pedo, Darío. Es decir: en vez de escultura, esos chamacos meados pusieron una Mobike. Como si fuera un monumento a la bicicleta. ¿Es eso?

En los demás pedestales sí hay esculturas de compositores celebres. Todos con pelucas de payaso. Pinche mariguana de León. Darío confunde monólogo con diálogo. No entiende nada. De pronto cada uno de los compositores ahí instalados en perpetua efigie le canta un cachito de su canción más característica. *Vengo a cantar para ti la canción que aprendí a la orilla del mar. Si dios me quita la vida antes que a ti, le voy a pedir ser el ángel que cuide tus pasos.* Es como si el cerebro de Darío fuera una estación de radio de peluquería. *Porque el chorrito la salpicó y sus chapitas le despintó.* Jóvenes rodeando a Darío. De pronto, es un hecho, todo gira en torno suyo. Azucena: solo sin tu cariño voy caminando, voy caminando y no sé qué hacer. *Porque el destino manda y tú sabrás un día perdonar esta verdad amarga. Quiero ver a qué sabe tu olvido sin poner en mis ojos tus manos.* Qué pasa, Darío; estás valiendo madres. *Mejor trabaja, ya levántate temprano. Con sueños de opio sólo pierdes el camión.* Darío canta para sus adentros: *Cómo extraño mi terruño hermoso metido en la cordillera.* Todos los compositores que lo rodean, desde su pedestal, serán recordados por una línea. Consiguieron la posteridad con una mísera línea. Y él habla y habla y piensa y piensa. Sólo está abonando a su olvido en vida. *Si tu novio no te mama el culo,* decía la extraña canción de León. Oír tales marranadas en la radio pública hacen que Darío se sienta viejo, no entenderlas lo hace caducar de golpe.

De repente todos los asistentes comienzan a aplaudirle. Le aplauden y le toman fotos. Un sujeto exageradamente chaparro y que huele delicioso se acerca y le da la mano. Todo esto está siendo filmado por innumerables cámaras en el celular. Traen enormes lentes oscuros aunque faltan horas para que salga el sol. A ver si no mañana se vuelve viral o se burlan de él porque está barrigón o lo editan para que parezca que está apoyando a un partido político. Baja la bicicleta anaranjada del podio de piedra pensando que, en este mundo, aunque uno no quiera acaba siendo parte de cualquier mafufada.

Se aleja con la bicicleta a cuestas y el grupo se dispersa. Todos se montan en sus patinetas y desaparecen. Darío no sabe si formó parte de un *performance* artístico, de alguna moda de internet o si aquello fue un delirio de pacheco o una superchería propia de *La mano peluda*. Pinche mariguana de León, sería lo mismo fumarse una jerga para los pies.

Qué satisfactorio es modular la velocidad del viento que te da en la cara girando, hacia un lado o hacia el otro, una manivela. Sube y baja la ventana. Sube y sube y baja. Baja hasta desaparecer devorada por una ranura. Diana les va dando un enraizado árbol de indicaciones —imperativa voz nada afectada— y llegan a ese nervio expuesto de la Narvarte melancólicamente llamado Cumbres de Maltrata. Notoria línea de la mano en la palma de la Ciudad de México. La recorren sin prisa. Es Darío el que viene jugando con la ventana.

A León le pasa algo muy peculiar: no se ubica. Es que donde antes estaba la panadería ahora hay otra panadería con otro nombre, donde antes estaba la farmacia de las tres tías ahora hay un sitio de tacos árabes; la tienda de biblias, santos a escala y cristos fue absorbida por los helados La Michoacana que ahora se llaman, también, de cualquier otra forma. León no se halla. Las dos glorietas se le presentan como una misma. Embrollo de calles sin señas particulares. La ciudad: inquietas ramas de un árbol que creció sin tronco. Hay una sucursal de los Tacos el Infiel en donde estaba un edificio que tiró el último terremoto. El infiel Jr. León no sabe dónde está. No reconoce nada. Es Cumbres de Maltrata. Sigue llamándose así según los letreros. En aquella puerta, subiendo un grupo de escaleras muy empinadas, vivía la primera novia de León. Ahora hay ahí un edificiote de esos con letreros de "Se renta" cada dos ventanas.

—Ahí vivía… ¿cómo se llamaba? —se dice a sí mismo en voz bajita.

Darío no lo escucha. Viene abismado viendo a Azucena en los pósters publicitarios de las películas que estarán en cartelera a corto plazo.

Bruma. Niebla. Oscuridad en blanco. Como de hecho pasa en las Cumbres de Maltrata veracruzanas. León siente que los algodones de la evocación le rodean. Imagina que llega a casa y todos los apagadores de luz fueron cambiados de pared. Como si a un mapa se le cortara en muchos pedacitos y luego con él hicieran el papel maché con que se envolverá el jarrón interno de una piñata. Ahí estaba un taller mecánico y ahora es un sitio de alitas. La casa de sus abuelos ahora es un estacionamiento público. La farmacia donde compraba condones ahora es una pizzería de cadena. Miles de negocios y sitios donde fue feliz ahora son otra cosa. Desparecieron para siempre, entregando una ciudad completamente distinta.

Darío sube el vidrio del auto. Lo baja, lo baja, sube, sube aunque ya está enteramente cerrado. Dos ranuras lo contienen. La manija no da para más. León se estaciona en una de las orillas del Parque de los Venados, parque donde jamás ha habido un venado. Es él quien debe bajarse a pescar la unidad anaranjada abandonada ahí. Ya abajo, la sensación de no reconocer nada a su alrededor es aún más grave. Siente que camina en un pedazo del futuro. Camina hasta la delegación. ¿Cuántos goles no anotó ahí de chavo? Vivía a esa altura, pero sobre Lázaro Cárdenas. ¿Cuántos goles no anotó ahí de adolescente en porterías de suéteres hechos bola en el suelo? A pesar de que la explanada es un terreno baldío de cemento, a pesar de que no hay nada ahí que el tiempo haya modificado dramáticamente, tampoco lo reconoce. Pinche mariguana que le regalan sus compitas del barrio, sería lo mismo fumarse una jerga para los pies. Mas León no le ve el caso a mal viajarse.

La bicicleta está ahí, recargada en medio del paisaje yermo. Caminando hacia ella, enciende su teléfono y abre su jueguito. El mundo real es evolutivo y dolorosamente inasible… pero en Nuevo New León todo está en orden. Todo está tal como lo dejó la última vez que revisó. Lo que es más: han incrementado sus puntos y posiblemente mañana podrá comprar el estadio de beis techado. Esto le da cierta tranquilidad. Millones de homúnculos viven y se pasean en el mapamundi que él administra con su dedo oponible. La nueva línea del monorriel estará terminada para mañana a esta misma hora. Ha creado un chingo de empleos en los últimos días. Saca el porro, se da otro toque largo y meditado, luego carga la bici y regresa a la unidad donde, una vez más, cacha a su *coworker* mandándole un audio a su esquiva ex.

—Vuelta en "u" en ochocientos metros. Vuelta en "u" en ochocientos metros…

—¿Sabes? Mi primera novia vivía aquí —dice León.

—¿En esa casa naranja?

—No, cómo crees. El edificio que tapa el árbol. Ese. El de la lona azul.

—Están rentando deptos. ¿Cuánto cuesta vivir aquí?

—Impagable.

—¿Y la morilla?

—No me acuerdo cómo se llamaba. Pinche memoria a corto plazo me la está arruinando el vicio, caray.

—¿Perdiste la virginidad en esta calle?

—Simón. Bueno. Yo y muchas otras personas. Ese no es el punto, profe, qué pasó.

—No me digas así.

—Total que todas las calles son pura cogedera. ¿Sí o no?

—La verdad es que yo sólo me acuerdo de lo que es hacerlo con Azucena. Las de antes no dejaron huella ni nada.

Les deseo el bien, obvio. Pero Azucena me veía a los ojos mientras hacíamos puercadas. Nuestras miradas hacían su propio porno. Ahorita ya ni estoy seguro de tener ojos en la cara.

—No te claves, no elijas el camino del caos. Todo se arreglará.

—Nada se arreglará.

—¿Y no hay una morra nueva, alguna velita prendida, un *match*?

—Un *match*, dices. Nunca la había tenido tan poco parada en mi vida, León.

—Bueno, como digas. Cada quien sus cubas. Ahí atrás en ese domicilio me chifló la taparrosca por primera vez. Saqué el atole de varón. Me desquintaron…

León hace literatura a placer. Manipula el lenguaje para conmemorar su presumible pérdida de la virtud. Aunque ambas ventanas permanecen cerradas, ellos tienen las orejas heladas. Noche madura y barnizada con ese frío capitalino que más bien ensucia. Frío que entra al interior de los coches por los huequitos menos pensados. El frío de los recuerdos gachos, el frío que mata a los que viven en la calle, el frío que viene a la mente cuando se piensa en el miedo.

Darío mete la mano debajo del asiento, palpa el suelo de la unidad buscando la botita tejida. La extraña. Debajo del asiento de copiloto está húmedo, ondulado, esquivo. Hay envolturas de fritanga, encendedores ya sin gas, moronas endurecidas, hojas de árbol y los mecanismos más íntimos de un auto, calientes. No encuentra la botita danzarina del bebé más hermoso de todos los tiempos.

—Vuelta en "u" en un kilómetro. Vuelta en "u" en un kilómetro…

—¿No estábamos ya por la Condesa? ¿Qué pasa hoy?

Hay un embotellamiento sobre la lateral. Están relativamente cerca del cementerio donde empezó la jornada. Noche confusa, en efecto. Ellos no lo saben aún, pero se cayó el metro de la Ciudad de México. Diana los está paseando. Ven una fila larga de autos que no avanzan.

—No. No te formes. Han de estar arreglando. Échate de reversa y agarramos Bolívar.

Suena la alarma que implica ir hacia atrás. León se lo toma con calma, muerde un mondadientes imaginario imitando a su papá metiéndose de reversa. El coche que va llegando atrás de ellos es uno de esos vehículos compactos que más bien parecen un postre. En el espejo retrovisor, Darío nota que se trata de una conductora, joven y pálida, al teléfono. Ella se ve forzada a también aplicar la reversa. Dos vehículos yendo, a la par, hacia atrás; cortejándose en su idioma de aparatos creados por el ser humano.

Aparece un camión de redilas a toda velocidad. Quizá una mudanza a deshoras. No fue notoria su existencia por culpa del chipote visual generado por el Viaducto en cada uno de sus cruces.

El camión de redilas golpea el auto manejado por la mujer. Es un impacto seco. Más un faje mecánico. El madrazo suena en sordina, pero muy a detalle y próximo. Como dientes rechinando. El coche da dos vueltas y se estrella contra una chaparra barrera de contención.

León estaciona la unidad en chinga. Ambos bajan del coche cada uno por su lado, propulsados por fuerzas elásticas invisibles. Corren al automóvil de la chica. Aun a pesar del jaleo, el coche parece un tentempié, un chocolate de esos que vienen en cajas con detalladas ranuras por pieza.

Ya sin metáforas, el ojo administra:

Darío ve que la conductora trae puesto el cinturón. Nota que respira. Ve que no hay sangre. Abre la puerta. Le pregunta si está bien. Mentalmente chulea el auto. Lo apaga. Coloca la palanca de cambios en segunda y lo enciende. León empuja desde atrás. Sus dedos dejan huella en el polvo. Muerde el mondadientes falso. Hace un silbido especial que sincroniza el latido de sus corazones. Freno de mano suelto. Pie desde afuera en el embrague. La chica se despierta, anonadada y con secas lágrimas negras de rímel escurriéndole por las mejillas. Repite un nombre en diminutivo. El semáforo pasa de rojo a rojo. El camión de redilas desaparece a lo lejos.

—¿Estás bien? —pregunta León.

—Mi teléfono —responde ella.

El aparato, quebrado en mil pedazos a la mitad de Bolívar, recibe una ultimísima notificación que lo enciende más allá de sus posibilidades. Todo para jamás encenderse de nuevo.

—¿Estás bien? —pregunta León.

—Mi teléfono. Mi teléfono —responde ella.

El barrio enciende sus luces. De ramalazo, la oscuridad se hace muy presente y adhesiva. También se abre una puerta y luego otra. Son los chismosos. Son las chismosas. Gente con las marcas de las almohadas en los rostros. Se crea una muchedumbre inútil y despeinada, una repentina barrera de vecinos en pijama queriendo ver qué pasó. De entre los huecos que forman sus cuerpos apoltronados van saliendo una, dos, tres abuelitas. Traen en la mano bolillos y, en los ojos, soluciones. Esa noche nadie morirá en ese cachito de colonia Álamos. Ayudan a la chica a bajarse. Le aproximan el teléfono celular destrozado. Rezan al unísono sin ponerse de acuerdo. Ocurre una misa temblorosa: velas encendiendo otras velas. Son seis o siete ancianitas que duermen con la misma ropa con que de día les preparan el desayuno, la comida y la cena a sus respectivos árboles genealógicos. Dulces, serenas, perfectas. Rodean el auto. Una ya fue a la esquina para avisar si viene patrulla. Otra más duerme al nieto que trae en brazos al mismo tiempo que le pregunta a León qué pasó. Una viejecita marca por teléfono a su sobrino que tiene una grúa. El pedazo de pan menos chicloso ya está en las manos de la chica del accidente. La conminan a que lo muerda. Sabe delicioso, le sabe a vida. La calman con palabras de afecto, le revisan los raspones, palpan su frente buscando chipotes. Donde ellas hacen lo suyo, brilla una luz. Que les centellearan halos sobre el cráneo sería el colmo. Unas manos huesudas se acercan a León y él les entrega la llave del auto. Acto seguido: las llaves ya están en manos de la jovencita del accidente. Ella llora y un pañuelo con encaje salido de la nada le ayuda a deshacerse de sus mocos. Las abuelitas actúan con una velocidad propia de otras épocas de la vida. Darío observa todo ciertamente paralizado. Una de las madrecitas se acerca a él. La luna parece un detallado pezón que tiene frío.

—Váyase, mi rey; váyanse con el favor de Dios. Antes de que llegue la patrulla y les echen la culpa o les quieran sacar una feria.

—Nosotras vemos ahorita qué onda con la señorita.

—Esto es suyo, creo.

Y le entrega el zapatito de bebé en la mano. Sin mácula ni estambre suelto. Darío piensa en el hijo que jamás tuvo con Azucena. Lo imagina bailando descontrolado, brinca y baila por la simple razón de que está vivo. Jamás existirá. Salvo en la imaginación de nuestro héroe. Qué frágil es la psique humana. Huelga mencionar que Darío fue educado para no llorar. Demostrar sus sentimientos está prohibido para el bloque humano regional que él representa.

Regresa con León y se dan un sonoro apretón de manos. Felices por haber ayudado, se alburean y pormenorizan lo ocurrido en lo que el motor se calienta.

Luego de darse un largo toque, con la unidad estacionada en el segundo piso del Periférico, León y Darío aprovecharon, como cada noche, para lavarse los dientes. Cada uno trae su estuche con cepillo y pasta, enjuague color azul eléctrico. Imaginémoslos a los dos haciendo buches frente a una ciudad que no cabe en un abrazo. Darío es muy estricto con las muelas de hasta atrás, lo hace de acuerdo al canon de aseo noventero con todo y *jingle* televisivo. León se lava pésimo, un dentista le diría que eso que hace y no lavarse son lo mismo. Escupiendo la espuma hacia los coches que pasan abajo, León tuvo otro de sus monólogos, según él, de personaje de caricatura japonesa.

—Hasta parece que no nos tocó sobrevivir a una pandemia. Pinche covid, hijo de la gran perra. Enfermedad gitana. Todas las superficies y manijas de puertas y autos eran foco de infección. Todos podíamos matar a nuestras mamás porque tocamos un billete o el torniquete del metro o le dimos la mano a alguien. Ya sé que uno no puede tomarse personal algo que afectó y sigue afectando a todo mundo, pero a veces siento que yo provoqué el mal. No me mires así. Déjame explicarte, porque así nomás suena a plática de pacheco. Yo ya estaba hasta mis huevos de la forma como la vida avanza. Estaba. O bueno, estoy. Estoy hasta mis pinches huevos de que la vida sea como una de las líneas del metro. Todos seabemos que después de Taxqueña viene General Anaya y luego Viaducto y sigue Portales y así hasta la Normal y Popotla y luego Cuatro Caminos ya hasta el final. Y va de nuevo. Y va de pinche nuevo. Una y otra y otra vez. Esas son estaciones del metro, pero desde hace mucho tiempo a la vida nos la dan así. Como un constante *otra vez* de todo. El Súper Bowl sesenta, los Óscares, el Día de la Madre, el nuevo Batman, la Liguilla, el pan de muerto, rosca de reyes, árboles de Navidad y Santa Closes inflables en octubre, películas de sustos todo el perro año, agringado Día de Muertos. Y luego va de nuevo: el Súper Bowl pero ahora el número sesenta y tantos, los Óscares, el Día de la Madre, etcétera, etcétera… La vida no es eso, carnal. No es esperar a la siguiente estación del metro. ¿Me explico? No hay que estar esperando el Clásico Español o la nueva de Harry Potter, porque en ese estarlo esperando se nos va el tiempo bien gacho. ¡Se nos va la vida! La vida que no es corta como dicen. O sea, sí es corta pero también es ancha; así como te gusta. Total, Darío, que yo pedía constantemente que se detuviera un poquito el mundo. Que no hubiera nuevos arcos de animes al menos por un tiempo, que no hubiera nuevos posibles Messi ni mejores consolas de videojuegos. Yo quería que el mundo se detuviera un ratito. Yo creo que fuimos tantos los que pedíamos a gritos un *aguanta vara,* un *estate quieto,* un *aguántame las carnes* que se nos cumplió. Era necesario detener todo. Hicimos una Genkidama pero en negativo. Por eso digo que fue mi culpa. Tanto anhelé con ponerle el botón de pausa a esta chingadera. Un paréntesis donde descansar un rato. Ya luego todo se descontroló. Yo vi que mucha banda se sintió víctima de una injusticia. Había banda muy asustada, otra muy enojada, otra muy cachonda, muchos subimos de peso o empezamos a beber y fumar diario. Sabes que pienso seguido en tu papá. Al menos se lo llevó esa pinche enfermedad en cinco días y no tuviste que ver cómo la baba se le caía de la boca o no podía lavarse solo la cola. Para concluir, Darío querido, mi jefecito y profesor: creo era necesario que nos acordáramos que tenemos una razón para vivir. Y esa es seguir vivos. La enfermedad nos dio un motivo nuevo. Y es vivir… nos acordamos de que tenemos que vivir. El destino nos dio la chance de encerrarnos en nosotros mismos y tener un par de reflexiones nuevas. Sólo eso: pensar una o dos cosas que jamás se nos hubieran ocurrido antes. Ahora la enfermedad está cediendo y lo que hicimos fue volver alegremente a nuestra vida de línea del metro. Qué triste. Mira ese anuncio de la nueva película del Hombre Araña.

Darío desearía tanto escribir esto que oye, pero usando sus propias palabras. No hay pluma, no hay papel cerca. Sólo su memoria y su cerebro aterido de tanto pensar en Azucena y de tanto trabajar inagotablemente sobre la Tierra codiciando sus frutos.

Azucena se le sigue apareciendo, impresa en tamaño monumental, en cada anuncio espectacular que suple al firmamento allende estrellado. Está vendiendo pan de caja o cerveza sin alcohol o sugiriendo encarecidamente que votes por ella como diputada de la Miguel Hidalgo. En un espacio de ciudad sin anuncios, ataca a Darío una inmensa necesidad de mandarle otro mensaje de audio a su ex. Uno más. Cavila en qué decirle. Ahora qué.

Todas las noches, desde que tronaron, Azucena recibe dichos mensajes pero hasta ahora no le ha respondido ninguno. Si somos francos: da la impresión de que no le está costando trabajo deshacerse de él. La palomita que indica que el mensaje llegó se colorea de azul. La palomita que indica que el mensaje ha sido escuchado se colorea de azul también.

—Es muy probable que estemos bien pinche perdidos —dice León en un tono incluso calmo—, no sé dónde me metí mal.

—Vuelta en "u" en diez kilómetros. Vuelta en "u" en diez kilómetros…

Azucena, en un abrir y cerrar de ojos, ya no necesita gestos humanos en qué metamorfosearse. Ahora el cielo es ella, también la tierra. También todo y sus colores. Ella lo traicionó y él sigue viendo sus manos en las largas sombras de todos los árboles. Recrea los suaves arañazos que de esos dedos salían. Los cables de la luz son sus líneas de la mano. La imagina viva detrás de cada departamento, aunque estos estén evidentemente vacíos y con su letrero de "en renta". No hay cocinas ni salas ni recepciones ni oficinas del jefe ni cafeterías ni estéticas unisex: detrás de todos los vidrios Azucena duerme con otro. Todas las puertas que se van sucediendo, una tras otra, Azucena las abre para salir o entrar múltiples ocasiones durante el día. Hasta las bicicletas que recogen a lo largo de la noche fueron abandonadas y mal estacionadas por Azucena. En todas las azoteas ha colgado ropa mojada o pensado en arrojarse, en cada parada de camiones esperó el primer y el último autobús del día, en aquel muro hizo ese grafiti. Las volutas escurridas de pintura también son ella, sus lágrimas. Los autos que a las tres de la madrugada insisten en ir a sitios, todos los maneja Azucena. Darío se mira las manos. Son las manos de Azucena. Calles que se llaman Azucena, León con la cara de Azucena. ¡La luna!, hasta la luna es el detallado pezón de Azucena.

—Me estoy ondeando —dice.

—Ahorita me ubico, tú aguanta. Todo es ciudad de todas formas.

—Vuelta en "u" en trece kilómetros. Vuelta en "u" en trece kilómetros…

—Me estoy ondeando, cabrón.

León baja la velocidad. Ya de por sí iba sin tanto impulso.

—Abre la ventana. Que te pegue el aire, mano. Tranquilo. Respira. Igual ya hace hambre. Cómete mi torta.

—No. No. Ahorita. Estoy bien. Dame tres segundos. Estoy perdido, León.

—Tranquilo. No entendí por qué subiste la ventana. Tranquilo. Baja el vidrio. No te mal vibres, ¿pa qué? Si te está dando la pálida ahorita la arreglamos. Pero tú tranquilo.

—Veo a Azucena hasta en la sopa.

—Pus wei, sáltate directo a la milanesa.

Darío siente como si toda la saliva que traga fueran más bien los gargajos y tosidos de su padre por las madrugadas. Aprieta los ojos para no llorar.

—Llévame con ella.

—Óilo al bato.

—Azucena…

—¿Te conté de mi primera chamba? Obvio sí. Como ya sabes, trabajaba en un cine. Primero limpiando salas y después me pasaron a dulcería. Por suerte, porque la gente deja todo hecho un chiquero. Condones, guácaras, sangre… de todo tuve que trapear. Pero ese no es el punto. Me sorprendía mucho que, aunque nadie comprara boletos para una función ellos a huevo tenían que proyectar la película para la sala vacía. Si no había espectadores, de todas formas se pasaba la pinche película para nadie. Batman encabronado y rompiéndole su madre a medio mundo para una sala oscura y sin un alma. Thanos eliminando a la mitad de la especie humana pero nadie se enteró del genocidio, porque todos los asientos estaban desocupados. Imagínate ese loquerón. Respira, mano, respira. A partir de ahora tu morra va a ser como una película que pasan en el cine para nadie. No estarás ahí para verla. Ella seguirá viva y comiendo rico o enfermándose de la panza y le saldrán canas y se desvelará empedando, seguirá tomándose fotos en el espejo. No hay de otra, mano. Así será ahora. Entender eso debería tranquilizarte.

Darío se asoma por la ventana. No. No lo tranquiliza.

Darío no tiene ni idea de cuánto tiempo ha transcurrido en los últimos quince minutos. Se abismó. Un recuadro luminoso enmarcado en metal le provoca manchas del encandilado. Detrás de las fieras de luz, en el póster de un Refugiatón, una jovencita está a punto de darle un trago a un vasito de probióticos. Sus ojos no son los de Azucena, su nariz menos. No tiene la comunicación corporal de Azucena cuando bebe de un envase minúsculo. Su cabello es completamente diferente al de Azucena. En una de esas hasta se llama, azares del destino, Azucena.

—Quiero verla otra vez en todos lados. Necesito más porro, León. Ayúdame —comenta Darío.

—Ya no traigo, caray. Nos la acabamos.

—¿Cómo va a ser eso?

—No hay. Duérmete un rato, hermano. De la pálida a la eriza en un segundo.

—Vuelta en "u" en veinte kilómetros. Vuelta en "u" en veinte kilómetros…

Hay cola de trasnochados esperando turno para cenar tacos en El Papá de los Infieles. Taquería que se encuentra al ladito de El Hijastro y enfrente de El Otro Infiel, no el de la esquina sino el enorme de dos pisos. En todo caso, León encuentra donde estacionarse afuera de El verdadero Infiel, una cuadra más adelante.

México, hasta en tus taquerías hay bastardías.

Aprovecha que Darío está completamente dormido para sacar su porro y darle un par de llegues. Fuma, bien agarrado del volante con una mano, la otra rascándose profundamente los sobacos. Qué rico se siente el motor aún encendido de la unidad haciendo temblar todo el armatoste. Fuma con ganas, como si una fuerza superior tuviera la intención de quitarle el cigarro entre los labios. ¡Dios queriéndole arrebatar los labios y la garganta!

Deja el humo encerrado en la cabina para que a su compañero le dé el borregazo y se aliviane jetón un ratillo.

Hay que recoger una bicicleta anaranjada estacionada en algún lugar entre los establecimientos. León observa aquella verbena. Camina entre el humo de carne. Sonríe y se arremanga el mono fluorescente.

Busca a la chica desaparecida, Dinorah, entre los comensales.

Nada.

Ve, en cambio, la bici; recargada a un árbol.

—A continuación… vuelta en "u" en treinta kilómetros. Vuelta en "u" en treinta kilómetros…

Darío ronca como hombre prístino y el ambiente de cine mudo adentro de la cabina desaparece para siempre. Al vehículo le gusta estar por fin a solas con León y avanza a una velocidad que no le conocíamos. Él revisa sus barrigonas ojeras en el espejo retrovisor. La noche ha estado pesada. Están sobre avenida de los Insurgentes. La palanca de velocidades se siente como al soplar un espanta suegras. El volante es de gelatina. León maneja la unidad por el infierno, pero los lugares, no entiende por qué, tienen nombres de calles. Aunque están bien afianzadas por separado, las bicicletas en la cajuela chocan entre sí en cada bache, en cada frenón; suenan como si una comitiva de ciclistas se estrellara en un feísimo y aparatoso accidente.

—Vuelta en "u" en treinta y un kilómetros. Vuelta en "u" en treinta y un kilómetros…

El teléfono de Darío brilla de repente. Chisme puro.

¡León necesita saber qué mensaje le acaba de llegar!

—Hay de dos sopas. Es Azucena que por fin se dignó a contestar o es… Bueno, sólo hay de una sopa porque de madrugada no te hablan del banco.

—Vuelta en "u" en treinta y un kilómetros. Vuelta en "u" en treinta y un kilómetros… - le responde, categóricamente, Diana.

Si lo que hizo vivificarse al teléfono fue Azucena, tendrá que despertar a Darío. No quiere verse a sí mismo en esa situación. La unidad ruge. El teléfono no se desbloquea ante la jeta de León. Él lo apunta hacia el rostro contaminado de cansancio de su compañero y, ahora sí, el aparato abre sus compartimentos, se descubre como una fruta ya sin cáscara.

—Es una notificación de que te estás quedando sin megas y tienes que depositar una lana o te la vas a pelar enormemente —le dice León a su dormido compinche—, si necesitas internet para seguir mandando audios yo te presto el mío, vaya.

Son profundos los ronquidos de Darío, parecen salidos directamente de la Edad Media. León pone, podría decirse que accidentalmente, su dedo gordo en el icono del mensajero instantáneo. Se abre WhatsApp. Lo que ya sabíamos y León ya se imaginaba: chingo de mensajes de voz desatendidos enviados a Azucena. Es prácticamente un monólogo. Cosa extraña: en su fotito de contacto aparece aún abrazada a él. Sonriendo los dos.

—¿No que lo dejaste por otro? Al chile… eso no se hace, morra. Pero pues cada quién.

León acciona los primeros mensajes de voz que Darío envió cuando la noche estaba jovencita. Esa procesión de recados es su telenovela diaria. Todas las noches los escucha apenas el otro se jetea. Se pega el aparato a la oreja.

—Cámara, Azucena. Estoy en el panteón que está por casa de tus tías. ¿Quién me habías dicho que está enterrado aquí? A tiro de piedra me queda la taquería El Infiel 2, ¿te acuerdas de que cuando empezamos a echar pata, saliendo del hotel sobre Lázaro Cárdenas íbamos a cenar ahí? Nunca pude comer tantas gringas como tú. ¿Quién era el muertito enterrado acá? ¿Me lo recuerdas? Ese pinche hotel de paso ahora es una pozolería de esas de cadena. Qué poca madre, Azucena.

Como una culebra de fichas de dominó, los subsecuentes audios se escuchan uno tras otro, acodándose como bicicletas que chocan sus cuadros. Entre cada mensaje hay además un rutilante timbrazo.

—Cámara, Azucena. Estoy en el Parque Hundido. ¿Te acuerdas de que fue aquí donde me dijiste que no te había bajado en dos semanas? Aquí. Justo estoy enfrente del reloj este que tanto te gusta. ¿Te acuerdas de que te esperaste a que sonara la rolita que toca cada hora para decirme que íbamos a ser papás? Yo sí me acuerdo. Digo, ya sabemos lo que pasó. El aborto chusco, como siempre le llamabas tú. Es chistoso. Sólo tú sabes que yo a este parque le digo como le digo. Perdóname por haber leído tu diario, mi vida. No sé qué estoy diciendo. Te extraño. En toda la ciudad te extraño. Ya no quiero seguir recorriendo las calles cada noche. ¿Te acuerdas de las Tortas Polo? Están aquí al lado. Aún existen. Sobreviven a tanta y tanta mamada. Es que son deliciosas. Falta mucho para que haya otra vez de romeritos —y luego de un silencio…—. No sé qué voy a hacer el resto de mi vida sin ti.

La voz de Darío se escucha primero nítida y melancólica y luego más y más afectada:

—Me está cayendo el veinte de que quizá jamás volvamos a intercambiar las mitades de una torta. Tú cubana, sin mayonesa ni rajas ni huevo ni pierna; como te gusta. Y yo de cualquier otra cosa que se te antoje ese día. No hay mayor invento humano que un animal muerto pasado por fuego y metido entre dos panes, pero ya sin ti, ¿qué chiste, Azucena? Está muy muy de la fregada todo.

Justo después de ese mensaje, Darío le pidió a León que lo persignara.

—Vuelta en "u" en treinta kilómetros. Vuelta en "u" en treinta kilómetros…

—Azucena. Mi cielo. Pienso en ti. Esta calle sobre la que vamos se llama Patricio Sanz. ¿Te acuerdas de que le queríamos poner Patricio a nuestro hijo y luego nos pareció que Patricio Estrella había arruinado ese nombre para siempre? Y tú propusiste Kevin, que es el nombre de tu padrastro. Pero no hay calles que se llamen Kevin *algo* en toda la ciudad. No hay una calle que me recuerde al hijo que no pudimos tener juntos. O mejor dicho a uno de los muchos hijos que pudimos tener juntos porque si era niña queríamos que se llamara Luz. Y aquí cerca está Luz Saviñón. Estoy en medio de Patricio Sanz, completamente perdido, pensando en ti.

—Vuelta en "u" en veintisiete kilómetros. Vuelta en "u" en veintisiete kilómetros…

La sangre adentro del cuerpo se vuelve algo irrelevante. León pisa el acelerador. Avenida de los Insurgentes deja de tener norte o sur.

—León se persigna cada que pasamos afuera de una iglesia. Así le hacía mi papá. Yo hubiera querido persignarme cada que te quitabas la ropa. Cuando pasamos afuera de una iglesia me persigno mentalmente, te imagino desnuda y oro por ti. Por la criatura que tuviste adentro de ti cinco meses. Ese ser en tu panza tenía mis características y las tuyas pero, así como se las dimos, las perdió de madrazo. Una cáscara de plátano en el camino cambió nuestra vida para siempre. El chusco aborto. No estoy bien, Azucena. Ayúdame. Sólo quiero que me respondas una pregunta. Una.

—Vuelta en "u" en veintisiete kilómetros. Vuelta en "u" en veintisiete kilómetros…

—Cámara, mi cielo. Estoy pensando en ti. ¿Te acuerdas de que fuiste al casting para salir en un anuncio en la tele pero eligieron a otra? Así me siento. ¿Qué nos pasó, amor? ¿Te acuerdas de que me decías *Imagínate que soy ella* en todos los anuncios? Querías estar en todos los comerciales de la ciudad y me decías, meneando tus manos frenéticamente, que tú lo hubieras hecho mejor que todas esas modelitos argentinas que nos asedian desde los pósters y letreros. Sí… tú debiste ser elegida en todos esos castings de los que regresabas llore y llore.

—Vuelta en "u" en veinte kilómetros. Vuelta en "u" en veinte kilómetros…

—Azucena, mi amor, ¿te acuerdas de que siempre decíamos que hacía falta ponerle pausa al mundo? Quizá lo dijimos tanto que se nos hizo realidad. Y entre todos provocamos la pandemia. ¿Lo has pensado así? Corto el mensaje porque ahí viene León cargando una bici y anda de jeta, yo creo que no ha cagado.

Darío ronca provocando que una mariposa aletee en el lejano Oriente. La voz de Darío en el aparato ahora se cuela entre las grietas de un llanto sin lágrimas.

—Estaba acordándome de la vez de los sellos. ¿Te acuerdas? Estabas calificando las tareas de tus alumnitos con esos sellos clásicos de animales. "Platica mucho", y el sello de unos cotorros. "Impuntual", y una tortuga. "Desaseado", y un cuinito en su porquería. Y mientras tú estabas concentrada yo te empecé a poner esos sellos en los hombros. El de

"No hizo la tarea" te lo puse en las nalgas. Y el de "Mala conducta" en el cuello. Y nos dio mucha risa y hasta tú me pusiste un par en las muñecas como si fueran sellos que te ponen al entrar a una discoteca. ¿Te acuerdas? Esa noche cogimos, pero a la mañana siguiente no se quitaba la tinta. Y tú tenías una sesión de fotos en traje de baño que tuviste que cancelar porque los sellos eran de tinta indeleble y se te borraron hasta como al mes. Y nos reímos, pero tú más bien estabas que te cargaba la chingada. ¿Cuánto tiempo trabajaste de maestra suplente? Pareciera que fue hace mil años.

—Vuelta en "u" en diecinueve kilómetros. Vuelta en "u" en diecinueve kilómetros…

—Ay, Azucena. Estoy bien cerca de los mariscos que te encantan y que están enfrente de las carnitas que siempre te dan diarrea, pero bien que le entras. Esa salsa verde en la que yo vi nadar demonios con todo y trinche. Me acuerdo como si fuera ayer que me la embarré sin querer en el cachete. Y me lamiste para limpiarlo. Sonaba la canción esa que traigo pegada. La rola esta que me taladra el cerebro desde que me levanto hasta que me duermo. Y sólo soy capaz de recordar un cachito, el que habla de extrañar. Te extraño tanto. ¿Vamos a volver a estar juntos?

El hombre cuya voz afectada sale de un aparato es el mismo sujeto que está ahí al lado de León, roncando en horario laboral.

—Hace frío hoy. ¿Te acuerdas de esa vez que nada te quitaba el frío? Bajé a pedir más cobijas y no se te quitaba. Estábamos en Silao. Siento que las seis horas de carretera hasta allá fueron nuestras mejores seis horas de corrido de todos los tiempos. Era nuestro primer viaje juntos. Oímos canciones un ratote y luego simplemente me diste una carta. Me tuve que detener en la siguiente gasolinería para leerla. Con una letra hermosa me contabas lo que tu primo hizo contigo cuando estabas muy niña. Lloramos abrazados. Despuecito de ese viaje empezamos a salir bien, formales.

Y luego lo tuve que abrazar en Navidad. A él. Un abrazo de cinco segundos que me atormentará para siempre. Y en la boda de tu amiga hasta pagué por una foto donde estamos tú, yo, tu primo violador y su novia de aquel entonces. Y me acuerdo de que te lo hice, el amor, como queriendo meterme encima de ti para quitarte el frío pero aun así temblabas y tus manos estaban heladas. No se te quitó la piel china jamás. Estábamos en el Bajío. De las pocas veces que viajamos, Azucena, de las pocas veces que viajamos. Me hubiera encantado verte de pie en el primer escalón de todas las pirámides que hay en México o comiendo panuchos o con lentes de sol en cualquier malecón. Me habría hecho un hombre muy feliz verte comprándoles pescadillas a los que las venden caminando por entre las playas de México. ¿Por qué nunca fumamos mota juntos? ¿Por qué no me fui a pasar la cuarentena contigo al pendejo Chihuahua? Quizá todo sería diferente ahora.

—Vuelta en "u" en veintisiete kilómetros. Vuelta en "u" en veintisiete kilómetros…

León se extravía en un laberinto que es una interminable línea recta. Acelera. Está contento. Maneja sin la idea de que va hacia un sitio, sólo avanza, manipulando el vehículo avanza. Se pega el aparato a la oreja.

—Creo que León nomás está manejando a lo pendejo. A veces siento que la vida es como estar atrapado una y otra vez en una interminable línea del metro que se repite. Primero está Taxqueña y luego General Anaya y luego ya es otra vez Navidad y día de la Madre. Y antes de que te des cuenta ya estás otra vez en Taxqueña. Ya ando medio mariguano, no me hagas tanto caso. Esta noche, las bicicletas están todas mal estacionadas, es irreal y estoy harto. Quiero renunciar. Necesito un descanso. Vámonos por ahí. A donde tú digas, aunque me endrogue con el banco.

—Vuelta en "u" en veinte kilómetros. Vuelta en "u" en veinte kilómetros…

—Por favor, responde. Aunque sea con un emoji. Algo. Estuvimos un chorro de tiempo juntos y, ¿no merezco ni un pinche emoji de chango?

—Vuelta en "u" en veinte kilómetros. Vuelta en "u" en veinte kilómetros…

—Azucena. Me estoy acordando de esa vez que, estando descalza, pisaste una cucaracha. Fue un accidente. Y ya luego no querías alzar la pata. Y si no la alzabas yo no podía limpiarte o quitártela de entre los dedos. Corrí a prender la luz y luego por unas servilletas a la cocina. Y cuando regresé tú seguías con el cadáver del insecto debajo de la planta de tu piecito, no te moviste ni un centímetro. Estabas casi casi como estatua de angelito rezando. De pie encima de la cucaracha. Y te vomitaste encima. Puro verde, nada de comida. Asco, te daba mucho asco lo que estaba pasando. Y yo te quité el vestido que traías y te limpié el cuerpo con una toalla mojada y luego te puse tu pijama y tú seguías sin querer alzar el pie con la cucaracha muerta ahí abajo. Yo me imagino que sentías como cuando el helado trae un pelo. Las uñas te las acababas de hacer y eran moradas con brillos, galaxias de a veinte la pieza. Ya ves cómo me acuerdo de todos los detalles. ¿Qué te acuerdas tú de esa vez? Capaz que para ti más bien esta anécdota es algo que quisieras no recordar nunca. Se nos hizo de día tratando de sacar a la pinche cucaracha de debajo de tu pata.

—Vuelta en "u" en dos kilómetros. Vuelta en "u" en dos kilómetros…

—Azucena. Algo que nunca te dije: en una fotografía me sentí a tu altura. En una foto del chingo de fotos que nos tomábamos diario cada uno con su cel y subíamos al Face para que las vieran tus hermanas. Sentí que estaba a tu altura. Pero tú pusiste una cara como diciendo: Ay no, esta bórrala. Y la borraste tú desde mi cel. La imagen se perdió para siempre. Aunque la tengo adentro del corazón, enmicada como menú de fonda, pero se perdió para siempre.

Y yo me veía guapo, viéndote. Salía viéndote y en mis ojos en vez de dos bolas negras había dos corazones. Ese día sentí que sí caminaba yo en la misma tierra que Dios.

—Vuelta en "u" en dos kilómetros. Vuelta en "u" en dos kilómetros…

—Cómo extraño mi terruño hermoso metido en la cordillera… Esperando que llegue la hora de regresar a mi tierra. En el valle de las penas estoy metido… ¿Te acuerdas de lo que nos pasó oyendo esta canción, Azucena? La íbamos a bailar en nuestra boda. No mames. Yo no puedo pagar ni un pendejo centro de mesa… tú te mereces globos enormes y una pista de baile inmensa, pollo con mole…

Y retoma la canción por un rato, entre hipos y, en partes, tarareada. La canción es interrumpida por una ambulancia cuya sirena estruendosa se acerca y se acerca hasta que de plano cubre íntegra la voz de un Darío ya muy intoxicado.

—Pues tienes toda la razón en algo: en el valle de las penas estás metido.

León pone de nuevo el aparato en el asiento, al lado de su compañero recogebicis. El auto avanza. De todas maneras no había más mensajes después de ese. Sólo el silencio de Azucena. Silencio espeso, cruel y rotundo.

—Vuelta en "u" en un kilómetros. Vuelta en "u" en un kilómetros…

—Qué necesidad de comprar dolor a plazos —dice León en voz alta.

—¿Entonces qué propones, León? ¿Hacerle, así como tú, y no crecer? ¿Amar como un adolescente toda tu vida? —le responde Diana, con su voz de robot a punto de estallar en llanto.

—Pues sí. No crecer.

—Vas a morir, ¿te acuerdas?

—Me acuerdo mucho, pero del juego de Piedra, Papel o Tijera. Supongo que no lo conoces. Cada quien hace una señal con las manos y entre todas se anulan. "Piedra" es puño cerrado, "Papel" la palma abierta y "Tijera", una uve con estos dos dedos. Bueno, entre ellas se matan. Pero nunca faltaba, cuando estaba yo chavo, el vivales que decía: *¡Volcán!, ¡Volcán!*. O aun el más chiludo que hacía: *¡Agujero Negro!* La opción de Agujero Negro estaba muy pasada de verga. Invencible. Bueno, creo que la vida de adulto es jugar Piedra, Papel o Tijera pero con el dinero, el amor y los logros. No se puede tener las tres, por fuerza una debe fallarte. Con *logros* me refiero a que tu equipo sea campeón o que te nombren gerente regional o ese tipo de cosas. Amor y dinero, pues se explican por sí solas. No lo acepto. No acepto esa vida. Renuncio a madurar, quiero ver mis caricaturas todos los días y creer que hay humanos entre nosotros que son reptilianos. Quiero ver la batalla en la casa de Virgo, completita, un día antes de que me muera o de que me fusilen.

—Humanos. Bzzt. No pueden soltar su retromanía ni mucho menos lidiar con su desordenado presente pero romantizan sus últimos días vivos. ¿Ya pagaste tu recibo de internet, meco? Mejor para de mamar y gira a la derecha en quinientos metros.

—¡Agujero Negro, Princesa Diana! Eso elijo: Agujero Negro.

—Gire a la derecha en trescientos metros.

Darío duerme como un bendito. León estaciona el vehículo donde dios le da a entender. Se baja del auto. ¿Qué calle es esa en que está? El aparato le dice que hay una bici anaranjada ahí a unos cuantos pasos. No hay nada. Es la bicicleta que todas las noches busca, sin encontrarla. No existe. Camina lentísimo, desconfía de cada paso. Darío mira hacia abajo y ve al planeta Tierra flotando en una oscuridad absoluta e intensa. Destacan aquí y acá, un ramillete de estrellas, ardiendo por sí solas. Se queda perplejo. Dudando de su lucidez se frota los ojos. El vacío prolongado no lo malviaja. Tranquilo, negocia consigo mismo. Tranquilo, carnal. Te metiste a un lote baldío o ve tú a saber dónde. Saca su teléfono y le manda un mensaje de audio a León:

—Darío: no mames, wei. Estás dando las nalgas por una chava que ya renunció a ti. Eso está mal. Entiendo que a partir de que ya no estás con ella vas a tener que modificar tu vida y la forma en como la vives. Los lugares que te laten, a qué hora te duermes, hasta la forma en como le llamas a los pajaritos va a cambiar. De todo lo que viviste con ella no queda ya nada. Pero no te claves, wei. La vida avanza. Deberías estar emocionado de que aún no conoces a la que será el amor de tu vida. No sabes qué le deparará la vida a tu corazón, culero. Eres un gran sujeto, un hombre que todos los días se para a chingarle. Y pues, cabrón, qué te digo. Este mundo es una fábrica de cadáveres, un *borrón y cuenta nueva* constante. Noche tras noche tú y yo nos damos cuenta de lo que se pierde, somos testigos de todo lo que se extravía en la ciudad para siempre. No estoy hablando nada más de los negocios que cambian de giro. Todos los días nos enfrentamos a una ciudad nueva. Sus habitantes están amándose y tronando todo el pinche tiempo. Por doquier. La gente coge detrás de las ventanas y luego ya no. Y luego coge con alguien más. Es ley de vida. Y por eso te digo que la vida sigue, mano, somos parte de un engranaje perfecto. ¿Has visto las tripas de un reloj? Pus así mero. Acuérdate de que el tiempo es la forma como nombramos a nuestra incapacidad de entender al infinito. Tu relación con Azucena vivirá para siempre dentro de ti. Aquí lo importante es que te des cuenta de cuál es tu papel en ese engranaje: si eres una piececita tembeleque o si eres una pieza dientona chingona. Eso depende enteramente de lo que hagas con tu vida, wei. Yo te puedo afirmar que en mi vida eres muy importante y que si te mando este mensaje es para decirte que salgas adelante de tus problemas emocionales, porque espero que cuando yo los tenga en el futuro tú estés ahí para decirme lo mismo. Yo todas las noches descubro y comprendo cosas distintas gracias a que estamos juntos. Repito: deberías estar emocionado de que aún no conoces a la chava que será el amor de tu vida. Sabes que estoy para ti. La próxima vez que quieras mandarle un audio a Azucena, mejor mándamelo a mí, cuéntame dónde estás y qué recuerdos te trae ese sitio. No importa si estoy a tu lado, ¿me cachas?, para la otra que quieras mandarle un audio a ella mejor mándamelo a mí. Siempre es leve, Darío; acuérdate que siempre es leve.

León suelta voluntariamente el botón que graba su voz en ese mensaje de audio, sin haberlo enviado, y todo el monólogo anterior se extravía para siempre. No hay forma de recuperarlo.

El sonido del auto vibrando detrás suyo lo regresa a la superficie del planeta.

Se dice a sí mismo *Va de nuez* y comienza un nuevo mensaje de voz:

—Las cosas que importan te van a pasar, carnalito. Lo que importa, lo tendrás enfrente. Aunque vivas en el peor rincón del mundo, serás manoseado por la belleza. En vivo y en tu idioma, un día entenderás todo. Sentirás que dios te habla viendo el hueco de un balazo o el humo que sale de un cazo de carnitas o a la última catarina de la ciudad caminando por la muñeca de tu compa. Lo que importa está en todos pinches lados. Si eso se nos olvida, valemos para pura verga. La vida no es culera, dejemos de pensar eso. Siguen pasando cosas bien chidas todos los días. Siguen naciendo bebes, sigue gente haciendo música, siguen existiendo colores y olores, las metas, las risas y los besos. Yo entiendo que estás valiendo pito por tu morra. Pero, wei, así es a veces. Azucena no era para ti. Todo existe porque va a terminar. Aliviánate.

Ese mensaje tampoco lo manda.

Las salas de cine en las que León trabajó en algún momento de su vida estaban en el piso cinco de un centro comercial incrustado en un enorme edificio de departamentos. Los jueves, haciendo sus servicios sociales, iban una nutrióloga por las tardes y una terapeuta por las mañanas. Siempre y cuando no interviniera con el horario laboral, podías hacer uso de cualquiera de las dos prestaciones. León siempre pensó que eso de los psicólogos era para asesinos seriales o para riquillos con insomnio. Sin embargo, una compañera con rastas con la que fumaba mota en las escaleras de emergencia le recomendó que tomara una sesión, la doctora tenía unos tatuajes muy chingones y le estaba ayudando a superar sus traumas de la infancia. León hizo cita y se presentó recién aseado y con el cabello embarrado con el gel de su papá, hasta los zapatos se los boleó saliendo del metro. La chava no le pareció tan bien tatuada, sus rastas eran de un color verde imposible y además era de su misma edad. Es decir que ambos eran alarmantemente jóvenes como para hablar de traumas y miedos con inexplicable origen pero que ocurrieron podría decirse que ayer. Las sesiones se desarrollaban en el cuarto de proyección de una sala chirris destinada exclusivamente al cine de arte. Un sitio solitario donde era fácil agarrar confianza.

De esa primera vez, se acuerda que ella le dijo que se sintiera cómodo, que le contara *cosas*.

—¿Qué cosas?

—Pues las que tú quieras.

—Me sorprende que haya cines en el piso cinco. Estamos adentro de un edificio pero podría decirse que estas son pantallas de cine flotando entre las nubes. Es tan fantástico que yo digo que por eso mismo a nadie sorprende. Piénselo, podemos ver una película sentados en un lugar en medio del cielo. En general creo que somos muy malagradecidos con el pedazo de futuro que nos ha tocado vivir a los humanos de inicios de siglo. Digo, no hay autos voladores aún, pero en este aparatito en mi bolsa caben tres mil canciones.

—No ese tipo de cosas. Más de las que sólo platicas contigo mismo antes de dormirte, pon tú. Por ejemplo… ¿qué opinas de la muerte?

La mente de León estaba en las manos de una estudiante de Psicología que más bien hubiera preferido estudiar para ser nutrióloga. Además era jueves, es decir que León estaba crudísimo.

—¿La muerte? No quiero hablar de la muerte. Mi amiga me dijo que te cuenta sus traumas de la infancia.

—¿Quién es tu amiga?

—La Marley.

—Ahhh. ¿Así le dicen a Laura? Comprendo. Cuéntame tus traumas.

—A ver. ¿Mis traumas de la infancia? Ahí te van. Cuando Isaac de Kraken le borra los recuerdos de su madre a Cisne Hyoga. Cuando Dragón Shyriu se arranca los ojos para vencer a Medusa. Toda la Saga de Asgard; aunque hoy en día dicen que no es canon, es mi favorita. Que algo no sea canon es como que realmente no sucedió. Aunque como usted y yo sabemos, pues ninguna caricatura japonesa sucedió realmente. ¿Qué más? Traumas, traumas… El día que vi hentai por primera vez me voló la cabeza, me la pasé dibujando penetraciones toda la semana. Digo, es comprensible, era hentai noventero. Tentáculos y vergas que entraban por el ano y salían por la boca. Yo era virgen, obvio. La muerte del Ace es el sinónimo vivo de la palabra trauma. Spoiler, como les llaman ahora.

—No entiendo una sola palabra de lo que estás diciendo.

—También me traumó mucho que Estados Unidos nos eliminara del único Mundial que vi completito. Fue muy triste porque realmente el futbol a mí me vale, pero esa vez mi papá hasta nos compró playeras verdes.

—Oye, ¿sabes si a Marley le gustan las chavas?

Escándalo de motos, Darío abre los ojos de putazo. Siente que se despierta en una enorme cama, calada en cada uno de sus centímetros.

—No valgo un peso —musita y se vuelve a dormir, muy profundo.

Segundos después retoma:

—¡No mames! ¡Las bicis!

—Tranqui. Faltan tres ya nomás —responde León. Despertando, también, a su manera.

—¿Por qué no me despertaste? ¿Qué hora es?

—Te estoy despertando desde hace mil cuadras. No hay tos, pero desapendéjate.

—¿Dónde estamos?

—Vamos a entrar al Barrio Bravo.

—No valgo un peso ¿Me escribió Azucena? ¿Qué hora es?

—Tu cel no ha sonado. Desapendéjate. Vamos a entrar a Barrio Bravo.

Una procesión de motociclistas haciendo estrépito con sus motores avanza alrededor de ellos. Decir que avanzan es completamente impreciso, más bien son una comparsa de vehículos evitando olerse las colas pero queriendo al mismo tiempo pisarse los talones. Y este evadir fricciones deviene en una incuestionable diligencia, también en madrizas campales. Son motocicletas de baja cilindrada que hacen ruido a lo bastardo. Un coro de motores presumiendo cuál tiene el run run más vergudo y clamoroso. Algunos alzan sus motos sobre una rueda. Suenan balazos tirados al aire. Un niño vende calcetines en medio del caos. Su hermana menor vende ramos de flores.

León estaciona la unidad relativamente fuera de cuadro.

—Fíjate si ves la bici para agarrarla y pelarnos a la de ya —dice León con una firmeza y autoridad que no le conocíamos hasta este momento.

—Sí, patrón —le responde, sin afectaciones, Darío.

No se podía prever: en realidad el que tiene más autoridad laboral de los dos es León, jerarquía que él decide eliminar pero que manifiesta convenientemente cada noche luego de la pestañita malacopa de Darío.

El torbellino de motos no cesa su baile circular, se vuelve más y más compacto. En medio, una pachangota. La calle está llena de gente gritando, alborotando y coreando estrofas de rolas de cogedera y crimen que salen de bocinas colocadas quién sabe dónde. También quién sabe de dónde salen estrobos titilantes y que lamparean con violencia. Innumerables brindis ocurren al unísono. Pura banda que se droga con disciplina. Ningún hombre trae camisa. Las mujeres les perrean a los fantasmas. También a sus novios. No hay piso, sólo basura de cascos y latas encima de un enorme charco tornasol que mezcla aceite con chis y agua de caño.

—Yo me bajo —dice Darío.

—Al tiro.

Cuando Azucena le escribía en una sevilleta "Sácame a bailar", el meneaba ambas manos en rotundos "No, no y ¡no!".

Darío pone un pie fuera del auto y se da cuenta de que está angustiosamente sobrio. Además, el hambre se ha apoderado de todo su cuerpo. Las tripas le rugen, las escucha a pesar del escándalo que lo rodea. Les saca una cabeza a todos los presentes. También es probable que les duplique la edad. Sabe que están viendo su calva, sus arrugas, sus ojeras casi inhumanas, sus chichis de pico, su ridículo uniforme de empleado, el logo de la empresa tejido en su lomo. Su gafete brilla tontamente en la oscuridad. Darío avanza entre aquella muchedumbre de kamikazes. Sabe que varios en ese gentío se aventarán por las azoteas, otros morirán en accidentes de tráfico, muchos más se taparán las arterias del corazón comiendo mal toda su vida, habrá quienes mueran de enfermedades que te dan por coger ya sin placer. Hay unos que serán asesinados porque se tatuaron lo que no era. Chingo de cadáveres aplaudiendo. Darío se reconoce fantasma entre una enorme turba de cadáveres aplaudiendo. Avanza entre ellos trabajosamente y evitando contacto visual. Anhela que en medio del gentío aparezca súbitamente su madre, guiándolo como cuando era niño en la fayuca.

Bola de mariguanos, piensa, mordiéndose la lengua.

Llega hasta la bici.

La carga en el lomo y hace el camino de regreso hasta el auto. Apenas se aproxima, León se baja para ayudarle. Cuando la montan en la cajuela se dan cuenta de que en uno de los manubrios, perfectamente agarrada, hay una mano. Cercenada a la altura de la muñeca. Una mano asida a la bici. Una mano sin cuerpo. Rígida y con las venas hinchadas como culebras vivarachas. Con las uñas pintadas, pero ya en sus últimas. Descascarado color verde aceituna. No es una mano de mujer.

Darío separa, dedo por dedo, al hueso del metal, con la misma delicadeza con que se pone al Niño Dios en un nacimiento decembrino.

La penúltima bicicleta está estacionada en medio de donde duermen hacinados un chinguero de vagabundos. Artículo 123, al ladito de la iglesia chueca que lentamente se viene abajo. León le dice Zombilandia a ese pedacito de ciudad. Algún usuario Mobike insiste en dejar una bici, al menos dos veces por semana, justo ahí. O quizá son los mismos vagabundos los que cargan la bicicleta y la colocan en medio de su aposento, una suerte de mueble alrededor del cual se permiten sentirse en un hogar. León sabe que no hay nada más delirante que los ruidos de los vagabundos pasadas las cuatro a.m. El rechinar de sus dientes, sus tripas queriendo estallar, gemidos sexuales, sollozos de niños que no han comido sabrá dios desde hace cuánto y las lamentaciones de la mujer vagabunda que no se explica por qué últimamente se le mueve tanto algo enorme adentro del vientre. Menesterosos que, mordiéndose la lengua, dicen una y otra vez el nombre de un familiar, una frase inconexa o hablan con el dios del Antiguo Testamento. Estornudan, se carcajean de que alguien estornudó, nunca falta el que lleva hipando varios días o el que le mienta la madre al cielo. Todo el tiempo alguien se sorbe los mocos. Hay algo que ancla a cada vagabundo a la realidad, y ese *algo* brota a la superficie cuando están insomnes muy de madrugada. León abofetea al aire alejando a los insectos. Los piquetes de mosco en su cuerpo se magnifican.

Es imposible no acabar pisando un cogote o una mano plenamente abierta. Naturalmente no es su intención, avanza con pies de plomo, un paso a la vez. Aquí tampoco hay suelo, sólo ropa andrajosa, cuerpos con vida y pellejos sucios hasta el hartazgo. Colchones, pañales, cosas resbaladizas. Las ratas se mueven como si fueran sólo colas. Huyen, cínicas, quién sabe a dónde. Hay un vagabundo que duerme con una máscara de luchador puesta. Otro está esperando a que todos estén absolutamente dormidos para sacarse de la bolsa un recuadro de queso que sólo existe en su mente. Dos ojos abiertos flotan en medio de la noche, sin pestañear, como dibujados en la tela de la oscuridad. León siente que esos ojos lo reconocen. Prefiere ignorarlos y seguir caminando. Una mano pidiendo dinero se alza entre los cuerpos, aproximándose a León. Luego otra mano. Y otra. Se vuelven demasiadas manos. Quieren ayuda *para un taco.*

Ahí entre los vagabundos, no hay espacio para la fantasía. León siente que sus caricaturas, videojuegos y cómics no le sirven de nada en ese hueco del mundo. Y la bici como que se aleja, movida por las cucarachas.

Empieza a llover. Así nada más, cae agua del cielo. Gotas cada vez más agresivas le empapan la frente y brazos. Gotas rezongonas y murmuradoras. El aguacero cae como morralla. Un hombre se endereza a la par que va quitándose la ropa. Usa la lluvia para ducharse. Restriega sus manos contra su cuerpo. Y luego hace lo mismo contra el cuerpo desnudo de alguien más que también se ha erguido trabajosamente a su lado. Hasta en el peor de los agujeros hay matrimonios. León vuelve la mirada hacia otro lado. De mano en mano van pasando una pastilla de jabón. Blancas siluetas de espuma toman forma a su alrededor. Los vagabundos se bañan con agua que cae del cielo.

Se duchan con la desesperación del que no sabe nadar.

León se queda viendo cómo todo a su alrededor se llena de cuerpos desnudos.

León abraza la bicicleta de una forma muy diferente a como ha cargado a todas las bicicletas de la noche. La salida está más en corto. Ya no le importa si pisa sin querer una rodilla o una ingle. Corre hacia la unidad.

A lo lejos, no dejan de escucharse un chingo de ambulancias.

Esa noche se cayó el metro.

Esta noche han pasado tantas cosas, que más bien pareciera que León y Darío se encontraron veinte años después y, desde una vejez incluso bella, evocaron con cariño todo lo que les pasaba cuando recogían bicicletas en los buenos tiempos. Y sus recuerdos se entrelazaron de forma tal que acabaron ocurriendo todos en una misma noche frenética. Esta insistencia de párrafos es esa noche. Estas páginas son a la vez sólo un segundo de esa noche también. Es válido. ¿Quién es capaz de determinarlo? ¿Quién se opone? ¿Quién de entre vosotros osará decir: yo de la vida recuerdo más que de cualquier libro que leí?

Por fin, la app les indica que sólo falta recoger la última bici.

—Ha llegado a su destino. Ha llegado a su destino.

Aunque aún sea rotundamente de noche, poco a poco las calles se llenan de gente que actúa como si ya fuera de día. Los más fiesteros buscando el hogar, los que trabajan lejos y en sábado, la gente fluorescente que limpia las calles, los que pasean a sus perros muy temprano para que nadie vea que no alzan sus cacas. Son sólo ejemplos. Noche que comienza a ceder su imperio hosco y milenariamente huraño. Debido a que no existe el negro perfecto, todo lo que hay en el mundo recuerda que estrenará brillos y será bañado por el sol dentro de poco. Ese porcentaje de luz que hay en la oscuridad se va volviendo más y más festivo. Las cosas vibran emocionadas. Esta alegría ya es más que notoria en la Plaza Río de Janeiro. Toda esa colonia es Territorio Mobike excepto adentro del parque que rodea a la réplica del *David* de Miguel Ángel, réplica verde y con el culo lleno de *stickers*.

Darío está esperando a que regrese León con la unidad. Baja a estirar las piernas, esta vez sí las tiene medio entumecidas. Se estira, bosteza con todo y lamento al final, espanta a una tenaz nube de mosquitos. La ciudad huele a gas. Darío apesta a sudor, a chilitos en vinagre. Pasa una muchacha a toda prisa. No se parece en lo más mínimo a Azucena. Esto tranquiliza a nuestro recogebicis. De alguna manera u otra sobrevivió a la noche. Siente el cerebro con más pliegues de los que tienen los cerebros en los dibujos. Y seco, lo siente seco.

León, a lo lejos, le grita su nombre mientras también dice *ven, ven* con las manos. Darío acude luego de cerrar la camioneta.

—Qué pasión.

—Asómate, compa. Parece guasa.

Atados al cuadro de la bicicleta anaranjada están varios mecates empapados. Cada uno va a dar al cuello de un perro. Perros de diferentes razas. Sucios hasta las rastas, flacos en serio. Ya sin energía para pelear por un pedazo de superficie, se amontonan en una cosa viva y peluda con innumerables ojos tristes. Alguno ladra, otro se lame las patitas y es hermoso, alguno muestra los colmillos por puro reflejo y en sus encías hay sangre e inflamaciones.

—¿Y ora?

—Ni puta idea. En serio, pareciera que nos están haciendo una broma de cámara escondida.

Pero no, no hay cámara. Sólo el pene de bronce de la escultura también lleno de *stickers*. Darío se agacha. Uno de los perros, quizá el más diminuto, se le acerca y le olfatea la palma de la mano. Su naricita hace los mohínes propios de una naricita de perro. Darío mete sus manos entre el pelambre ensortijado buscando primero el coco y luego la barriga. Un segundo animal se aproxima y desplaza al pequeño, exigiendo su derecho al mimo. Otros integrantes de la jauría alzan sus patas solicitando evidente auxilio. Uno, feo y mal rapado, se agita frenéticamente queriendo secarse. Ya estaban atados a la bici cuando se vino el aguacero.

—A mí se me hace que son perros secuestrados. Velos bien. Están todos chamagosos pero son perros finos. Los dueños no pagaron la lana y pues, los maloras prefirieron dejarlos aquí que matarlos o vendérselos al Infiel.

—¡Hijos de perra! Tiene sentido.

—Pero checa, todos tienen aún su collar —dice Darío—. Este se llama Kalimán. Este es Brunello. Cintia. Cachivache. Qué pinche nombre feo te pusieron, mano.

Mientras Darío reparte caricias, León corre hacia la unidad. Regresa con unas tijeras y las dos tortas cubanas. Las reparten entre los perros. Chorizo, pan, huevo, milanesa fría. Comen con fruición, sin masticar. Y sin embargo no compiten entre sí por un cacho. Con las tijeras deshace los nudos. Los perros están tan cansados que no corren libres, se repliegan entre sí. Probablemente varios estén unidos dolorosamente por los genitales. Pestañean a destiempo, ladran sin concierto. No lo son, pero parecen todos cachorros.

—Qué hacer —se pregunta León en voz alta.

—Le voy a marcar a cada uno de sus dueños. Atrás de la plaquita viene el número de teléfono. Probablemente todos son extrañados en sus casas.

—Hay que entregar las bicis en… ¡treinta minutos! No podemos tener otra amonestación, mano.

—Tú lánzate. Yo me quedo con ellos. Los entrego a todos y me voy a dormir.

—¿Seguro?

—Sin problema alguno.

—Me regresaría a acompañarte, pero…

—Vas, cabrón, date. Estuvo suave hoy.

—¿Estás bien? ¿No estás todo valiendo verga? —pregunta León.

—Completamente. Pero dame unos meses y brillaré de nuevo.

El día comienza alrededor de una apagada fuente de agua. Saetas de luz agujeran las nubes. El sonido de los pájaros buscando a su líder se hace más y más presente. La vida se reactiva delicadamente, por ondas; como cuando se escupe saliva en el centro de un charco.

—Cámara, León. Te veo mañana. Descansa, cuando puedas.

No hay mayor despedida que eso. León se lleva la bici y Darío se tiende en el suelo, rodeado de un puñado de perros que fueron coartados de su libertad por sabrá el diablo cuánto tiempo. Siente varias uñitas lastimándole la piel. Un par de lenguas lamiéndole las heridas.

Él decide ponerles otros nombres.

León, mirada barnizada con gotas para los ojos, maneja hasta donde cada mañana entregan las bicis. Ni siquiera las desmontan. La unidad pasa a otra dupla que ahora se encargará de ir repartiéndolas afuera de estaciones del metro, edificios de oficinas, parques, construcciones y centros comerciales. Al vehículo dos, más tarde, lo rentan como grúa para llevarse autos mal estacionados. Hace un informe hablado a Roque. Le comenta de la bici pintada con spray blanco. Le comenta que cada vez hay más bicis descompuestas o sin partes por doquier. No, tristemente no encontraron un diamante abandonado en la canastita. A las once de la noche estará ahí otra vez. Puntual, sin problemas. Le dirá a Darío que sea puntual también. Falta mucho para la quincena. Los domingos de madrugada suele haber el doble de bicis estacionadas con el culo.

Ya sin la cosa de estar buscando bicicletas en la noche, León camina con las manos metidas a los bolsillos, su postura es enjuta, su andar lento. Se detiene frente al puesto de periódicos buscando cómo quedó el equipo de fut de su papá. Empate a ceros. Le sorprende que la nota de primera plana no sea un albur, le sorprende que en la portada del periódico no salga una mujer en bikini.

"¡Tragedia!", lee.

Anoche se cayó el metro. Colapsó la línea 12. Le sorprende enterarse hasta ahora. Eso explica el olor a muerte por todos lados. Eso explica las ambulancias. Se quita la gorra invisible y se la lleva al pecho. Escupe otro mondadientes también invisible. Camina viendo en su teléfono las imágenes y videos. El metro partido en dos formando una *v* encima de autos aplastados y escombros. Muertos, heridos. No lo puede creer. En esta ciudad ya no puedes subir a un puente ni pasar debajo de él.

También amaneció en New Nuevo León, todo en orden, compra el estadio de beisbol de primer mundo.

Su foto de las coquitas de piña ya tiene doce *likes*.

Es feliz, León, el siglo en el que le ha tocado ganarse la vida le ofrece muchas opciones para prescindir de la realidad.

Entra al metro. Portales rumbo al sur. Hay miedo en los ojos de los pasajeros esa mañana. Tarda en pasar el primer servicio del día pero al parecer está funcionando sin inconvenientes. En el andén mucha gente está expectante, ojos que no pestañean, cuellos esforzándose por ver alguna modificación en el horizonte de rieles. Es como si les urgiera que apareciera el bólido para suicidarse. O más bien para acobardarse a la mera hora y mejor sí ir hacia sus destinos.

Saca el teléfono, repasa el reino, entra a páginas especializadas y lee especulaciones sobre el final de *Attack on Titan*, reparte una buena tanda de *likes* a bellísimas mujeres que se disfrazan de sus personajes favoritos. Luego se toma una fotografía en la que sus ojos tienen pupilentes de felino. La sube haciendo mención de que estuvo pesada la noche y muere de sueño. Lo dicho: es feliz León en este mundo de evasiones. Se viene abajo el metro pero la gente sigue haciendo ejercicio en el parque.

Sube en el vagón de hasta adelante. Va medianamente vacío y hecho la chingada. Se hace de día afuera, de pronto, con corpulenta majestuosidad. Da la impresión de que también con prisa. Adentro de los vagones del metro, el sol hace cosas preciosas. Atraviesa los vidrios completamente rayados y raspados, grafiteados y turbios, dándole a todo el vehículo una mágica nobleza de evocación, de recuerdo grato. Se hace de día adentro del vagón del metro. León se dedica por un par de estaciones a disfrutar del viento que entra por la ventana y lo despeina, observa las sutiles cortinas de luz siendo atravesadas por los primeros vendedores de fayuca, audífonos inalámbricos, chocolates y juguetitos con lucecitas. El mundo exterior está fuera de foco, barrido, le aventaron aceite o alguien lo está olvidando para siempre.

León disfruta mucho esos paseos matutinos. Siempre usa a las líneas del metro como metáfora de la vida cíclica en que estamos atrapados los ciudadanos del siglo veintiuno. Bueno, cuando está mariguano habla sin pensar mucho. Y Darío ha demostrado ser un buen oyente, aunque luego imite sus ideas tergiversándolas. A León le agrada este ejercicio porque se escucha a sí mismo en otras palabras. Ser grito originario atendiendo a su penúltimo eco.

Más bien, un teléfono descompuesto diario y constante. León le dijo a Darío que jamás ha sentido que pisa el mismo suelo que pisó el hijo de dios, que si se persigna enfrente de los templos es más por protección que por otra cosa. No es un ser religioso.

—Si estás en un barrio culerón y no quieres que te asalten, persígnate frente a todas las vírgenes y crucificados que veas.

Pero el otro hizo toda una reflexión sobre ello y hasta le pidió que lo persignara a inicio de la noche. Se viene acordando. Hace un repaso de lo ocurrido. Toma un camión que se va todo Eje 6. Sentado a su lado, viene un caballero leyendo el periódico. *Nota Roja*. Una veintena de páginas acerca de lo que pasó en el metro pero, por ahí de las páginas finales:

"¿Qué pasó, mano?

Encuentran extremidad en el barrio de Tepito."

Y fotos de la mano sosteniendo un manubrio invisible.

A la altura del Estadio Azul, León enciende su aplicación de entrega de comida. En breve aparecerán los primeros desayunos que tendrá que recoger y entregar esa mañana. Oficinistas crudos exigiendo sus chilaquiles. Busca una bicicleta libre en Territorio Mobike. Le va a dar un rato en la mañana. Una lana extra. Piensa en la bici que dejaron desahuciada en la noche, al rato irá a buscarla. Se puede vender como fierro viejo. Otra lana extra.

Darío se acordó de algo. Cuando él y su hermano eran dos niños sin ideas propias. Nunca entendió por qué su gemelo era tan buen ciclista y él jamás le perdió el miedo a las bicis.

Un día se subirá a una bicicleta y pedaleará rumbo al infierno.

Darío camina sobre Paseo de la Reforma. Lo rodean los perros famélicos. Libres, avanzan a la velocidad que el humano impone. Vienen exaltados, oliendo rastros de chis en las banquetas. Libres, los perros respetan el semáforo y luego Darío los cruza hasta llegar al cobijo del Ángel de la Independencia. Sigue grafiteado. Sigue rodeado por un muro de vallas también grafiteadas. Rodeado de su corte canina, Darío se sienta en los escalones. Les pide que no vayan a ladrar y le marca a su carnal.

—Javi. Soy yo.

—Ya sé que eres tú, cabrón; no mames. Deja de mandarle mensajes a Azucena. Otra vez toda la pinche noche vibrando el teléfono por tu culpa.

—¿Y por qué no lo ponen en modo avión?

—Qué quieres, cabrón. Qué se le ofrece al patrón.

—Un favor enorme. Estoy cerca de tu casa. ¿Me dejas pasar a bañarme? No hay agua en Ojo de Agua desde el miércoles.

—Qué pedo con tus excusas. Azucena no quiere verte.

Un perro se está cagando y otro se come dicha mierda antes de que toque el piso.

—De verdad necesito darme un baño o me van a correr. Prometo no molestar. Es más, si ella no quiere salir de tu cuarto lo acepto. Seguimos siendo hermanos, ¿no? A pesar de todo. ¿No es eso en lo que estuvimos de acuerdo los tres?

—Cabrón. Lo estás haciendo todo más difícil de lo que ya es.

—Estoy a una cuadra.

—Trae tu propio jabón, no mames. Trae tu propia pastilla de jabón.

—Te escribo de abajo. Llegaré en una hora maso. Dos horas a lo mucho.

Los perros se apoltronan a su alrededor. Agarra al que tiene más cerca y marca al teléfono en su placa con forma de huesito.

—Buenas. Con los dueños de Cronopio, por favor. Antes que nada, bella mañana. Creo que me encontré a tu perro. Apareció amarrado a mi bicicleta. Sí, está bien pero muy flaco y mugriento. El cuello lo tiene muy sensible y se le ve la carnita. ¿Te queda muy lejos Reforma?

En total hace doce llamadas muy parecidas. A todos los dueños los cita ahí, abajo del Ángel. Después de eso, sólo queda esperar. Los perros lo observan en la forma en que observan los perros, es decir, viendo para otro lado. Los animales perpetuamente están en el pasado. Envidiable. Vibra el teléfono en el bolsillo de Darío y piensa: ¡Azucena! Pero no, es un mensaje de texto informativo, de *UnoNoticias*.

"Colapsa estructura en línea 12 del metro en CDMX / Encuentran el cuerpo desollado y sin vida de Dinorah. / Lo que sabemos de la nueva variante de covid de la India registrada en San Luis Potosí."

Tragedia sobre tragedia sobre tragedia. El miedo como argamasa. Vivir es puro sismo entre simulacros. Alguna de las tres notas, o las tres en brutal muégano, le ponen la piel chinita. En ese momento le entra un mensaje de voz. Piensa que es de Azucena, pero es de León.

—A ver, hermano… Tu pedo es que quieres fumar hierba como si fuera tabaco. No le des el golpe. Cómete el humo. Tranqui. Si fumas sin prisas y lo subes al cerebro, el humo hasta sale por sí mismo. Te vas a joder la garganta. Nunca hay prisa. La prisa es para los cobardes. Ahora bien, lo que realmente quiero decirte es esto, Darío: deshacerse de una pareja sentimental siempre, tarde o temprano, es una bendición. Seguramente es el paso a una nueva etapa donde serás más cabrón, pero no te das cuenta porque estás metido en tu dolor, es como cuando *Dragon Ball* pasa a ser *Dragon Ball Z*, te juro que Gokú fue el último en darse cuenta de que todo había cambiado. Tú síguele. Decidido. Te voy a llevar a pistear con unas vampiras pero ya quita esa cara. Y ya ponte a ver *One Piece,* por el amor de dios. Ojalá nos hubiéramos conocido cuando éramos niños. Imagínate.

Saca de su bolsillo el zapatito azul de bebé bailarín. Se secaría con él las lágrimas pero no hay llanto ni cosa alguna saliendo de sus ojos. Se lo entrega a los perros con la intención de que jueguen con él.

Darío deja amarrados afuera del edificio a tres perros pellejudos. Dos de ellos ya no les interesaron abiertamente a sus dueños y en el teléfono de contacto en la plaquita del tercero jamás respondieron. Un problema a la vez, medita, ya verá qué hace con ellos. Por cualquiera de ellos se quitaría la comida del hocico. Darío se siente renacer. Tres refinadas vidas dependen súbitamente de él, ¡qué alegría!

El policía ya ubica a Darío y lo deja pasar. Camina entre espejotes y plantas de plástico hasta el elevador. Silencioso y preciso, aquel armatroste sube y sube, pero su diligencia es tan precisa que se siente como si avanzara hacia el frente. Darío llega al piso cuatro. La iluminación del pasillo que recorre es pareja. Como en las pesadillas y los hospitales, piensa. También como la voz de Diana. La puerta está previamente abierta. Darío entra al departamento de su hermano. Busca el diario de Azucena con la mirada. No está sobre la mesa ni apilado junto a las enciclopedias, no está boca abajo al lado del sillón.

Me arrepiento de todas las veces que cogí con Darío.

A manera de bienvenida, le arrojan una toalla.

—Tres horas después, se aparece al que le urgía bañarse. No te tardes. Porque además aquí tampoco hay tanta agua. Se termina después de un rato.

—Gracias, Javier. Te debo una.

Darío se encierra en un baño donde hay un espejo enorme y en HD. Qué pelón estás, Darío. Cómo ha crecido la verruga que traes en el párpado. Qué difícil es bajar la panza. Qué pedo con tus ojeras, Darío. Pinche cara de Cura Hidalgo.

Se desnuda entre esas recriminaciones, saetas que el chorro de agua caliente no borra. No se frota con jabón, no se pone champú en el cabello, no pone especial énfasis de aseo en su ingle o detrás de las orejas. Sólo está ahí abajo, disfrazando sus amargas lágrimas. Apaga la regadera y pega la frente en la pared, lo rodean millones de gotas y gotitas iniciando sus propios éxodos, dejan una estela a su paso. No va a secarse con la toalla, que poco sea el registro resultante de su presencia ahí. Desnudo, cuenta hasta doscientos saltándose bloques enteros de números. El espejote debe tener alguna tecnología indescifrable porque deja de estar empañado con diligencia futurista o de auto fino. Darío se mira a los ojos. Muy muy cerca de su reflejo. Ya sé que tengo una mirada fea, se dice, pero qué culpa tengo yo de que hayan inventado los espejos.

Se imagina que al salir se topa con Azucena. A esta hora debe estar lista para trotar alrededor del Castillo de Chapultepec o bebiendo jugos grumosos y nutritivos. Imagina qué le preguntaría de darse el encuentro. Imagina que es un conejo que se arroja alegremente a la fogata para que ella coma.

—Está muy de la verga que te dejen por alguien que es idéntico a ti —dice en voz baja mirándose en el espejo—. ¿Qué tiene él que no tenga yo?

Limpio, pero con la misma ropa sucia y llena de pelos de perro que traía, regresa a la sala. Se siente rejuvenecido. Hay una quietud sádica en aquel departamento. En las paredes hay fotografías en las que aparece él, sin serlo. Una en la que sí se graduó. Una en la que ha estado casado dos veces. Una en la que conoció varias ciudades del gabacho. Una en la que está arriba de una bici entre alegrísimos amigos ciclistas. Diría León que es su multiverso.

En fin. Ni la pecera hace ruido de pecera. Garrafal, muy limpia y rectangular; hogar de al menos cinco peces de esos que se tatúan los japoneses en la espalda. Rojos con blanco y con migraña. Darío se embelesa viéndolos jugar en su recuadro. A aquella escena pacífica la estropea la aparición de una cucaracha en el suelo de madera. Enorme, brillante y alerta. Darío la toma de una de sus patas y la arroja adentro del rectángulo de agua contenida. Flota el insecto entre la coreografía sin fin de los peces. Lo ignoran inicialmente. Se ve hermoso aquel ser grotesco flotando en agua muy limpia y un castillo sostenido por piedritas multicolores color pastel. No se mueve la cucaracha, se retrae dentro de sí misma, quizá ahogándose.

—Cómo extraño mi terruño hermoso metido en la cordillera… —canta Javier saliendo de la cocina, masticando algo, bebiendo agua directamente de una enorme jarra—. Bueno, pues… nos hacemos menos, ¿no?

Su aparición es como la del animalejo. Enorme, brillante y alerta.

—Gracias, hermano.

—¿Necesitas dinero? ¿Te trasfiero una feria?

—No necesito. Lo de las bicis es un ingreso estable. Estoy hasta contento.

—¿A eso viniste al mundo? ¿A recoger bicis en la noche? ¿Te parece una forma elegante de ganarse la vida?

—Es el trabajo donde más contento he estado en mi vida. Me gustaría que conozcas a mi compañero… no ahorita, en unos meses, quizá.

—¿También necesita bañarse? Me acaban de hablar de la recepción que dejaste tres perros moribundos allá abajo. ¿En qué negocios andas, Darío?

—Les estoy buscando hogar.

—Estás salpicando toda la duela. A ver, sóplame. ¿Estás pedo? Traes los ojos bien rojos. Con razón te encanta tu trabajo, cawn.

—Te portas de la verga, mano. No me lo merezco.

—Ya. ¿Se puede hablar contigo seriamente o no sabes ni dónde estás?

—Mejor le llego.

—Aguanta las carnes. Necesito hablar contigo seriamente y te lo voy a decir sin darle muchas vueltas. Nuestra Azucena está embarazada. Nos iremos a vivir a Querétaro. Ahora que murió papá, yo ya no tengo nada qué hacer en esta ciudad de mierda.

Un pez, el más grande del grupo, se come a la cucaracha de un bocado, la absorbe como aspiradora. Y se le traba. Boquea estirando membranas que parecen de porcelana. Nada, desesperado, sin que los otros peces hagan nada al respecto. Muere ahogado con una cucaracha en la boca.

Así, repentinamente, cambia la vida de un ser.

Y el mundo sigue su marcha.

Vasos comunicantes, etcétera. Darío se da cuenta de que el sueño de la cama empapada se lo estaba arrojando su hermano como una venganza. Diría León que como un *hadouken*.

—¿Cuántos meses?

—Para siempre. Me salió un trabajo allá. Conseguí un jale allá. Nos llevamos todos los muebles. Si necesitas dinero extra ven en dos días a cargar y embalar cajas, ya contraté mudanceros pero en algo puedes ayudar.

—¿Cuántos meses de embarazo?

—Cinco.

—¿Cinco meses? Pero, hermano, el hijo podría ser de cualquiera de los dos.

—¿Acaso importa?

—A mí me importa.

—Yo estoy con ella ahora. Eso no va a cambiar.

Cada uno permanece debajo del marco de una puerta. Como cuando eran niños y temblaba.

—¿Y yo, qué?

—Pues diario rezo porque no herede tu miopía y astigmatismo. ¿Dónde están las gafas que te regalé? Qué desmadre traes, cabrón.

—Cinco meses.

—Si no hereda tu nariz me doy por bien servido.

—¿Es niño o niña? ¿Y si también sale mudita?

—Relájate un chingo, hermano.

—¿Dónde está Azucena? Necesito hablar con ella.

—Yo necesito que dejes de estarle mandando mensajes de madrugada. Pinche tóxico, no sé de dónde sacaste eso.

—¿A cuántas horas estamos de Querétaro?

—La cosa es que tenemos pensado cancelarte, despejarte de la ecuación. Ya no existirás.

—Cómo.

—Ya no existirás. No te queremos en nuestra vida. Te voy a dar chance de que, si quieres opinar algo, lo hagas ahora mismo. Habla ahora o calla para siempre.

Darío piensa en decirle: nunca le vuelvas a decir ciudad de mierda a mi ciudad. No lo hace. El pez, que era incalculablemente bello, ahora es un cadáver.

—¿Te acuerdas de cuando vendíamos dulces a granel aquí cerquita?

—Te fallo, mano. Afortunadamente yo sí tomé terapia.

—¿Te acuerdas de que cuando de niños nos gustaba ver caricaturas japonesas? ¿Sientes que pisas el suelo que alguna vez pisó Cristo? ¿Conoces las famosas coquitas de piña? —bombardea Darío a su carnal.

—No mames.

—Si le cae caca al pastel, ¿lo tiras a la basura todo o sólo quitas los pedazos con mierda?

—Estás drogado, ¿verdad? ¿Para eso me pides prestado? ¿Para eso quieres una feria? — responde Javier, mordiéndose la parte interior de la boca.

—¿Quieres ver cómo nos veríamos si hubiéramos nacido mujer?

Darío saca su teléfono. Busca la foto que le tomó León. El retrato modificado con un filtro que le asignó pestañas, rostro ovalado, cabello largo y maquillaje. Labial rojo, gestos suaves y hasta un lunarcito arriba de los labios, retocadísimos con bótox virtual.

—Déjame ver a Azucena. Déjame hablar con ella.

—¿Hablar con Azucena?

—Quiero enseñarle esta foto. Le va a dar risa

—Ya se te va el pedo muy grueso…

—¡Azucena! Azucena.

—Grita o interrúmpeme una vez más y le pido al poli que suba. ¿Eso quieres, que te saquen de aquí a empujones?

No. No quiere eso. Sale del departamento bruscamente. La puerta se cierra con un sigilo que no es propio de ninguna puerta en el mundo. En lo que espera a que el elevador llegue se asoma por la ventana. No cabe en un abrazo esa ciudad. Darío está en completo desacuerdo con León. Es falso que para Gokú fue imperceptible el paso de *Dragon Ball* a *Dragon Ball Z*. Claro que se dio cuenta. Y es a partir de que nació Gohan. El parteaguas de su vida es cuando se volvió papá.

Sube al elevador. Sale de cuadro como el lector que ya no es necesario en una misa.

LÍNEAS FINALES

No sé manejar y andar en motocicleta me aterra. Escribí un libro donde todo el tiempo mis personajes están manejando o arriba de una moto. La literatura sirve para modificar a la realidad justificando nuestras pesadillas. Por lo demás, mi única regla al momento de escribir es: "No inventes nada, mejor mira bien". A continuación, varios testimonios informales que inspiraron, desde la más cruda realidad mexicana, las historias que aunadas forman esta novela. El capítulo "Todo en ellos llora" está abiertamente basado en el video que se popularizó en internet de Miguel Córdova, testigo del derrumbe en línea 12 del metro y en la entrevista posterior que le realizó la periodista Ruth Muñiz para #RuidoEnLaRed.

Gabriel Rodríguez Liceaga

Premiamos a nuestros lectores y el sábado tú ganarás MIL PESOS, si te encontramos con tu GRÁFICO EN LA MANO

EL GRÁFICO MAÑANA TE DOBLA EL QUINIENTÓN

EL GRÁFICO
$6
EL PRIMER DIARIO DE LA MAÑANA

Tracy
Traviesa y juguetona PÁG. 24

CORTESÍA TRACY SÁENZ

Tiran a encobijado en Chalco PÁG. 6

ESPECIAL

BALCONEAN A DOS EN TULTITLÁN PÁG. 4

HOY ESCRIBEN

- **Javier Solórzano**
  ¿Qué quieren que se vote INE? pág. 2

- **Guillermo Hurtado**
  Michael Collins o darle a la Luna pág. 6

- **Montserrat Salomón**
  Los clientes caros de Peña pág. 19

MOODY'S ELEVA DE 3.5% A 5.6% PIB DE MÉXICO

Calificadora atribuye decisión a sólida recuperación de economía de EU, pero alerta por "débil marco político".

Remesas, otra vez en máximos; paisanos envían 4,1518 mdd en marzo, 30.8% más que en febrero. **págs. 15 y 16**

MEJORAN EXPECTATIVAS ECONÓMICAS

Analistas consultados por el Banco de México prevén más inflación este año

La Razón
DE MÉXICO

SALDO PRELIMINAR, 20 FALLECIDOS Y 70 HERIDOS, 49 EN HOSPITALES

SE DESPLOMA METRO AL CAER TRAMO DE LÍNEA 12

Por **Karla Mora**

SE VENCE trabe cuando circulaba convoy y se vienen abajo dos vagones entre la estación Olivos y Tezonco; estructura aplasta vehículos

LUGAR DEL SINIESTRO

ALCALDÍA TLÁHUAC

SE VAN a hacer todas las investigaciones: Sheinbaum; Ebrard, bajo cuya gestión se construyó la Línea, se dice dispuesto a contribuir **pág. 3**

LOS VAGONES DEL METRO que cayeron al colapsar la estructura de la llamada Línea Dorada, que pasa por encima de la avenida Tláhuac.

- Por Sergio Ramírez

Octavio Pedroza, candidato de PAN, PRI y PRD, reconoce deuda pendiente con la Huasteca y El Altiplano; revisar la pirámide de tributación, pide **pág. 9**

Detecta CDMX 5 casos con variantes "de preocupación"

- **Hay tres** con linaje brasileño y dos con el británico; situación bajo control, dice Sedesa **págs. 4 y 12**

- **En SLP** activan cerco sanitario por cepa de la India; niega Salud evidencia de epidemia más agresiva

AVIZORAN CRISIS HUMANITARIA POR AUMENTO DE EXPULSIONES CON NORMA DE TRUMP **pág. 6**

AMLO pide perdón a pueblo maya
LO HACE a nombre del Estado por los "terribles abusos" durante la Colonia, y el México independiente; este a raíz del presidente de Guatemala **Ebrard pág. 6**

Desplome en el metro de Ciudad de México: esto es lo que sabemos

El accidente sucedió al sureste de la ciudad y mató a más de 20 personas. Las autoridades dicen que hay al menos 70 heridos.

 Share full article  

A subway overpass collapsed Monday night in Mexico City, sending the cars of a passenger train plunging to the ground and killing at least 23 people and injuring 70 others. Hector Vivas/Getty Images

MÉXICO ›

Hombre robó a bebé y la escondió en la maleta de su bicicleta en Tecámac; rescate quedó grabado en video

El sujeto circulaba por la autopista México-Pachuca cuando elementos de seguridad le cerraron el paso y lograron detenerlo

Por **Anayeli Tapia Sandoval**

10 Ago, 2023 11:21 p.m. MX

Escuchar Compartir

Una menor que había sido robada fue hallada en la maleta de una bicicleta en la que huía el secuestrador. (Captura de pantalla/@FernandoCruzFr7)

Bebé hallado en el Cereso pudo haber sido utilizado para introducir droga al penal

La presidenta de la Asociación Civil Reinserta destacó que el cadáver presentaba una incisión en el abdomen

Saskia Niño de Rivera llamó al Gobierno del Estado a mejorar las condiciones dentro de los centros penitenciarios. Foto: Archivo | El Sol de Puebla

Decapitan a balazos a "Juanito Pistola", el sicario de apenas 16 años

El adolescente fue abatido por la Policía de Tamaulipas durante un enfrentamiento armado. Desde los 13 años integraba la "Tropa del Infierno".

CHIMALHUACÁN, ESTADO DE MÉXICO >

Detenido 'El Chapito', un sicario de 14 años acusado de asesinar a ocho personas en un cumpleaños

El menor atacó, junto con otro joven, una fiesta en un municipio del Estado de México en el que murieron ocho personas y resultaron heridas siete, entre ellas, dos niños de tres y 14 años

Los nueve implicados en el asesinato de ocho personas en Chimalhuacán, en el Estado de México, tras su detención el pasado 25 de febrero. 'El Chapito' aparece abajo a la derecha.
SECRETARÍA DE SEGURIDAD

elpaismexico y 2 más
Guerrero, Mexico
Un Ejército de niños contra el
crimen organizado en Guerrero
EL PAÍS
CUARTOSCURO

▶ ▶| 🔇 0:01 / 4:47   ▶ 💬 ⚙ ⬚ ▭ 📺 ⛶

Testimonio de Miguel Córdova Córdova, testigo del derrumbe en línea 12 del metro

Ruido en la Red   Suscribirse   👍 4.5 K   👎   ↪ Compartir   ⋯
92.2 k suscriptores

                                                          Me gusta

255,210 vistas 4 may 2021
Miguel Córdova Córdova, un joven de 36 años que vive en situación de calle, narró para Ruido en la
Red cómo vivió de cerca el colapso de un tren en la línea 12 del metro de la CDMX, que hasta el
momento ha dejado 26 muertos.

MEGA Rodada Eme Malafe 2023 | Mas de 10,000 Motos!! | Rodada nocturna por la CDMX 🏍️💀

Motovlogs en M...
15 k suscriptores

Suscribirse   👍 979   👎   ↪ Compartir   ...

105,493 vistas 19 jul 2023 #ememalafe #motos
Rodada organizada por Eme Malafa "Todos somos un solo barrio", fueron mas de 10,000 motos y rodamos por las calles de la CDMX.

"Lo dábamos por muerto": Hermano de joven en situación de calle que sobrevivió a tragedia del Metro

Foto: Fernando Luna

Los mexicanos realizaron un histórico simulacro nacional de un terremoto este 19 de septiembre, un año después de padecer uno de magnitud 7.7, uno de los más intensos jamás registrados, justo en el aniversario de los temblores de 1985 y 2017, los más destructivos de la historia reciente.

Esta obra se terminó de imprimir
en el mes de septiembre de 2025,
en los talleres de Impresora Tauro, S.A. de C.V.
Ciudad de México.